知られざる王朝物語の発見

物語山脈を眺望する

神野藤昭夫 Kannoto, Akio

笠間書院

まえがき

あなたの専門はなんですか、と聞かれて困惑することがしばしばあります。源氏物語千年紀の今年などは、胸を張って『源氏物語』の研究をやっています、と言いたいところですが、みずから源氏学者を標榜《ひょうぼう》するほど専一に研究してきたわけではないので、ちょっと口ごもって「ええ」とか「まあ」とか言って曖昧《あいまい》な返事に終始することがよくあります。

そうじて、研究者には、大きくわけて二つのタイプがあるようです。最初から対象をじっくり絞って深くきわめてゆくことができるタイプと、対象を捉えようとしてあれもこれもと関心が拡大していくタイプです。もとより大きな視野を持ちつつ対象を深くきわめる、いわば両者を兼ね備えた研究者が理想的であるにちがいありません。

私はどうやら後者の拡散型に属するらしく、対象を捉えようとして、あれも知りたい、これも知りたいと、次から次に好奇心を膨らませ、いろいろなものに手を出したあげくに、収まりがつかなくなるたちです。その結果、老舗《しにせ》の看板をかかげるというか、旗幟《きし》鮮明な専門家になれないまま、今日にいたっている、といってよいでしょう。

まあ、大風呂敷（さしたるものではなけれど）にいろいろ品揃えを心がけているけれども、結局のところ、歩く雑貨屋、今ふうにいえば歩くコンビニエンス・ストアみたいなものですから、みずから、コンビニ研究者と称しています。最近は、馬齢だけは重ねてきましたから、老舗のコンビニ研究者というところでしょうか。いやそれって雑然とした古道具屋ということ、と言われそうですが、そのとおりなのでしょう。

しかし、どうせそう言われるなら、当世流行の骨董屋の主人にでもしてもらって、埃をかぶって年季だけは入った、自分の集めた骨董の棚卸でもしながら、理解あるお客さん相手に、長年集めたガラクタ学の蘊蓄《うんちく》をかたむけて、すこしはフーンと感心した素振りでもしてもらいたい、と思うようになってきました。本人は、いまなお瑞々《みずみず》しい好奇心を失わずに語ってやまない若さをもった老主人をもって任じているわけですが、どうやら世間ではそういう類《たぐい》の存在を〈老人力〉のあるひと、と呼んでいるようです。

そういう私の〈老人力〉を知ってどうか、平成十八年に国文学研究資料館から連続講演の依頼を受け、『王朝物語山脈の眺望《パースペクティブ》』という格好《カッコ》いい演題のもとで、五回にわたって、羊頭狗肉のおしゃべりをいたしました。本書は、その講演のライブ再現版のつもりで書いたものです。

そうですか、王朝物語をめぐる研究なんて、なかなか優雅ですなあ、とお世辞のひとつもいってくださるのは、こそばゆくなるありがたい人。今の時代には役にもたたないことをやっていて呑気だね、と手きびしいのは、シビアな生活人というところでしょう。

骨董屋としては、この際、甘言を弄してでも、まずは興味をもっていただかないと話にならないと、王朝物語を遠く過ぎ去った雅びとしてみるばかりでなく、私たちの生きる現在と響きあうものであったり、逆に過去から現在を捉えかえすことのできるアクチュアリティのある見方ができる、などとまずは共感してもらえそうな話題を、毎回、枕に用意してみました。

これがうまくいったかどうかは、読者のみなさんに判断、評価していただくとこころ。

この「まえがき」のごとく、いきなり長い脱線のような枕から始まって、本論全体とのバランスが悪くなっていたり、話があちらこちらに飛び飛びして、話の流れをすっきり理解していただけるかなあと、猿ならねど早くも反省しております。ふだんの大学での講義でもこんな調子の脱線王なのだから、いきなり別人になれるわけでもないのでしかたありませんが。

しかしながら、ちょっと居住まいを正しますと、一寸のコンビニ先生にも五分の魂はある。ひそかな矜持《きょうじ》を持って熟成させてきた王朝物語に関する自分じしんの見方を、できるだけわかりやすく話して、おもしろいと思ってもらいたい。そもそも、わかりやすく話すことができるかどうかは、私じしんの学問が試されることである。わかりやすくしゃべることができれば、それは私じしんの理解が深まることにも繋がるにちがいない。聞き手や読み手の皆さんと一体となったときに、はじめて未知の世界が切り開かれ、あらたな発見の感動を共有することができる、ということではないでしょうか。

その意味で、本書は、ささやかながら私の学問が試されているようなものです。読者の方々がおもしろくないと本書を途中で放り出すようなことがあったら、それは皆さんの問題ではない。語っている私のちからがいたらないからである。そんなふうに思っていただいてけっこうです。ちょっと啖呵《たんか》の切りすぎかもしれませんが。

本書を開くと、いろいろなものが目に飛び込んできて、おもしろそうとも、むずかしそうともお思いでしょうが、著者としては、いわば本編にあたる本文の部分をたどっていただけば、いちいちあっちをみたり、こっちをみたりせずに、それだけで私の話したいことが伝わるように執筆したつもりです。

でも、途中参加もありですから、興味をいだいたところから読んでいただいてけっこうです。さまざまな写真やらミニ情報を書き込みましたので、そういうところを拾い読みし、品定めをしてから、本文につきあうかどうか決めてくださるのでもけっこうです。

本書は、広く一般の方々に読んでいただくことを目標にしたものですが、うるさ型の、オット目の肥えた方々のためには、本書がかんたんに読み捨てられないような贅沢も加えました。

たとえば、陽明文庫のご配慮で『類聚歌合』のいわゆる「物語合」部分を影印ですべて収めることができましたし、徳川美術館の『掃墨《はいずみ》物語絵巻』も、こちらは全部ではありませんが、この魅力を伝えるにたる場面の掲載許可をいただきました。また『伊勢物語』の蒐集ではいちばんの鉄心斎文庫の所蔵本、国文学研究資料館所蔵本、古代学協会蔵の『源氏物語』大島本、石山寺蔵『源氏物語画帖』ほか数多くの画像、さらには亡き武部利男氏による白楽天の訳詩を武部ミサ子様のお許しを得て掲載し得たことなどは、本書がまがりなりにも龍の姿が描けているかどうかはともかく、すばらしい点睛が加えられ、龍眼だけは輝いていることまちがいないものとなりました。関係機関ならびに関係者各位に深く感謝申し上げます。

また、自分のガラクタ道具箱から引っ張りだしたようないくつかの写真や情報類も、オタク的な愛着を持って集めた、私にはミニお宝といってよいものですので、同好の士が興味を示してくだされば、それだけで、私の鼻もしぜんとうごめくというところでしょう。脚注の中には、たんに理解を深めていただくだけでなく、読者の方々が本文でふれた問題を検証したり、より深く調べ考えるための資料や情報となるように書いたものもあります。実際には、繁簡さまざま、気まぐれで、一貫性にかけるとの評はたちまち聞こえてきそうですが、そこは、しょせんはおもちゃ箱をひっくり返したていどのこと。本書の先を歩いてゆこうとされる意欲ある方々にとって少しでも役立てば幸いです。

要するに、本書は、わかりやすくは心がけたけれども、えらそうに高みからスタンダードな知識を啓蒙的に伝受するようなものではありません。いっしょに王朝物語の世界を本格的にトレッキングすることで、読者の皆さんとともにこれまでに知られなかった世界をともに発見し、あらたな感動を味わうことをめざしたものです。

では、知っているようでいて、じつは私たちの知らなかった王朝物語発見の、できあいのツアーとは異なる旅に出かけることにいたしましょう。

知られざる王朝物語の発見

物語山脈を眺望する

——

目次

第一章 I 知られざる物語山塊の発見

……新たなる物語の時代像

第二章

最初の峰々と東アジア文化圏の波動

古伝承から初期物語へ

39

第三章

歌物語とその尾根の行方

『伊勢物語』二十三段の物語史

86

第四章

物語の山巓の形成

『源氏物語』の想像力と紫式部の知的坩堝

156

第五章

物語文化山脈の輝き

天喜三年斎院歌合
「題物語」の復原

204

【参考】

カバー図版　『掃墨物語絵巻』徳川美術館蔵
目　次図版　『掃墨物語絵巻』徳川美術館蔵
『奈良絵本竹取物語』中野幸一氏蔵
（『奈良絵本絵巻集1』早稲田大学出版部所収）

第一章　知られざる物語山塊の発見

——新たなる物語の時代像

日本列島の文学史と物語山脈

日本文学の歴史を眺めわたしてみたとき、『源氏物語』を山巓《さんてん》に頂く〈物語〉という文学ジャンルは、ひときわ抜きんでて輝いているということができます。

では、その王朝の物語の世界なるものは、どんなものだったでしょうか。物語の歴史を山脈にたとえるならば、それは、どんなふうに始まり、高まり、やがてどのような山塊《さんかい》を形成し、その山並《やまなみ》はどこまで及んでいるのでしょうか。

物語山脈なるものはどんなふうに捉えられ、それは今日にまで及ぶ日本文学という列島史のなかでどんな役割をもって存在しているのでしょうか。

あらためて、このような問いを立ててみると、素朴にして新鮮ではありますが、はなはだむずかしい設問であることがわかってきます。

物語山脈の全容を眺望してみようなどというのは、身のほど知らずの冒険ですが、読者の皆さんとともに、藪《やぶ》をわけ、崖をよじのぼり、いくつかの観測地点に立って、王朝物語山脈の新たな姿を発見し、眺望するとともに、その山裾《やますそ》を歩く楽しみをわかちあってみることにしたいと思います。

小説が輝いていた時代

さて、昭和十八年（一九四三）の生まれの私などの世代にとっては、小説は、かつて重要な教養の一部をなしていたものでした。

遠く昭和三十年代半ば、一九六〇年頃の昔に遡《さかのぼ》って、私が文学というものに出会ったとき、文学の王道は、詩でも短歌[*1]・俳句でもなく、まちがいなく小説でした。当時、小説は文学とほとんど同義だったのです。

近代の詩もまた好みはしましたが、短歌や俳句の時代は既に終わった、短歌や俳句は前時代の文学表現形態である、というふうに感じていました。

伝統的な詩型である俳句では、二十世紀の複雑多岐にわたる現実世界を写し取ることはできない。しょせん、俳句は前近代の第二義的な芸術にすぎない。桑原武夫（一九〇四～八八）が〈第二芸術論[*2]〉で、そう主張したのは、終戦直後に遡りますが、短歌も同じである。短歌にも未来があるように思えない。私たちの世代を象徴する伝家の宝刀ともいうべき表現でいえば、短歌も俳句も〈封建的だ〉と、どこかで学びかつ感じていたのは若さと時代ゆえの傲慢さか

＊1和歌と短歌　和歌は漢詩に対して日本の定型的な歌を意味する。長歌・短歌・旋頭歌《せどうか》・片歌《かたうた》・仏足石歌《ぶっそくせきか》などの歌体の総称。日本の和歌史のなかでは、短歌がもっとも広く行われたから、和歌といえば、短歌をさすようになった。

＊2「第二芸術――現代俳句について」は、昭和二一年（一九四六）十一月に『世界』に発表され、『現代日本文化の反省』（白日書院　昭二二・五）に収められた。私は、これを河出書房の市民文庫『第二芸術論――現代日本文化の反省――』（一九六二）で読んだが、ここは、同書から私なりに学んだ内容を敷衍したものである。

らだったのでしょう。

ところが、現在、小説は、文学の世界さらには社会のなかで、どんな位置を占めているでしょうか。

短歌や俳句は、したたかに生きています。年配者だけではない。若い人たちも、短詩型の文学を、今風の言い方をすれば、コピーのような感覚で楽しんでいます。二〇〇五年は、『古今集』成立一一〇〇年、『新古今集』成立九〇〇年という、記念すべき年でしたが、和歌の場合でいえば、日本人は、『古今集』よりもさらに古い時代から、自己を発信する方法として、この文学形式を使い始めて、こんにちなお、それを使っているわけです。和歌から、連歌・連句をへて、やがて誕生してくる俳句もまた、そういう長い歴史のなかで、こんにちなお使いつづけられている文学形態、詩型ということになります。

外国の人の目からみると、平凡な生活人であると思っていた隣家の主婦や忙しい日々を送っているとばかり思っていたビジネスマンが、遠い昔に由来する和歌とか俳句の詩型に親しみ、それによって自己表現する、いわば詩人である一面をもっていたりするのは、クールジャパン！　カッコイイ日本の発見になるのかもしれません。

日本人が長い間、伝統的な詩型を、こんにちに及ぶまでがんこに使い続けているのは、日本文学の大きな特色です。

ところが、私などが文学の王者だと思い込んでいた小説の方は、どうでしょうか。

今やかつての輝きを失っている。凋落《ちょうらく》といったら、叱られるかもしれませんが、小説の黄金期は過ぎようとしているのではないか。少なくとも、文学の玉座に小説を据えるような文学観は、文学の歴史の一時期の姿にすぎなかったといえましょうか。小説の時代は終わったなどとは思いませんが、そのゆくえはいったいどうなってゆくのでしょうか。

一〇〇〇年の時差で歩む物語と小説の時代

いったい、小説の時代は、いつから始まったのでしたか。

正典化された文学史では、明治の昔、坪内逍遥《しょうよう》（一八五九〜一九三五）が『小説神髄《しんずい》』*1のなかで、心理的写実主義の方法によって書かれた小説にこそ芸術的な価値があるということを主張して理論的リーダーとなり、二葉亭四迷（一八六四〜一九〇九）が『浮雲』を書いてから、日本の近代小説が始まる、というものでした。

この近代小説の元祖にあたる『浮雲』が発表されたのは、明治二十年から明治二十二年*2にかけてです。西暦では、一八八七年から八九年。平成十九年（二〇〇七）は、『浮雲』が最初に刊行されてから、一二〇年という年でした。近代小説と呼ばれるものが、文学史に登場してからざっと一二〇年の間に、小説

＊1坪内逍遥の『小説神髄』九冊（明一八〈一八八五〉〜一九〈一八八六〉）

＊2二葉亭四迷の『浮雲』第一編・第二編。

は、さまざまな変容盛衰の歴史ののちに、今日にいたっている、ということになります。

ところで、紫式部が、一条天皇の中宮彰子のもとに、女房として初めて出仕したのは、一〇〇五年、寛弘二年の十二月二十九日夜とみる説が有力です。

彼女が宮仕えに出る契機は、この時までに、彼女は『源氏物語』をある程度まで書いていて、その評判によるところが大きいとみる点で、多くの研究者の見解は一致しているといえます。

『紫式部日記』は、寛弘五年（一〇〇八）秋に、中宮彰子が、実家である土御《つちみ》門《かど》邸で皇子敦成《あつひら》親王、後の後一条天皇を生む、そのお産の記録から始まっているのですが、中宮が出産をおえて、内裏に戻る時に、中宮の意向で、紫式部が責任者になって、物語の豪華本が制作されています。色とりどりの紙を整えて、あちらこちらの能書家に書写を頼み、それを回収して、特別製の冊子に仕立てています。これは、多くの研究者が考えるように、『源氏物語』にまちがいがないところです。

敦成親王誕生五十日《いか》の祝いの宴が行われた十一月一日の夜、時の文人官僚として知られた藤原公任《きんとう》が紫式部の局近くにやってきて、「このわたりにわかむらさきやさぶらふ」と声をかけた、と日記に書かれています。彼女は、ひそかに「光源氏に匹敵するひとがいるわけじゃないのだから、紫の上がいるはずな

坪内雄蔵著とあるが、第一回冒頭には「春のや主人　二葉亭四迷　合作」とあり、浮雲第一篇序「合作の名はあれども其実四迷大人の成りぬ」とあり、作者が四迷であることが明らかにされている。

第三編（第十三回から第十九回）は「都の花」に掲載。明治二十四年に合本が出ている。未完であることは、『くち葉集』に、「お勢本田に嫁する趣に失望し、食料を払いかねて叔母にいためられ、遂に狂気となり瘋癲病院に入りしは翌年三月なり」（一九六五年版『二葉亭四迷全集』第六巻　日記・手帳一）とその構想が記されていることからわかる。

いじゃない」[*1]と思ったといいます。「あなたは光源氏？　そうじゃないでしょ。」という、ちょっと皮肉をまじえた表現と読めます。

　しかし、これが文献の上で、『源氏物語』の存在がまちがいなく確認できる最初の証拠になるわけです。ですから、この時までにどこまで書かれていたか不明なところが残りますけれども、この時を起点とすると、二〇〇八年は、『源氏物語』千年紀という記念すべき年にあたることになるわけです。

　ですから、千年前の王朝物語山脈は、今やその輝ける山巓が出現し、それに連なる繁栄の時代を迎えようとしているところだということになります。

　物語と対比してみると、物語の千年後に登場した小説なるものは、文学の歴史に登場してから、一二〇年ほどの間に、社会的には、輝きを失いつつあるらしい、ということになります。

　では、私たちの王朝物語山脈のゆくすえはどうなのか。近代小説の過去・現在とそのゆくすえを思い浮かべながら、物語の時代の輪郭を大きく捉え直してみよう、というのが、ここの問題意識です。

　いったい物語の時代はいつごろから始まり、いつごろその終焉《しゅうえん》を迎えたのでしょうか。

　物語の始まりは、比較的はっきりしています。それは『源氏物語』の「絵合」巻で、『竹取物語』のことを「物語の出《い》で来《き》はじめのおや」とあるのが根拠に

＊1左衛門《さゑもん》の督《かみ》（藤原公任）「あなかしこ、このわたりに、わかむらさきやさぶらふ」と、うかがひたまふ。源氏に似るべき人も見えたまはぬに、かの上《うへ》は、まいていかでものしたまはむと、聞きゐたり。（中野幸一校注『紫式部日記』「新編日本古典文学全集」による）

なっているからです。[*2] 物語は『竹取物語』から始まる、という規範化された見方は、『源氏物語』が権威を与えるところから始まっているわけです。

では、その『竹取物語』はいつ出来たかというと、その成立時期については、かなりの振幅があって確説しにくいところがあるのですが、ここでは、九世紀の末ごろとみておきたいと思います。ですから、物語というジャンルは、西暦でいうと八〇〇年代の終わりから、九〇〇年代にさしかかるころには文学史に登場してきた。大きく捉えるならば、『浮雲』の登場が一八八七年でしたから、物語と近代の小説とは、ほぼ一〇〇〇年の時差をもって、その歴史を歩んでいるということになるわけです。

王朝物語山脈のゆくすえをどう捉えるか

そこで、こんどは物語の終焉の時期は、いつになるか。すなわち、物語の時代なるものはどう捉えられてきたか、ということについて、眺めてみましょう。

じつは、王朝物語山脈をどこまで認めるかということについては、これまで、あまり熱心に議論されてきませんでした。あいまいなまま放置されてきた感があるわけです。

一般には、物語の時代区分としては、そのメルクマールすなわち区分の目安は、平安時代の終わりにあるという見方が、長い間、漠然としてではありります

*2「物語の出で来はじめのおやなる竹取の翁」(『源氏物語』「絵合」巻)第二章四三頁参照

が、多くの人たちの胸の中にあったといえます。

　物語なるものは、十一世紀初頭に出現する『源氏物語』が文学的ピークとしてあって、十一世紀半ば過ぎの物語流行の最盛期には『狭衣《さごろも》物語』[*1]や『夜の寝覚』[*2]あるいは『浜松中納言物語』[*3]のような物語群を生み出すけれども、やがて『とりかへばや物語』のような物語の出現をもって、そのジャンルとしての実質的な生命力を終える。

　このようなイメージが多くの人々の脳裏を支配してきたといえるのではないでしょうか。物語史のなかで後期物語とか末期物語といった時代区分を用いる場合も、基本的には平安時代を出ることがなかった、といってよいでしょう。

　これに対して、鎌倉時代（一一九二〜一三三三）から南北朝時代（一三三三〜一三九二）をへて、さらに室町時代の初期あたりを下限として、なお登場する物語群については、これを〈擬古《ぎこ》物語〉と称して一線を画し、物語としては質量ともに、残余のものすなわち残りものと見なされて、まともな評価対象としては軽んじられてきました。〈擬古〉には、古い時代のものに似せた、及ばない作品、いわばまがいもののイメージがあって、それじたいには価値が認められないという評価を反映した捉え方であるということができます。

　こうした見解に対して、これらの物語群を、鎌倉時代物語、中世小説、あるいは中世物語などと呼ぼうとする立場があります。[*4]

＊1主人公狭衣が源氏の宮へのかなわぬ思慕ゆえに、不如意《ふにょい》の恋を繰りかえしつつ、身は栄華にたどりつく物語。

＊2女主人公中君（寝覚の君）の数奇《さっき》な恋の人生を凝視した物語。

＊3浜松中納言の、継父の娘大君との恋、唐土に転生した実父を尋ねての渡海、唐后との契り、その異母妹である吉野の姫君との悲恋を語る。

＊4この時代を対象とした研究書がどのような書名を採用しているか、代表的事例をあげる。
小木喬『鎌倉時代物語の研究』（東寳書房　一九六一）
市古貞次『中世小説の研究』（東京大学出版会　一九五五）
桑原博史『中世物語研究—住吉物語論考』（二玄社　一九六七）
桑原博史『中世物語の基礎的研究　資料と史的考察』（風間書房　一九六九）
金子武雄『物語文学の研究』（笠間書院　一九七四）
大槻修『中世王朝物語の研究』（世界思想社　一九九三）

これらの呼称は、その囲い込む領域や時代範囲に差異がありますが、〈擬古〉という価値判断をしりぞけて対象を捉えようとする点において、学問的にはすぐれています。しかし、これらの呼称、捉え方も、平安時代の物語とは一線を画してみようとする点では、軌《き》を一《いつ》にするところがあるといえます。ところが、最近では『中世王朝物語全集』（笠間書院）の刊行を契機に、鎌倉期以降の物語を〈中世王朝物語〉と呼ぼうという提唱がなされ、*5 しだいに定着する傾向にあります。

これに対応する概念は〈王朝物語〉ということでしょうから、〈中世王朝物語〉という概念は、〈王朝物語〉としての連続性を認める一方で、中世の語を冠することによって、不連続性あるいは従来の〈王朝〉物語のイメージとの差異化が図られていることになります。

寥々たる数の現存する物語

これに対する私の見解を述べるには、話を大きく迂《う》回しなければなりません。

本章は「知られざる物語山塊の発見」と銘打ちましたが、そのためには、これまでの物語山脈の捉え方が、どんなものであったかを洗いなおさなければならないでしょう。

これまでの物語山脈の捉え方は、現存する物語、じつは寥《りょうりょう》々たる、つまり

大槻修・神野藤昭夫編『中世王朝物語を学ぶ人のために』（世界思想社　一九九七）
辛島正雄『中世王朝物語史論』上下（笠間書院　二〇〇一）
神田龍身・西沢正史編『中世王朝物語・御伽草子事典』（勉誠出版　二〇〇二）
辛島正雄・妹尾好信編『中世王朝物語の新研究　物語の変容を考える』（新典社　二〇〇七）

＊5『リポート笠間』三八（笠間書院　一九九七・十）掲載の座談会「変貌する中世王朝物語群像」によれば、稲賀敬二の提案による命名であることがわかる。

「最初の編集会議でしたから、昭和六十二年、大阪の阪急グランドビルの二十六階の部屋。「中世」でなくちゃこまる。売れるのは「王朝」だ。「物語」を扱うのは既定事実。メモ用紙にこれ三つを並べてにらんでいたら、いちばん語呂がいいのは「中世王朝物語」。オソルオソル（笑）かつ、しずしずと（笑）皆さんに申し上げたら決まっちゃいましてね。」

数少ない物語を対象とするものにすぎなかった、ということができます。

いったい現存する平安時代の物語にはどんなものがあるでしょうか。物語の文学概念をどう捉えるか、という問題もありますけれども、物語リストをかかげてみると、次のようになります。

竹取物語・伊勢物語・大和《やまと》物語・平中《へいちゅう》物語・多武峰《とうのみね》少将物語・篁《たかむら》物語・落窪物語・うつほ物語・和泉式部物語（和泉式部日記）・源氏物語・狭衣物語・夜の寝覚（寝覚物語・夜半《よわ》の寝覚とも）・浜松中納言物語（御津《みつ》の浜松とも）・堤中納言物語（花桜折る少将・このついで・虫めづる姫君・ほどほどの懸想《けそう》・逢坂《おうさか》越えぬ権中納言・貝合・思はぬ方にとまりする少将・はなだの女御・はいずみ・よしなしごと、の十編に断章からなる）・とりかへばや物語・松浦宮《まつらのみや》物語

その多くは、よく知られているものです。ただし、右のなかには、『栄花《えいが》物語』とか『大鏡』などの歴史物語、『今昔物語集』とか『宇治拾遺物語』などの説話物語、さらにのちに『平家物語』を生み出すような軍記物語などの類がないことを不審に思う方がいるかも知れません。その理由の一端をわかりやすい場合をあげてみておくことにしましょう。

次に掲出したのは、『源氏物語』の写本「若紫」巻（宮内庁書陵部蔵）[*1]と『今昔物語集』の写本（鈴鹿本）[*2]の一節の写真とそれを翻刻したものです。

＊1『宮内庁書陵部蔵青表紙本源氏物語』（新典社　昭四三）。

＊2『鈴鹿本今昔物語集―影印と考証―』（京都大学学術出版会　一九九七）。

『源氏物語』「若紫」巻　宮内庁書陵部蔵

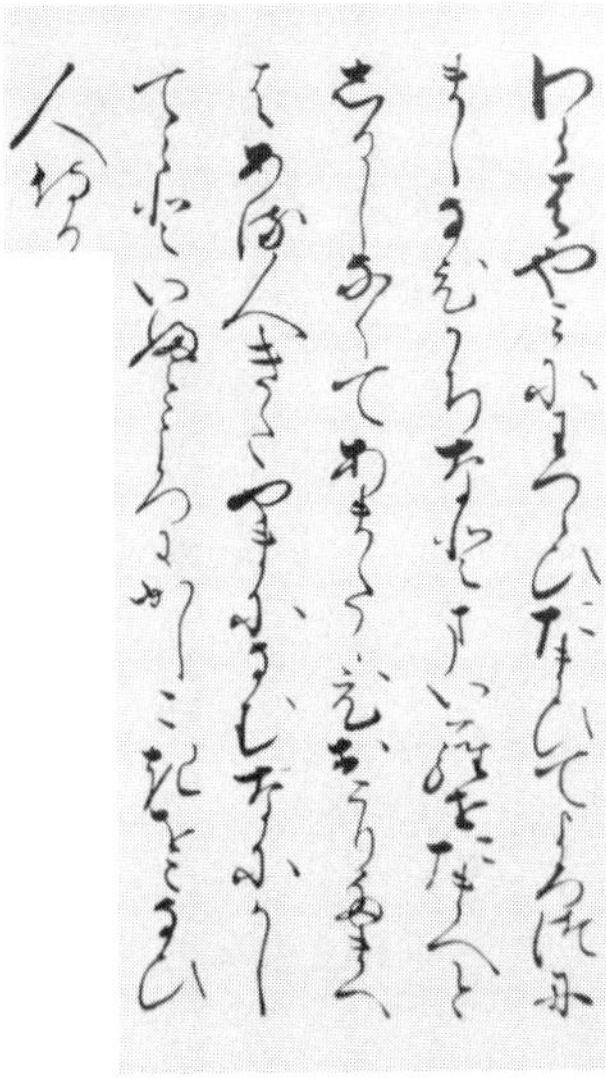

わらはやみにわつらひたまひてよろつに
ましなひかちなとまいらせたまへと
しるしなくてあまた、ひおこりたまへ
はある人きたやまになむなにかし
てらといふところにかしこきをこなひ
人侍る

『今昔物語集』巻第二十九（鈴鹿本）　京都大学附属図書館蔵

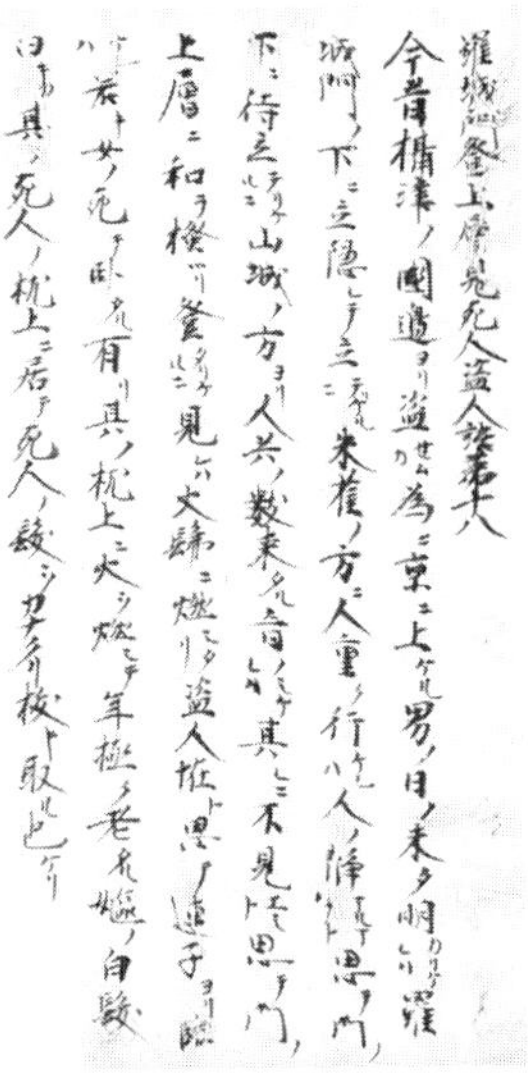

羅城門登上層見死人盗人語第十八
今昔摂津《ノ》國邊《ヨリ》盗《セムガ》為《ニ》京《ニ》上《ケル》男《ノ》日《ノ》未《タ》明《カリケレハ》羅
城門《ノ》下《ニ》立隠《レテ》立《テリケルニ》朱雀《ノ》方《ニ》人重《ク》行《ケレハ》人《ノ》静《マルマテト》思《テ》門《ノ》
下《ニ》待立《テリケルニ》山城《ノ》方《ヨリ》人共《ノ》数来《タル》音《ノシケレハ》其《レニ》不見《エシト》思《テ》門《ノ》
上層《ニ》和《ラ》搔《ツリ》登《タリケルニ》見《レハ》火髴《ニ》燃《シタリ》盗人恠《ト》思《テ》連子《ヨリ》臨《ケレハ》
若《キ》女《ノ》死《テ》臥《タル》有《リ》其《ノ》枕上《ニ》火《ヲ》燃《シテ》年極《ク》老《タル》嫗《ノ》白髪
白《キカ》其《ノ》死人《ノ》枕上《ニ》居《テ》死人《ノ》髪《ヲカナクリ》抜《キ》取《ル》也《ケリ》

一見して印象の異なることがおわかりになると思います。

両者の表記のちがいに注目してみると、『源氏物語』の方は、〈変体がな〉[*1]で書かれています。漢字はほとんど出てきません。まさに〈かな文学〉とよぶにふさわしい表記になっていることがよくわかります。「かな」は〈女手《おんなで》〉とよばれて、この物語が書き手も読み手も女たちが主役であることを反映しているということができます。

一方『今昔物語集』は、どうでしょうか。ここは、芥川龍之介の『羅生門《らしょうもん》』の素材となった説話の冒頭部ですが、こちらは、漢字にかたかな書きになっています。こちらは、漢字が書け、読める人のためのものである、そういう違いがあることがわかります。

そもそも「かたかな（片仮名）」は仏典や漢籍の世界から生み出されてきたものでした。経典や漢籍を訓読、つまり日本語として翻訳して読んでゆくときに、送り仮名を簡略に記すために、万葉仮名の一部を利用して生れたのが「かたかな」なのでした。「阿」の左側の字形すなわち偏を「ア」、「伊」の偏を「イ」と略して代用したように、「かたかな」の「かた」とは、完全でない、そろっていないという意味だった[*2]わけです。

近代の私たちは、物語とあるのだから、『源氏物語』も『今昔物語集』も同じグループで、これを統一的に捉えなくてはならないと思ってしまうわけです

＊1明治期に至るまで、「かな」には、さまざまな漢字（万葉仮名）を字母とする字体や、草化過程の種々の字形が使われてきた。現在使用されている字体は、明治三十三年八月二十一日の小学校令施行規則第一号により統一化されたものである。その結果、それ以外の字体・字形は、変体がなということになった。

＊2「片《かた》手」「片《かた》思い」「かたこと」などの語例を思いうかべればよい。この場合の「かな（仮名）」は漢字を利用して日本語を表記するための文字のこと。

が、作者も読者もちがう世界のものであると、一線を画しておいたほうがよいことになります。

そのうえで、短編物語集である『堤中納言物語』に収められた十編の作品を解体して、個別に数え、少し枠を広げて『和泉式部日記』のようなものを『和泉式部物語』という表記のあるものに従って加えたり、『とりかへばや』や『松浦宮物語』を加えて広く数えあげた[*3]ところで、二十五編にとどまるわけです。

現存する中世王朝物語の作品群

これに対して、中世王朝物語の方はどうでしょうか。目安として、市古貞次・三角洋一編『鎌倉時代物語集成』七巻[*4]をみますと、そこでは、『住吉物語』のような重複所収を除外すると三四編の物語を収めています。こちらの収録物語リストは、次のとおりです。

あきぎり・あさぢが露・あまのかるも・在明の別（第一巻）
石清水物語・いはでしのぶ・風につれなき物語・風に紅葉（第二巻）
苔の衣・木幡の時雨・恋路ゆかしき大将・小夜衣（第三巻）
雫に濁る・しのびね物語・白露・住吉物語・とりかへばや（第四巻）

＊3 一般的には、『和泉式部物語』を入れたり、『堤中納言物語』を個別に数えあげたりはしない。『とりかへばや』や『松浦宮物語』を算入することにはゆれがあるから、十編を少しこえる程度という概括もできる。

＊4 市古貞次・三角洋一編『鎌倉時代物語集成』七巻・別巻（笠間書院　一九八八〜二〇〇一）

兵部卿物語・松陰中納言物語・松浦宮物語・むぐらの宿・無名草子・八重葎・（別本）八重葎・山路の露（第五巻）
夢の通ひ路物語・夜寝覚物語（第六巻）
我身にたどる姫君物語・雲隠六帖・下燃物語・豊明絵草子・なよ竹物語・掃墨物語・葉月物語（第七巻）

このシリーズにも『とりかへばや』[*1]『松浦宮物語』[*2]が入っていることには異論もあるかもしれませんが、逆に言うと、このへんに平安時代の物語と鎌倉時代の物語の境界線がゆれとして存在しているらしいことがわかります。なお『夜寝覚』は、平安時代の『夜の寝覚』を改作したものです。

この集成が出版されることによって、これまで入手が困難であったテキストや未翻刻であったテキストがいっきょに読めるようになったわけで、たいへんありがたい業績です。

かつて、若い時には、平安時代の物語をちゃんと掴んで評価するためにも、ひととおり後続の物語を読んでおく必要があると思ったものの、活字テキストを集めるだけでも苦労した思い出があります。[*3]

ですから、この四半世紀でこの分野の研究環境がぐんと整ってきて、鎌倉時代物語を専門的に研究する若い人たちがずいぶん増えてきているのは、隔世の

＊1現存する『とりかへばや』は、平安後期に成立した古本の『とりかへばや』の改作。鎌倉時代の冒頭に成立した『無名草子』では、『今とりかへばや』と呼ばれ、古本の『とりかへばや』に比べ、評価が高い。現存本はこの『今とりかへばや』であり、その成立は、平安末期に遡るとも、鎌倉期に入っての作とも推測される。大納言の二人の子は、兄は女性的、妹は男性的なところから、男が女に、女が男として育てられる設定からはじまる。性倒錯的な物語とみられがちだが、現存本では女の生き難さが大きなテーマとなっている。さいごには本来の性にもどってともに繁栄する。

＊2『松浦宮物語』の成立も、厳密には不詳。『無名草子』に「定家少将の作りたるとてあまたはべるめる」との叙述につづいて『松浦宮』の話題が出てくるところから、藤原定家（一一六二〜一二四一）作者説が有力。定家が少将であったのは、一一

感があります。

さらに現在、口語訳に注までつけた『中世王朝物語全集』二三巻が二九編あまりの物語を収める予定で、刊行中です。この全集によって、中世王朝物語が、ひとにぎりの読者から、幅広い読者に解放されることになったわけで、これまた画期的な意義のある出版です。*4

こちらの収録物語リストを刊行予定も含めてあげてみると、次のとおりになります。

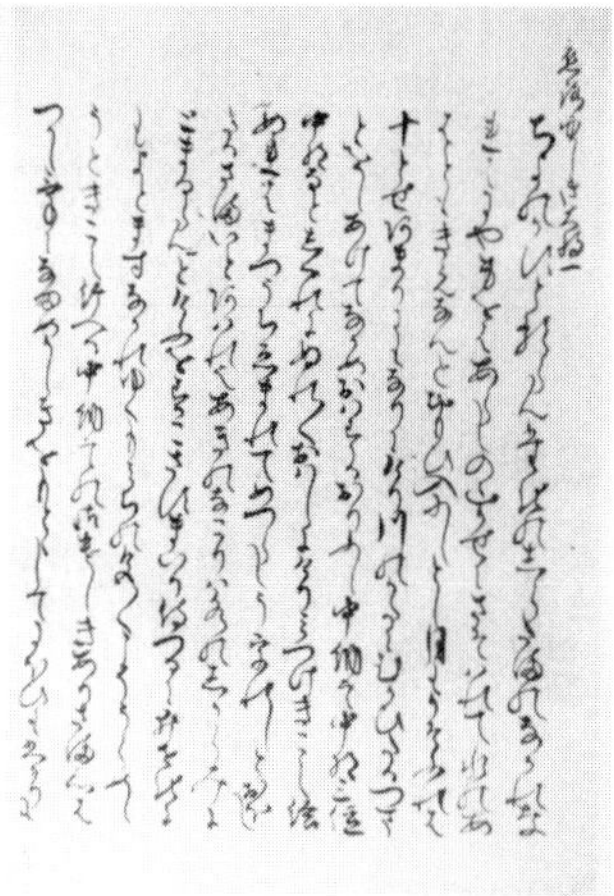

人間文化研究機構　国文学研究資料館蔵

八九年（文治五）から一二〇一年（建仁元）の間。これを手がかりにすれば、平安末期から鎌倉期にかけての成立ということになる。遣唐副使として唐に渡った弁少将の、唐土の内乱の鎮圧、鄧皇后・華陽公主・皇后らとの恋の契り、帰国後の恋の名残など、古態を装いつつ、妖艶で夢幻的な物語の世界をえがく。

＊3国文学研究資料館には、國學院大学の教授であった金子元臣旧蔵『恋路ゆかしき大将』（九条家旧蔵本　写真参照）『わが身にたどる姫君』などの貴重書が寄託されている。元臣の子息、金子武雄の『恋路ゆかしき大将』（筑波書店　一九三六　写真参照）などは、稀覯本で、ようやく見つけた神田の古本屋で、思案したあげくにそうとう高い値段で買ったもの。

ちなみに中村真一郎の王朝小説『恋路』（河出書房　昭三一　写真参照）はこれを使って小説化したもの。

あきぎり・浅茅が露・海人の刈藻・有明の別・いはでしのぶ・石清水物語・木幡の時雨・風につれなき・苔の衣・恋路ゆかしき物語・山路の露・小夜衣・しのびね・しら露・雫ににごる・住吉物語・とりかへばや・兵部卿物語・八重葎・別本八重葎・松浦宮物語・雲隠六帖・風に紅葉・むぐら・松陰中納言・夢の通ひ路物語・夜の寝覚・我が身にたどる姫君・藤の衣物語絵他

こうしてみると、どうでしょうか。時代の新旧の問題がありますから、単純比較はできないにしても、数量的には、鎌倉時代物語あるいは中世王朝物語の方が、現存する平安時代の物語よりも多いくらいであることがわかります。

ですから、現存する物語に限ってみても、物語山脈の姿は、デッサンのし直しが必要である。そういう研究状況が生れていることがわかるのではないでしょうか。

それればかりではありません。果して現在まで残っている物語を研究し、それらを繋いであらたな山容をデッサンし直せば、かつての物語の時代、物語山脈の姿がおのずから浮かび上がってくると考えてよいのでしょうか。

現存する物語は秀逸な作品か

『夢の通ひ路』は、唯一の伝本である名古屋市蓬左《ほうさ》文庫の六巻六冊本が影印版で初めてみられるようになったとき（『夢の通ひ路物語』汲古書院　昭四七）、さっそくとびつき読み出したが、大部なうえに書き入れなど読みにくくたちまち挫折。工藤進思郎ら編の『夢の通ひ路物語』（福武書店　昭五〇）のテキスト化を俟ってようやく大要を知るありさまであった。

＊4『中世王朝物語全集』二三巻（笠間書院　一九九五～）。

そもそも、今日まで残っている物語は、歴史という評価の荒波をくぐりぬけた秀逸な山々であると素直に眺めてよいのでしょうか。今日まで残っているのはすぐれた作品だからである、と判断してよいかということになると、そうかんたんに肯定できないと思います。

たとえば、『夜の寝覚』とか『浜松中納言物語』は、平安の昔にも高い評価を受けていました。それは、たとえば物語じたての体裁で、平安時代の物語を論評した『無名草子』などの評価からもわかります。ところが、こういう高い評価を受けていた、これらの物語でさえも、今日、完全なかたちで残っているわけではないのです。

『夜の寝覚』は中間部に欠巻があるばかりか、後半部には相当量の失われた部分があります。『寝覚』の題簽をもつ三冊からなる前田家本*でいえば、一冊目と二冊目の間に大きな欠落があります。さらに三冊目ののちにも話が大きく展開しているらしい。現在残っている分量よりも失われた分量の方が多いのではないか、と想定する研究者もいるほどです。最近この物語の後半部の内容をうかがわせる、断片的な新資料がいろいろ発見されていて、関心をよんでいます。

また『浜松中納言物語』は、昭和に入って末巻が発見されたのですが、こちらも、じつは冒頭部が欠けています。一巻あるいは二巻分ほどの分量が行方知

＊『寝覚』の題簽をもつ前田家本（尊経閣叢刊　昭八）

なお、『夜の寝覚』には五巻本もあり、こちらでは二巻と三巻の間および五巻以降に欠落がある。

れずになっているのです。

となると、これらの物語は、いわば物理的損傷をこうむっているということなのでありまして、優れているから今日に残ったとだけでは済まされません。偶然の幸運に恵まれたおかげで、不完全ながら残っている、とみるのが妥当な見方ということになるでしょう。

もうひとつ例をあげましょう。

『堤中納言物語』は、十編の短編物語と物語の書き出しらしい一葉ほどの断簡を収めた物語集ともいうべき作品です。『堤中納言物語』には、一編ずつがばらばらに写されている伝本グループと、一冊あるいは二冊にまとめられている伝本グループとに分かれて今日伝わっていますが、元をたどれば、個々の物語は作者も成立時期も異にするもの、とみるのが今日の定説です。一編ずつばらばらに写されているグループの伝本の実例として、高松宮家本の複製[*1]をみるとわかりますが、ひとつひとつの物語となると、きわめて薄ぺったいリーフレットのようなものです。私たちの生活の中でも、こういう薄手のものは、きちんとまとめてファイルでもしておかないと、すぐわからなくなってしまいます。重要な会議資料などをしょっちゅう探している私の日常経験からいっても、だいじだからといって残るものではありません。平安時代の短編物語は、おそらく『堤中納言物語』のように集としてまとめられていたからこそ残っている、

＊1『堤中納言物語』高松宮家本（複刻日本古典文学館　ほるぷ出版　昭五二）

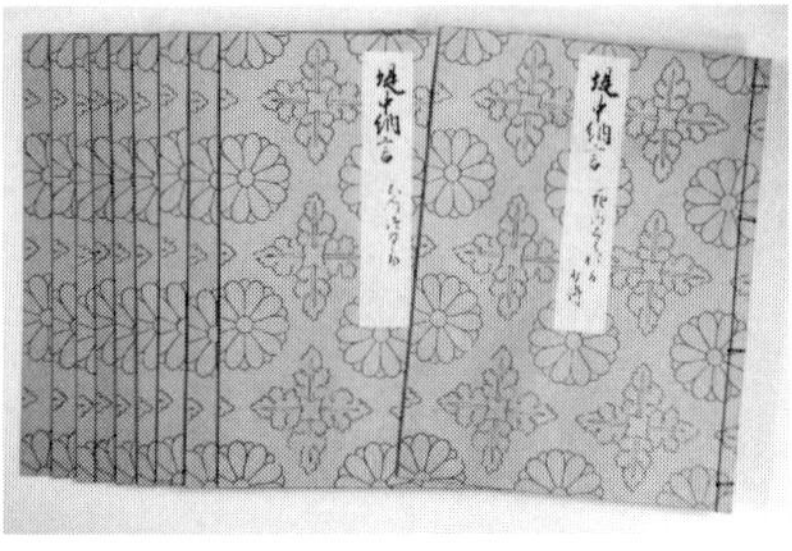

高松宮本の場合、短いものは『ほどほどの懸想』が墨付き四葉、長いものでも『思はぬ方に泊まりする少将』が墨付き十一葉からなるにすぎない。

とみた方がよいのではないでしょうか。

　こんなふうに、多くの物語が失われて来たのは、長い歴史的な時間の経過とか、物語に与えられていた社会的な価値の問題であるとか、いろいろ理由があると思いますが、物理的事情の最たるものとしては、都が焼け野原になった応仁の乱（一四六七〜一四七七）などをあげることができます。*2

　たとえば、紀貫之の自筆『土左日記』などは室町時代まで残っていたことが確実ですが、この動乱を境に姿を消します。室町後期の歌人であり学者であった三条西実隆《さねたか》（一四五五〜一五三七）という公卿の日記『実隆公記』などをみると、このころまでは昔の物語がそれなりに残っていたらしいことがよくわかります。

　こんなふうに考えると、現存する物語の背後には、膨大な失われた物語があったことを想像してみる必要があることがはっきりしてきます。

　私たちは、霧の切れ間からみえるわずかな物語の山々を眺めて、それが物語山脈の主峰群であると思い込んでいるにすぎないかもしれないのではないでしょうか。


散逸した物語世界の発掘はどのように始まったか

　しかし、疑うだけでは埒《らち》があきません。少しは、その疑いと推測を具体化す

＊2近代に入っての事例では、関東大震災や第二次世界大戦の戦火で、数多くの古典籍が焼失した場合があげられる。関東大震災の教訓からは、貴重な古典籍の複製化が積極的に進められることになった。

る手だてを考えなければなりません。

失われた物語の中には、物語の名称だとか、さらには物語の内容をかいま見させてくれる断片的な資料が残されている例があります。先人たちは、こういう物語群に、長らく〈散逸物語〉という名称を与えてきました。存在したという痕跡を具体的に残しているのだから、厳密にいえば、これらを〈散逸物語〉と呼ぶのは矛盾しているわけですが、すでに学術用語として定着しているので、ここではそのまま用いることにします。

さて、こういう膨大な失われた物語を探る研究すなわち散逸物語の研究は、どんなふうに進められてきたでしょうか。それを整理すると、次のような業績のうえに、研究の現在と課題があることがみえてきます。

第一のステップとして、どのような物語が存在したか。その痕跡を集め、その目録を作成、充実させることがありました。いわば散逸物語の目録学です。とくに江戸時代の考証学者の仕事が今日の研究の出発点をつくったといえます。活字になっている代表的な業績としては、『物語草子目録』という本があり、そこに、目録学的業績が集められています。*

第二のステップとして、そのように蒐集された化石的痕跡ともいうべき資料群から、物語内容を復原する研究があります。

最近の話題でいえば、次々に発見される恐竜の化石が、コンピュータ・グラ

*横山重・巨橋頼三編『物語艸子目録』（『物語草子目録　前編』大岡山書店　昭十二→角川書店　一九七一　写真参照）には、次のようなものを収める。

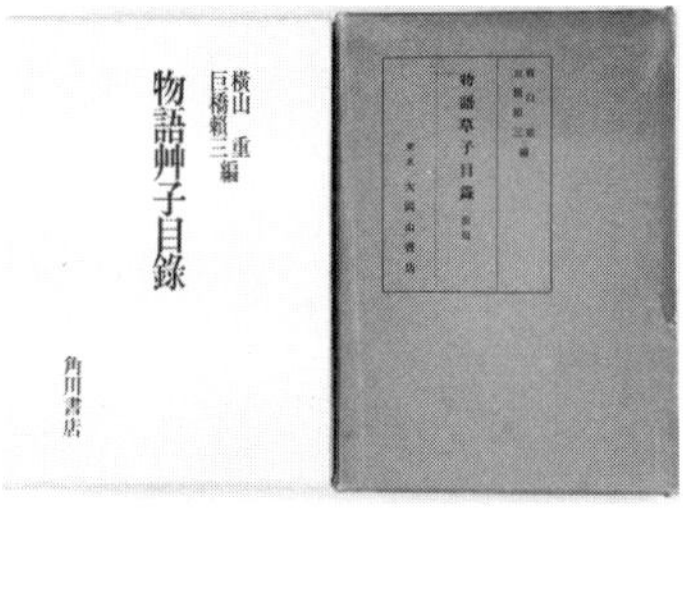

古ものがたり目録（山岡浚明）
物語書目備考（伴直方）
古物語類字鈔（黒川春村）
物語書名寄（岡本保孝）
古物語名寄類韻（横山由清）
物語草紙解題（平出順益）
近古小説解題（平出鏗二郎）
室町時代小説集解題（平出鏗二郎）

フィックスを駆使《くし》することで、動く映像にまで復原されているのを、テレビなどでごらんになった方も多いでしょう。羽毛で覆われた恐竜がいたとか、三十数トンもあって早く走れなかった恐竜がどんなふうに狩りをしたか、などという謎を解明する映像から、長いこと私たちが持っていた恐竜のイメージが一新されつつあることがわかってきたわけです。

　恐竜の絶滅は、地球に巨大隕石《いんせき》が激突したことによって気候変動がもたらされたことによる、とみる説が有力であるようです。とすると、それは、応仁の乱のような戦火によって、数多くの物語が失われたのに似ているように思えてきます。

　こんなふうに、わずかに内容の痕跡を残して失われた物語を復原

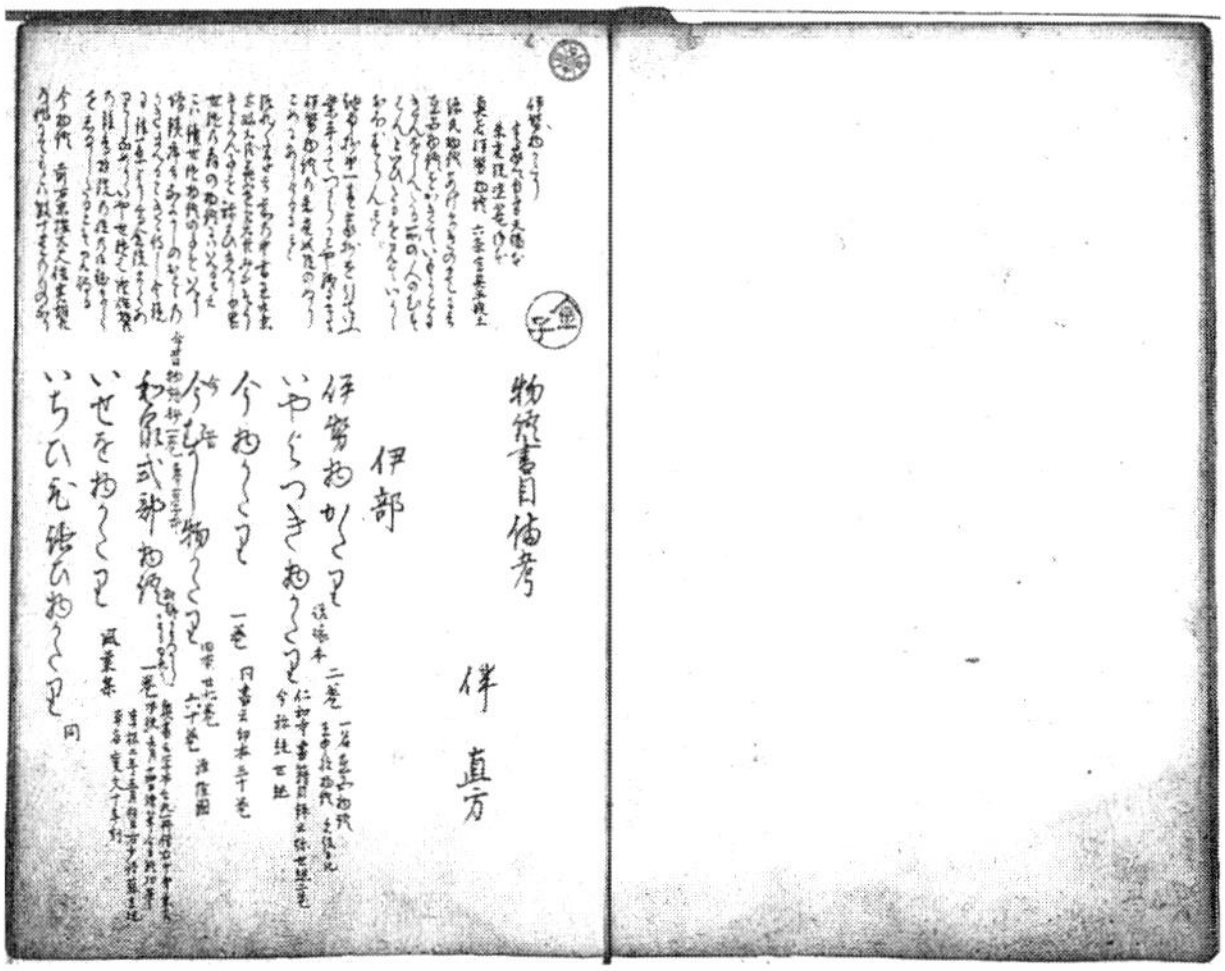

人間文化研究機構　国文学研究資料館蔵

なお国文学研究資料館には、伴直方「物語書目備考」の自筆書き入れ本（金子家本。写真参照）が寄託されている。
　大久保正編『国文学未翻刻資料集』（桜楓社　昭五六）に伊井春樹による翻刻がある。

してみる、物語考古学とでもいうべき研究があるわけです。

残された資料をじっくり厳密に解釈して、それを物語復原に結びつけるという、地道な作業を試みて、この方面の先駆を示したのが松尾聰氏[*1]の仕事です。それをさらに平安時代から鎌倉時代へと対象領域を広げたのが松尾氏の大学時代からの友人であった小木喬氏の業績です。さらに、散逸物語研究を次なるレベルへとステップアップしたのが、樋口芳麻呂氏の業績であるといえましょう。[*2]

散逸した物語からみた新たな物語史像

さて、第三のステップとして、そういう復原研究をたんなる復原にとどめるのではなく、物語復原から、物語史、いわば物語山脈のとぎれて見えない部分を、散逸物語によって埋めることへと、関心を移行させる研究が出てきます。〈知られざる物語山塊の発見〉は、こちらの山とあちらの山を繋ぐ、あるいは、その間に隠れている山々峰々を発見しようという、こういう研究レベルを意識したものです。

この第三のステップにおける散逸物語研究の発想は、現存する物語を前提とした研究であるといってよいでしょう。今に残る物語が骨格としてあって、その欠失部を散逸物語を利用することによって、見えない山脈の連なりをなめらかに繋いでみよう、というわけです。

＊1松尾聰『平安時代物語の研究』（東寶書房　一九五五→武蔵野書院　増補改訂版　一九六三）

小木喬『散逸物語の研究　平安・鎌倉時代編』（笠間書院　一九七三）

ちなみに三島由紀夫は松尾聰の学習院における教え子。まだ十代の三島は、『文芸文化』に掲載された松尾の散逸物語『朝倉』の復原論文を読み、「あさくら」という小説を書いている。最晩年の『豊饒の海』四部作の『春の雪』（新潮社　昭四四）の後註には「『豊饒の海』は『濱松中納言物語』を典拠とした夢と転生の物語であり」とあるが、この物語の末巻の発見者も松尾である。彼の研究が三島の文学的発想に多くの基盤的な影響を与えている。

＊2松尾聰・小木喬以降の仕事には、次のようなものがある。樋口芳麻呂『平安・鎌倉時代散逸物語の研究』（ひたく書房　一九八二）

第一から第二のステップの研究を包括しつつ、この第三のステップにおける研究を強力に押し進めたのが、三角洋一氏の仕事です[*3]。私じしんも、同じような発想を出発点として、散逸物語研究に興味をもつようになってきました[*4]。

基本的には、散逸物語の研究史はこのようなものであったといえます。

このような見方は、現存する物語、目に見える山々を歴史という時間にそって繋いで、そこに物語史の典型が反映している、という理解になります。しかしながら、これですと、これまで残された物語を優れた作品の歴史として固定化してしまうことに繋がってしまう、という問題を孕んでいることにもなります。

ここで、私は、このような現存する物語に対する捉え方の発想を逆転させてみたらどうか、と考えます。

すなわち、第四のステップとして、散逸した物語の側に立って、現存する物語を眺める視点が必要になってくるのではないでしょうか。

霧に隠れて全貌を捉えることがむずかしい王朝物語山脈が存在する。私たちの前には、じつは散逸した膨大な物語世界が存在しているらしい。たまたま私たちの目の前に、幸運な霧の晴れ間から、山々がのぞいてみえる。どうやら、それらは、山脈として連なっているらしいのですが、この偶然にみえた山々こそ現存する物語に相当するのかもしれません。とすると、現存する物語は、巨

藤井貞和「散佚物語〈前期〉」神野藤昭夫「散佚物語〈後期〉」『体系物語文学史　第三巻物語文学の系譜Ⅰ平安物語』（有精堂　一九八三）
神野藤昭夫「散佚物語事典―鎌倉時代物語編―」『体系物語文学史　第五巻物語文学の系譜Ⅲ鎌倉物語２』（有精堂　一九九一）
足立繭子・鈴木泰恵「散佚物語事典」『中世王朝物語・御伽草子事典』（勉誠出版　二〇〇二）

＊3三角洋一『物語の変貌』（若草書房　一九九六）

＊4神野藤昭夫『散逸した物語世界と物語史』（若草書房　一九九八）

大山脈の、あちらこちらに浮遊するように存在しているにすぎないとも思えてきます。

現実離れした想像のようですけれども、巨大な物語山脈を幻のように思い浮かべてみて、それらの山脈に現存する物語が点在している、そういう逆転の発想による捉え方をしてみたらどうでしょう。

そういう巨大な物語山脈を幻視してみるということになると、大きく物語の時代として捉えることは、その山脈を山脈として認識するだけにはとどまらない、さらに新たな文学史的眺望が切り開かれる可能性が出てきます。すなわち、日本列島の文学史のなかで、物語山脈はいったいどのような位置を占めていることになるだろうかとか、一見遠く離れたジャンルの山脈群とは繋がっているのか、あるいはいないのかという関係性の問題、たとえば、物語と近代小説とをまったく別のジャンルとして認識するのではなく、時代ごとに山容を異にはするものの、地下深くでは同じプレートの上に乗っているものかもしれない、などと想像を羽ばたかせたくなってきます。プレート・テクトニクス理論にも似た発想を文学史に応用してみることはできないかと思ったりすると、ちょっとワクワクした気分になってきませんか。

といっても、このような目標を解明するための散逸物語研究の方法が、かんたんに確立しているわけではありません。第一ステップは、今後も寥々《りょうりょう》たるものではあるにしても、文献を広く探しもとめることで、新たな発見が期待されるでしょう。第二ステップでも、既にその存在が知られている散逸物語について、新しい情報が得られれば、より豊かな復原が可能になってきます。とすれば、第三ステップ、それを現存する物語や他の散逸物語情報と結びつけて、物語史の流れを新たに掴みなおすことも可能です。ここまでは、限界はつきまとっていても、学問的な実証研究としての展開が可能である、といえましょう。

しかしながら、第四ステップとなると、既存の見方を相対化するジャンプが必要になってきます。具体的な個々の事例を丹念に明らかにしながら、物語山脈の全容を探るジャンプを試みる。すると世界がちがってみえる幸運が得られる可能性がある。それは必ず約束されたものではありませんが、チマチマとした研究に跼蹐《きょくせき》しているばかりではない一瞬を夢みるのでなければ、味気ない研究にとどまってしまいますし、それが広い世界とどう繋がっているのかを志としてもつのでなければ、研究としては、閉鎖的な自己充足の域にとどまってしまうことになるでしょう。

散逸物語研究の最前線は、学問的な厳密さのギリギリのところで足場を固めながら、そこからの飛躍を夢みる試みがなされるところにあるといえましょうか。

数量データから求められる物語史像の修正

話が誇大になったところで、話題を少し前に引きもどします。散逸物語を視野に入れると、どんなふうに物語の時代像がみえてくるか。その地点にまでもどって、そのラフスケッチを試みてみることにしましょう。

そのためには、散逸物語をまず数量的に大掴みにしてみる、ということをしなければなりません。

すると、たちまち資料的な限界につきあたって、困難な現実の前で佇《たたず》むことになるのですが、まずは、散逸した物語を「平安時代に属する物語」と「鎌倉時代に属する物語」とに分けて見てみましょう。

平安時代に属する物語については、ある物語の情報が、どのような資料から得られるかを手がかりにすれば、それがだいたいいつごろに属する物語かという時代区分がある程度可能です。ただし、ここでは、大きく『源氏物語』を分水嶺にして、それ以前と以後というふうに分けて数量的な把握を試みることにして、その結論を示すと、次のようになります。

『源氏物語』以前　一三編
『源氏物語』前後　二六編
『源氏物語』以後　六六編

鎌倉時代に属する物語については、その最大の資料宝庫として、文永八年（一二七一）に成立した、物語内の歌を勅撰集の体裁にならって編纂した『風葉《ふうよう》和歌集』という物語歌集[*1]があります。しかし、平安時代の物語のように、依拠資料別に時代区分を試みることはたいへんむずかしく、資料グループ別に整理してみるにとどまるほかありません。しかも、このなかには、平安時代にさかのぼることができる物語も含まれているかもしれないし、逆に、資料吟味の結果、室町時代物語（お伽草子）の世界に入れるべきものがあるかもしれないし、物語として認定するには妥当を欠くかもしれないものが入っている可能性もあります。そのうえで大胆に概括すると、二二五編になります。

およその数量を示すにとどまるのですが、私の調査結果からいうと、散逸物語としてリストアップできるものは、

平安時代の物語として掲出できるもの　一〇五編
鎌倉時代の物語として掲出できるもの　二二五編

あわせて三三〇編というのが目安になります。[*2]

としますと、現存する物語の数においても、散逸物語の数においても、鎌倉時代以降もなお、おびただしい数の物語が作り続けられていたという事実が明

＊1『風葉和歌集』　文永八年（一二七一）に後嵯峨院の中宮（大宮院姞子《きつこ》）の命により成立。物語内の歌を勅撰集の体裁にならって編纂した物語歌集。もと二十巻だが、現存本は末尾二巻を欠き、一四〇〇首余りの歌を収める。約二〇〇種（私見では二〇四種）に及ぶ物語が知られ、散逸物語研究の宝庫というべきものである。

＊2散逸した平安時代に属する物語一〇五編を時代区分の目安をたてて、整理した一覧と散逸した鎌倉時代に属する物語二二五編を依拠資料別に分類整理した一覧は、〔参考1〕参照。

らかになってくるわけです。もとより、ここから、もはやその存在の痕跡さえ残さない、文字通りの散逸した物語世界を想定したならば、その数の分布に大きな変動が出てくる可能性があることは留保しておかなければなりません。

しかしながら、これだけのデータをもってしても、物語というジャンルが、平安時代を黄金期とするものであって、鎌倉時代以降の物語は質量ともに衰退してゆくという、単純な物語史像は慎重な修正をもとめられているといえましょう。

物語の時代の本流となった作り物語

では、ここからみえてくる物語史像はどんなものになるでしょうか。

第一に、少なくともいわゆる中世王朝物語の作者やその読者たちにとっては、自分たちの物語はジャンルとして王朝物語とひとつづきのものであって、別物とは考えていなかったのではなかろうか、と推測されます。

では、彼らが同一と認識していた物語とはどのようなものだったでしょうか。

私は、それは、基本的には〈作り物語〉*という概念に帰結させることができると考えています。

〈作り物語〉という概念は、現在では、虚構による物語という意味の学術用語として広く用いられています。

*〈作り物語〉の語彙例
○邦訳日葡辞書「Tçucurimono gatari ツクリモノガタリ（作り物語）作り話、あるいは寓話的な物語。」
○俳諧・類船集―津「源氏はつくり物語と也」（高橋梅盛編　延宝四年（一六七六）刊。

しかし、ここでは、このような共時態的概念としての学術用語の用法から離れて、実際の用例に即して、通時態的に、その観念について捉えてみることにしましょう。

〈作り物語〉という言葉を、文献の上で確認できるのは、今のところ、一二世紀後半に成立した歴史物語である『今鏡』に「作り物語のゆくへ」として出てくるものが最初です。

その次に『風葉和歌集』の序文に、次のように出てきます。

つくりものがたりのうたといふものなむいつはりなれたる人のいひ出でたることにのみなりて、まめなる所にはほにいだすべきにもあらざめれば

ここの文章は、『古今和歌集』の序文のレトリックを応用して書かれているわけですが、「〈作り物語〉の中の歌は、うそいつわりをいうことに馴れた人が詠んだものばかりであって、あらたまった公の場に表だって出せるものでもないので」と述べています。社会的に認められることなくむなしく埋もれている、〈いつはり〉＝虚構による物語〈作り物語〉の中の歌を救済し、認知しようという意図から出たものである、とこう宣言しているわけです。その結果、「つくりものがたり」と限定することによって、『伊勢物語』などの歌物語であると

○小説神髄（坪内逍遥）上巻目次・小説の変遷「真の小説の世に行はるゝ前に羅《ら》マンスといへる一種の仮作物語《つくりものがたり》の世にもてはやさるゝ事」

なお、山本登朗「ふたつの「芥川」―室町中期伊勢物語注釈の虚構理解―」（『伊勢物語論　文体・主題・享受』笠間書院　二〇〇一）では、『伊勢物語』の注釈史において、歴史的事実と一致しない内容を語っている物語という消極的な意味での「作り物語」という語例が『愚見抄』以降出現することを指摘する。『肖聞抄』以下の語例になると、虚構を虚構として積極的に読み、その下に隠されたものを読む注釈姿勢に変わってくることを論じており、興味深い。ただし、本章の立場からは、『伊勢物語』それじたいが「作り物語」というジャンルに属することを主張する語例とは考えなくてよいと理解している。

か、『今昔物語集』などの説話的な物語、『栄花物語』や『大鏡』などの歴史物語の類にみえる歌は排除されることになる。じっさい『風葉集』には、これらのジャンルの物語歌は採られておりません。

ここの用例は、物語とは〈作り物語〉のことである、とする明確なジャンル意識が認められる点で重要である、ということができましょう。

物語の本質は〈作る〉ところにあるとみた『無名草子』

「ものがたり（物語）」というのは、本来的に「話し語ること」つまり談話を意味するわけですから、「物語《ものがたり》」なるものは、想像力にもとづくところの虚構、フィクション、つくりごとがその本質をなすものとはいえません。虚構のものではあっても、むしろ本当のものとして語られるのが物語なるものであった、というほうが適切でしょう。

それが、物語なるものが虚構以外のなにものでもないことを、本物に似せて作られたものであることを、明確に意識し言明したところに、〈作り物語〉の語の出現があった、ということになるのではないでしょうか。

『風葉集』に先だつ、鎌倉時代のごく初頭に成立した『無名草子』には、〈作り物語〉という用語は出てきませんが、物語は〈書く〉ものではなく、〈作る〉ものであるということを明確に使い分けているという点で、注目させられます。

そのいくつかをあげてみましょう。*

まず、

①紫式部が『源氏物語』を「作り」、清少納言が『枕草子』を「書き集め」たのをはじめとして、前に申し述べたいくつかの物語は、多くは女性の手になったものではないでしょうか。

という一節があります。ここでは「書く」と「作る」とが明らかに使い分けられています。清少納言の『枕草子』は「書く」ことによって成立した作品であるといっていますが、それは、

②『枕草子』という作品に、自分自身で「書きあらわして」いますから、ここではこまごまと申し上げることはいたしません。

と言い、さらに

③その『枕草子』こそは、彼女の心の様子がよく見えて、たいそう興味深く思われます。あれほど興味深くも、すばらしくも、りっぱであることの数々

*

①紫式部が『源氏』を作り、清少納言が『枕草子』を書き集めたるより、さきに申しつる物語ども、多くは女のしわざにはべらずや。（新編日本古典文学全集『無名草子』（久保木哲夫校注）による）

②『枕草子』といふものに、みづから書きあらはしてはべれば、こまかに申すに及ばず。

③その『枕草子』こそ、心のほど見えて、いとをかしうはべれ。さばかりをかしくも、あは

を、残らず「書き記し」た中に、皇后定子の、りっぱで、栄華の盛りにあって、天皇の寵愛を一身に集めていらっしゃったことばかりを、恐ろしいほどまざまざと「書き出し」て

と言っています。『無名草子』のここの論評などは、『枕草子』という作品の本質をずばりと掴んでいて、なかなか鋭いものがあります。

これらに対して、『源氏物語』についての場合とを対照してみましょう。

④それにしても、この『源氏物語』を「作り」出したことは、どう考えても、現世においてだけではなく、前世からの因縁によろうかと珍しく思われます。〜この物語よりあとの物語は、考えてみるとたいそう簡単なはずです。『源氏物語』をひとつの知識として「作る」としたら、『源氏物語』よりまさったものを「作り」出す人もきっとあることでしょう。それがわずかに『うつほ』『竹取』『住吉』などぐらいを物語として見ていた程度で、あれほどの傑作に「作り」あげたのは、ふつうの人間のしわざとも思われないことです。

ここから、『無名草子』における「書く」「作る」の書き分けの意識がきわめ

れにも、いみじくも、めでたくもあることども、残らず書き記したる中に、宮の、めでたく、盛りに、時めかせたまひしことばかりを、身の毛も立つばかり書き出でて、

④さても、この『源氏』作り出でたることこそ、思へど思へど、この世ひとつならずめづらかにおぼほゆれ。〜それより後の物語は、思へばいとやすかりぬべきものなり。かれを才覚にて作らむに、『源氏』にまさりたらむことを作り出だす人もありなむ。わづかに『うつほ』『竹取』『住吉』などばかりを物語とて見けむ心地に、さばかり作り出でけむ、凡夫のしわざともおぼえぬことなり。

て明瞭であることがはっきりわかると思います。

じつは、『無名草子』では、物語は〈作る〉ものであるとする用例は、複合語を含め、一四例に及んでいるのです。

しかも私のみるところ、この場合の「作る」という語感には、「作る」という語が、あらたに物を制作するという意味だけではなく、無いものをあるかのように語る、まさに仮作するという語感を読み取ることができる点に注目したいと思います。

いったい、私たちがつかう「つくりもの」という言葉。「しょせん〈つくりもの〉だから」などというときには、本物に似せた、しかし、本物とはちがうとおとしめる語感がありますけれども、よく考えてみると、今だって、そこには本物のようにつくるという感覚を潜《ひそ》ませていることがわかります。

要するに、『無名草子』の時代すでに、物語の本質は〈作る〉ところにあり、物語の本流は〈作り物語〉にある、という認識があったことになります。

こういう〈作り物語〉観念は、『無名草子』によってはじめて発見されたり、生み出されたりしたものではないでしょう。じっさい『無名草子』に先立って成立した『今鏡』に「つくり物語のゆくへ」という一節があったわけで、こういう用例の出現よりも遙か以前に、〈作り物語〉観念は成立していたと考えるのがしぜんです。

では、それはいつごろからか。ここは、少々、えいやという果断な推測になりますが、このような〈作り物語〉意識を遡るならば、その明瞭な分水嶺は『源氏物語』にあるとみてよいのではないでしょうか。

『源氏物語』がといいますか、『源氏物語』以降の読者たちが〈作り物語〉なるものこそ物語の保守本流である、という観念をつくったのではないかと判断されるのです。

このような〈作り物語〉意識こそが、『栄花物語』や『大鏡』などの歴史物語や『今昔物語集』などの説話物語などとの、ゆるやかな線引き機能を果して、物語なるものの範疇・領域を明確化し、そうした語史のうえに、〈作り物語〉の語例が今に残されるにいたった、とみることができるのではないでしょうか。

物語の時代はどう眺望できるか

では、このような物語なるものの意識に注目すると、物語の時代はどんなふうにみえてくるでしょうか。

昔のひとの意識に即していえば、平安から鎌倉さらに南北朝以降にまで広がる物語山脈とその裾野は、これを切断して捉えるよりも、連続性の方を重視した方がよい、ということになってくるでしょう。

『源氏物語』を山巓とする物語の山脈は、基本的にはひとつづきのものとして捉えるのが適切であり、物語は平安時代をもって終焉《しゅうえん》を迎え、そののちの物語は擬古物語などと蔑《さげす》んで、残余のように捉える旧来の見方は捨てられるべきです。

さらに王朝物語山脈は、平安王朝にとどまるものではなく、鎌倉から南北朝期におよぶまでを物語の時代として包括して捉えるのがよろしいと考えます。

とはいえ、私じしんも大槻修氏と共編で『中世王朝物語を学ぶ人のために』*という本を出しているので、立場は微妙ということになりますが、中世王朝物語という概念もまた、あくまで物語としての連続性を前提としたうえで、中世の語を冠して、その不連続性をいうだけの特質をどう明らかにするか、ということでなければならないと考えます。

そこには、〈作り物語〉としては一貫しているけれども、歴史社会的にはしだいに物語を支える層の変移によって、現代の目からはその歴史的変容に敏感であるべきだ、という立場もありうるわけではありますが、それはあくまでも物語の時代というと大枠の中での区分の問題、とみるのが私の見解です。

では、逆に、〈作り物語〉という歴史を遡ってみたとき、『源氏物語』という分水嶺の向こう側、すなわち『源氏物語』以前の物語世界は、どんなふうに眺望できることになるでしょうか。

＊『中世王朝物語を学ぶ人のために』（世界思想社　一九九七）

しだいに明確なかたちをなしてくる物語なるものに対して、『源氏物語』以前の物語世界は、必ずしも一定の〈作り物語〉意識で固定化されていたわけではなく、多様な広がりと流動性に満ちていたのではないでしょうか。

端的な例でいえば、『伊勢物語』に代表される歌物語がありますし、物語流行の刺激が『蜻蛉日記』のような物語に準ずる文学を生み出し、さらには野性と混沌に満ち溢《あふ》れた『うつほ物語』のような物語の存在は、物語史というものが豊かな発展の可能性を孕《はら》んでいたことを幻想させてくれるに十分です。

ところが、多様で雑多な可能性に満ちたさまざまな山々峰々が『源氏物語』を山巓とする物語の山脈に連なるにおよんで、どうやら〈作り物語〉という標準化されたジャンル意識の確立へと収斂《しゅうれん》させられてしまうことになる、とみられます。

端的な例を繰り返しますと、『伊勢物語』は〈作り物語〉としては認定されないことによって、物語の枠組みから排除されることになります。具体的には、『無名草子』においても、またすでにふれたように『風葉和歌集』においても、『伊勢物語』は批評あるいは採歌の対象からはずされているわけです。

『源氏物語』は、王朝物語山脈に巍然《ぎぜん》としてそびえる山巓でありますけれども、一方では、『源氏物語』以前の物語の混沌たる可能性を失わしめた犯罪的存在でもあったということができましょうか。

五〇〇年に及んだ物語の時代

さて、もう一方の眺望すなわち、思いのほかに豊かであった中世王朝物語の〈作り物語〉という山並はゆるやかに下って、その山並の一部を組み込みながら、あらたな山並が立ち現れてきます。

それがお伽草子（室町時代物語）という、物語山脈におけるあらたなジャンルです。それは王朝物語山脈とは異なる多様性に富んでいて、その世界じたいをどう分類・整理して眺めたらよいか、というのが認識の大きな課題になってくるような山脈です。

その作品数は、研究者によって捉え方がずいぶんと異なっていますが、ここでは、松本隆信氏の『室町時代物語類簡明目録』*に従ってみますと、作品項目としては三七五項をあげ、ひとつの作品の別称にあたるものをカラ見出しとして、一一二項目あげています。これによれば、残されているものだけでも、四〇〇近い山々が王朝物語山脈の向こうに展望できることになります。

ですから、『源氏物語』という分岐点をもちながら、王朝物語の時代は、大局から俯瞰《ふかん》してみますと、九世紀末から一五世紀の初めまで、約五〇〇年余りに及んでいたと把握できるのではないか、というのが私の捉え方です。

さらに、このような物語の時代は始まり、栄え、衰え、そして完結したというものではないとみることがかんじんです。じつは、時代時代にふさわしい相

＊松本隆信『増訂　室町時代物語類現存本簡明目録』（『御伽草子の世界』三省堂　一九八二）

なお、現在の指標となるものとしては、徳田和夫編『お伽草子事典』（東京堂出版　二〇〇二）がある。作品項目編では、別名、分類、梗概、内容、成立期、グループ、主要伝本、翻刻・影印、参考文献を網羅する。

貌をもった山脈として存在し、近代にあっては、それが小説の時代として登場してきている、ということなのではないでしょうか。

王朝物語山脈を生み出した日本列島内部の地下構造は、近現代の小説の時代をこののちどんなふうに動かしてゆくことになるのか。あるいはどんな相貌のジャンルを生み出すことになるのか。物語の時代を大きく捉える努力をすることとは、古典とよばれるものの過去を好事家《こうずか》的に詮索するに終わるものではなく、動態《ダイナミック》的な文明史把握にかかわっている、と考えるのは誇大な想像にすぎるでしょうか。*

*現存する物語、散逸した物語の一覧は、「こんなにたくさんあった王朝物語目録」として、〔参考2〕に掲出した。

第二章　最初の峰々と東アジア文化圏の波動

――古伝承から初期物語へ

物語山脈の形成をどう捉えるか

かつての近代文学の研究では、近代の写実小説がどのように飛躍的に誕生してきたか、いわば誕生の瞬間の意義を高く評価することに関心が払われて来ました。しかし、最近では、前近代と近代を截然《せつぜん》とわけるのではなく、近代文学誕生のプロセスを、大きな流れのなかで捉えようとする動向がさかんになって来ているように見えます。

では、王朝物語の場合はどうでしょうか。これまで初期物語の成立についてはきわめて数少ない物語を、端的にいえば『竹取物語』に焦点をあて、その誕生と意義を高く評価することによって、物語史像を組み立てようとして来ました。そのかぎりにおいて、近代文学研究の場合に似た研究状況があったことになります。

なにしろ、初期の物語としては『竹取物語』ぐらいしか残っていないわけですから、それはしごく当然のことでもあったわけです。

しかしながら、決して数多くないとはいうものの、物語の成立期においても、散逸した物語の存在が知られます。それらの情報が、じゅうぶん視野に収められ、生かされていないということでもありました。

前章では、『源氏物語』以降の物語は、〈作り物語〉と呼ばれる、仮構の、すなわちフィクションによる物語が物語の正統として収斂《しゅうれん》させられてゆくのに対して、『源氏物語』以前の物語世界は、もっと多様な広がりと混沌《こんとん》に満ちていたのではないか。そういうことを述べました。

本章では、物語史の初期に存在し、今は失われた物語を積極的にとりあげて、物語が成立してくる多様な様相を探って、初期物語の成立が東アジアの文化の波動を基盤とし、そのうえで新たなジャンルとして離陸したものであることを明らかにしてみたいと思います。

「絵合」巻場面と「物語の出で来はじめのおや」

はじめに、石山寺蔵『源氏物語画帖』にみえる「絵合」巻の一場面を開いてみましょう。

この画帖の制作年代は江戸中期、土佐派の手になるもの。全容は、中野幸一氏の編になる『石山寺蔵四百画面　源氏物語画帖[*1]』によって、詳細にみることができます。

これまで、〈源氏絵〉としては、承応《じょうおう》版の『絵入源氏物語[*2]』がたくさんの挿絵を収めたものとして知られて来ました。その数、二二六図に及んでいます。ところが、石山寺の画帖は、『絵入源氏物語』を圧倒的に凌駕《りょうが》し、その数四〇〇図に及んでいるわけです。

石山寺蔵

さて、図をみると、右外側の付箋に、「藤つほの御まへにてゑあはせ也」とあります。几帳《きちょう》の陰から顔を覗かせているのが、光源氏が生涯思慕しつづけた藤壺。その御前で、光源氏の養女である梅壺女御（六条御息所の娘）と光源氏のかつての盟友、今や政治的なライバルになろうとしている昔の頭中将の娘である弘徽殿《こきでん》女御とが、物語の絵合に興じ

＊1中野幸一編『石山寺蔵四百画面　源氏物語画帖』（勉誠出版　二〇〇五）による。

＊2国文学研究資料館データベース『源氏物語（絵入）〔承応版本〕CD－ROM』（岩波書店　一九九九）で見ることができる。絵だけならば吉田幸一『絵入本源氏物語考』（青裳堂書店　一九八七）の図録編がすべての図を収めており見やすい。

ている場面です。

画面の向かって右側が左方の梅壺方、左側が右方の弘徽殿女御方ということでしょう。物語絵はと見ると、ここでは巻物仕立てとして描かれていることがわかります。

襖《ふすま》のかたわらに立って、勝敗の帰趨《きすう》やいかにと眺めているのが光源氏、という構図になっています。

梅壺女御と弘徽殿女御の二人は、ともに時の冷泉《れいぜい》天皇の妃《きさき》であるわけですが、物語では、このような雅びにみえる遊びを装いながら、そのじつ、妃の最高の位である中宮の座をめぐる、双方の確執を表現してもいるわけです。[*1]

その席上、弘徽殿方から出されたのが、『うつほ』の「俊蔭《としかげ》」という物語。これに対抗して、梅壺方からは、「物語の出《い》で来《き》はじめのおやなる竹取の翁《おきな》」が提出されたわけです。

その絵は、著名な宮廷画家である巨勢相覧《こせのおうみ》、書は古今集の選者で『土左日記』の著者として知られる紀貫之（八七〇?〜九四五）であった、と語られています。

巨勢相覧は、十世紀の初めに活躍した宮廷の絵所《えどころ》に属する絵師でしたから、この『竹取物語』、もう少し敷衍《ふえん》していえば、書物としての初期の物語が、絵所を中心とする宮廷工房で、いわば特別に誂《あつら》えられていた事情をうかがうことができることになります。

＊1『源氏物語』「絵合」巻の原文は、〔参考3〕参照。

藤壺の御前での絵合となると、半ば公式の席ですから、『竹取の翁』というのが、『竹取物語』として知られる物語の、由緒ある物語名ということになります。そこに「物語の出《い》で来《き》はじめのおやなる」という、麗々しい形容が冠せられていることになるわけです。*2

㈶古代学協会蔵

もの
かたりのいてきはしめのおやなるたけとり（作者不知）
のおきなに、うつほ（科《ウツホ》　廿二帖源順作云々有疑）のとしかけ（俊蔭）をあはせて
あらそふ、

＊2この部分を『大島本源氏物語』より、掲出する。大島本は青表紙本系の最善本として、現行の多くのテキストの底本として用いられているが、傍注や読点が加えられていることに注意したい。

そもそも、ここの「おや」については、長らく「祖先」の「祖」の字をあてることによって、『竹取物語』は、物語の始祖、最初の作品として理解されて来ました。物語は、『竹取物語』から始まるという解釈は、ここを根拠としているわけです。

しかし、中野幸一氏が「おや」に「親」の字をあてて、親玉というか、もっとも力のある、あるいは優れた作品と解釈すべきではないか、と説いています。[*1] 私も従うべき卓見だと思います。ですから、ここは「物語がこの世に出てきたころの代表作である竹取の翁」というふうに解釈するのがよい、ということになります。

となると、初期物語成立の問題は、いきなり『竹取』ひとつに焦点化するのではなく、『竹取』を代表とするマスというか、同時代のほかの物語の存在をも考えて、これを群として捉える必要が出てくることになります。

末摘花の読んでいた古物語の由緒

といっても、今日まで残っている物語はじっさいのところ『竹取』のほかにないわけですから、ことはそんなにかんたんではありません。

しかし、『源氏物語』には、こんな話が出てきます。「蓬生《よもぎう》」巻には、有名な『源氏物語絵巻』にその一場面が残されています。もっとも、残念なことに、この絵巻の「蓬生」場面は、変色・剥落が進んでいて鮮明さに欠けていましたが、最近、現存する『源氏物語絵巻』の、六年にわたる復元模写の事業が完結して、鮮明な映像として甦り、ＮＨＫスペシャルで取り上げられたり、図録が

＊1中野幸一『物語文学論攷』（教育出版センター　一九七一）
最近の注釈書の動向は、まだ中野説をじゅうぶん生かしていない。岩波書店の新日本古典文学大系（一九九四）は「元祖」。山崎良幸・和田明美・梅野きみ子編『源氏物語注釈』（風間書院　二〇〇三）も、新潮日本古典集成の「古代から伝承された竹取説話の域を脱して、いわゆる「作り物語」の形を整えた最初のものだという、日本文学史上重要な認識がここに示されている」という注を引用するにとどめる。至文堂の『源氏物語の鑑賞と基礎知識』（至文堂　二〇〇二）では中野説にふれるが、口語訳では「物語の元祖である『竹取の翁物語』」とする。

本になって出版されていますので、ご存知の方も多いと思います。まずその場面を話題にしましょう。*2

この場面は、由緒ある親王の家に生まれながら、美人とはほど遠い末摘花《すえつむはな》という姫君が再登場するところです。彼女は、東の間の幸い（その間の事情は「末摘花」巻で語られているわけですが）の後、光源氏が都を離れている間に、ますます没落貧困の度を加えた生活を送ることになる。その末摘花のもとを、光源氏が再び訪れる、そういう場面です。

画面をみますと、従者の惟光《これみつ》が蓬《よもぎ》の露を払いながら、荒れた庭に分け入ろうとしています。傘をさしかけられ、松の滴《しずく》の落ちるのをさけて、光源氏が後に続いています。

朽ち果てた高欄《こうらん》、ゆがんだ建物との間、荒れた庭の草々が画面の中央部に大きくひろがっています。右端には、破れた御簾《みす》から顔をのぞかせている応対に出た老女房の姿があります。

この場面の復元にあたった加藤純子氏*3は、庭の雑草の下地に、銀のムラが描かれていることに気づいて、それは露にぬれた草が月の光を浴びて美しく輝いた瞬間ではないか、と直感したそうです。

さて、ここから物語の世界に戻ってみますと、この邸の女主人公である末摘花は、長いこと忘れ去られていた間、古びた御厨子《みずし》つまり調度品とか書籍など

*2近年、現存する『源氏物語絵巻』の復元模写が進められ「蓬生」巻もその対象になった。六年にわたる事業が完結して、NHKスペシャル「よみがえる源氏物語絵巻」として放送されたほか、徳川美術館・五島美術館で展示された。

徳川美術館・五島美術館監修の図録『よみがえる源氏物語絵巻』（二〇〇五）、『よみがえる源氏物語　全巻復元に挑む』（NHK出版　二〇〇六）によって、じっくり見ることができる。

*3加藤純子氏の発言は、テレビおよび当該書による。

を載せる置き戸棚から、すっかり時代後れになった年代物の物語、「唐守《からもり》、藐姑射《はこや》の刀自《とじ》、かぐや姫の物語の絵に描《か》きたる」をとりだして、なすすべもない無聊《ぶりょう》の日々を慰めていた、と語られています。

　ここから『竹取の翁』は、平安時代の昔から『かぐや姫の物語』とも呼ばれていたことがわかります。『からもり』『はこやのとじ』は、断片的な資料を残すばかりで、今はもはや失われた物語ですが、ここの文脈からすると、『竹取物語』と同様に時代がかった物語と見なければならないことになります。もっと積極的にいえば、『竹取』と同時代の物語であったとみてよいのではないでしょうか。

　ところで、話は迂回《うかい》しますが、彼女は、「ふるきの皮衣《かはぎぬ》」を着ていたと語られています。「ふるき」というのは「黒貂《くろてん》」、セーブルという最高級の毛皮の舶来品。中国の東北部にあった渤海《ぼっかい》（六九八〜九二六）という国との交易品です。

　日本は、この渤海との交流を通じて、中国、唐の動向に関する情報を得ていたようです。玄宗《げんそう》皇帝が寵愛した楊貴妃《ようきひ》を失うことになる、あの安史《あんし》の乱つまり安禄山《あんろくざん》と史思明《ししめい》の反乱（七五五〜七六三）や、さらに唐王朝が衰退に向かっているなどといった情報は、この渤海経由で知られたらしいのです。菅原道真が遣唐使をやめようと言い出した背景には、こうした情報ルートがあったわけでしょう。その渤海も九二六年には滅んでしまいます。ですから、彼女の

＊『はこやのとじ』基本資料

〔資料1〕
古りにたる御厨子《みずし》あけて、唐守《からもり》、藐姑射《はこや》の刀自《とじ》、かぐや姫の物語の絵に描《か》きたるをぞ、時々のまさぐりものにしたまふ。
（『源氏物語』「蓬生」巻）

〔資料2〕
てりみちひめとりかへされ給ひてよませ給ひける
はこやの平のふとだまの帝の御歌
いへどいへどいふに心はなぐさまず恋しくのみもなりまさるかな
（『風葉集』巻第十四・恋四・九七七）
（注）「平」は、諸本「年」「とし」。「年」の誤写とみて、本文を「とし」と改訂して解釈する。

〔資料3〕
はこやの刀自物語云、女を馬にはえのせたてまつらじ。はや舟つくるべきやうをおもはせ。
（『河海抄』「玉鬘」巻）

〔資料4〕
藐姑射刀自物語にも、氏神のたたりとあり。
（『河海抄』「行幸」巻）

「黒貂《ふるき》」は、東アジア世界との交易の中で位置づけられるものであり、彼女の生まれ育った家の輝かしい日々の形見とみてよいことになります。

そういう目でもって、彼女の家にあった「唐守、藐姑射の刀自、かぐや姫の物語」の存在を眺めてみると、古い時代の、どこの家にでもあるというようなものではない。立派なお宝ともいうべきこれまた特別誂《あつら》えのものであったと見てよいことがわかってきます。

そこで、ここでは、『竹取物語』とならんで、初期物語の面影を伝えるにちがいない『はこやのとじ』物語に接近して、失われた物語の側から初期物語が生れてくるプロセスを探ってみようというわけです。

『はこやのとじ』の基本情報

私たちの手許に残されている化石ともいうべき情報の断片には、どんなものがあるか。『はこやのとじ』の基本資料を、*下段に掲出しておきましたので、より正確な情報を知りたい向きは、そちらをごらんいただきましょう。

まず、内容の復原を試みるまえに、この物語がどの程度の分量のもので、いつごろまでその存在が知られるか、探っておきましょう。

〔資料5〕
藐姑射刀自物語云、うつたへに御事をいなみのいなみきこゆるにも
（『花鳥余情』「藤袴」巻）
（注）『岷江入楚』は「御事」を「御こゝろ」とする。

〔資料6〕
藐姑射刀自物語云、からくにのうどむげのありがたき御心にもありけるかな
（『源氏物語若紫巻古註』）

〔資料7〕
今日、箱屋刀自物語書写、則終功了。
（『実隆公記』延徳三年（一四九一）二月九日）

〔資料8〕
むかしをとこすゝろなる所に行て夜あけてかへりけるを人〳〵いひさはきけれは
月しあればあけむ物とはしらずして夜ふかくこしをひとみけんかも
この事ともは
にはもせにおふるあさてかつみはやすはこやのとしのさきのことしも
（泉州本『伊勢物語』）

『実隆《さねたか》公記』には、次のような記事がみえます。

今日、箱屋刀自物語書写、則終功了。

『実隆公記』というのは、室町後期の内大臣にまで至った公家であり、古典学者であり、歌人であった三条西実隆[*1]（一四五五～一五三七）の日記です。彼は、一条兼良《かねよし》《かねら》（一四〇二～八一）の次の世代の中世貴族階級の知的権威でして、この日記を繙《ひもと》くと、彼が古典の収集、書写、校訂に努めて、王朝の文学伝統を今日にまで伝える大きな役割をはたしたことがよくわかります。

その彼が、延徳《えんとく》三年（一四九一）二月九日に「箱屋刀自物語」を書写しているわけです。じつは彼は、この前に、二日間かけて『竹取物語』を書写しています。これに対して『はこやのとじ』の方は一日で写し終えていますから、よく頑張ったにしても、『竹取物語』には及ばない程度の分量だったことがわかります。

＊1京都嵯峨野にある二尊院背後の墓地に残る三条西実隆の墓。息子の公条《きんえだ》、孫の実枝《さねき》と三基ならぶ。実隆については、原勝郎（一八七一～一九二三）に『室町時代に於ける一縉紳の生活』という名著（創元社　一九四一→筑摩叢書・講談社学術文庫）がある。小説では、川端康成の『美しさと哀しみと』（中央公論社　一九六五→中公文庫）や舟橋聖一の『好きな女の胸飾り』（講談社　一九六七→講談社文庫）に、実隆を研究する人物が登場する。応仁の乱以降の荒廃した時代の古典学の継承者として忘れてならない存在である。

近業に、宮川葉子に『三条西実隆と古典学』（風間書房　一九九五）という大著がある。

ざっと五〇〇年くらい前までは、『はこやのとじ』は残っていて、これを読むことができた、ということです。

ところで、最近、跡見学園女子大学の大学院生の伊能千絵《いよくゆきえ》さんが、天明六年（一七八六）刊の滑稽本『指面草《さしもぐさ》＊2』のなかに、「はこやのとじ」が出てきますと教えてくれました。残念ながら、二二〇年ほど前まで「はこやのとじ」が残っていた基本情報には加えがたいようです。おそらく『源氏物語』「蓬生」巻の表現に学んだものでしょうが、江戸の戯作者には、「はこやのとじ」の名が親しかったことがわかって、これはこれで興味深いものがあります。

となると、応仁の乱とそれに続く戦国乱世。それにともなう貴族階級のいっそうの没落。その間に、『はこやのとじ』は失われていったのだろうと推測されます。

『竹取物語』も、事情は似ていて、十五世紀から十六世紀の世をかろうじて生き延びることによって、今日に伝わったものです。室町期にさかのぼる古筆切が残っていたりしますが、現在、私たちが読んでいる『竹取物語』は、古いものでも十六世紀後半、桃山時代の頃に書き伝えられた写本にもとづいているにすぎないのです。

＊2山東京伝（一七六九〜一八五八）の『指面草』は、子胤《こだね》を授ける子安《こやす》観世音が、挿艾《さしもぐさ》の葉に名を書き記していれた箱を昼寝の寝返りにひっくりかえしてしまう。そのために授けるべき子胤がごちゃごちゃになったところからおこる滑稽をえがく。

その中に、増屋《まし》四季阿弥という料理屋の亭主は、「公家《くげ》の子胤と間違へしや（公家の子胤とまちがえられたせいか）」

雲上《うんじょう》の物好にて、手跡は滝本の流れを汲て、地蔵端の門子と成り、歌は浅草の葉室女《はむろめ》に したがひて、国学に眼《まなこ》を晒し、からもり、はこやのとじ、かぐや姫のものがたりうつほの類まで道をきゝ定家家隆は刺下奴《そりさげやっこ》にして、僕《とも》にも連《つれ》べき見識《けんしき》にて

（『滑稽本集（一）』国書刊行会一九九〇）とある。趣向のおもしろさとともに、当時、実在した升屋祝阿弥という有名な料理屋をあてこすったところにもおもしろ味があったという。

『はこやのとじ』の物語復原

さて、『はこやのとじ』の内容はどのようなものだったでしょうか。

この物語の骨格を捉えるうえで貴重な資料は、前章でも話題にした、十三世紀後半に、当時残っていた二〇〇種類あまりの物語の中の歌を集めた『風葉《ふうよう》和歌集』という物語歌集にみえるものです。

てりみちひめとりかへされ給ひてよませ給ひける
はこやのとじのふとだまの帝の御歌
いへどいへどいふに心はなぐさまず恋しくのみもなりまさるかな

ここから、どんな情報がわかるでしょうか。

詠み手は、『はこやのとじ』の物語に登場する「ふとだまの帝」。歌を詠んだ事情は詞書から、てりみちひめを取り返されてしまったときに詠んだ歌であることが知られます。

「とりかへされ」とありますから、与えられたもの、得ていたものを奪われてしまった。てりみちひめを自分の掌中《しょうちゅう》のもの、手のうちにしていたけれども、てりみちひめは奪われ、去って行ってしまった。

そこで、帝は、こう歌を詠んでいます。「いへどいへどいふに心はなぐさまず」、どんなに口に出して嘆いたところで、てりみちひめを失ったこの悲しみの心は慰められない。「恋しくのみもなりまさるかな」恋しさばかりがいよいよ募ってくる。

どういう事情でか「ふとだまの帝」は「てりみちひめ」をわがものとすることができた。しかしながら、なにものかに姫を奪い返され、絶望の中で彼女を追慕する、そういう場面ということがわかります。

一日で書き写せる分量の物語だったわけですから、こういう山場は、物語の終わりの場面の可能性が高い、とみてよいでしょう。

では、なにものが彼女を奪っていったのでしょうか。また彼は、奪還を試みるのではなく、なぜ絶望的な悲しさ、恋しさを歌っているのでしょうか。

どうやら、そこに「はこやのとじ」なる存在がかかわっているとみられます。

「はこや」あるいは「はこやの山」というのは、中国では不老不死の仙人が住むという仙界です。辞書を引くと、たいてい、出典として、『荘子《そうし》』の「逍《しょう》遥遊《ようゆう》」があげられています。*『荘子』は、老子と並び称される道家《どうか》つまり道教の方の代表的な著作でした。

「とじ《刀自》」というのは、「トヌシ」(戸主)を語源として、「とうじ」ともいいます。いっぱんに家事をつかさどる女性や年輩の女性を敬意をこめてよぶ語です。

「はこや」の「とじ」というのは、仙界を支配する女主人的存在あるいはそ

*『荘子』内篇「逍遥遊篇第一」で、肩悟《けんご》と連淑《れんしゅく》というふたりの達道の賢者の会話で、肩悟が聞いた話の一節に出てくる。「藐姑射の山に神人の居る有り。肌膚(はだ)は氷雪の若く(氷か雪のようにまっ白で)、淖約《しゃくやく》として(たおやかなこと)、処子の若し(うら若いおとめのようだ)。五穀を食はず、風を吸ひ露を飲み、雲気に乗り、飛龍を御して(空飛ぶ龍をあやつって)、四海(世界)の外に遊ぶ。」とあり、その神の気が凝りかたまって、この世のあらゆるものを無事に成長させ、年ごとの穀物を実らせると語るが、肩悟じしんあまりおおげさなので信じがたいと語る。

の世界に奉仕する尊貴な存在といったイメージで捉えることできることになります。

学問的に慎重を期せば、ここで踏みとどまるのが無難なわけですが、もう一歩踏み込んで「はこや」における尊貴な存在を想像すると、少々大胆ですが、たとえば人びとの運命をつかさどる西王母《せいおうぼ》のような存在を思い浮かべることができるかも知れません。道教化した西王母は、中国では、いまでも娘娘廟《ニャンニャンミャオ》のような女神信仰に姿を変えて崇められています。ここでは不老不死の世界を生きる西王母的存在としてイメージしてよいかもしれません。*1

その「はこや」の「とじ」と地上のふとだまの帝との間で、てりみち姫をめぐる争奪があり、結局、姫は仙界「はこや」へと帰ってゆく。帝の嘆きが、絶望的な悲しみに満ちているのは、そういう地上とこの世ならぬ世界との断絶が横たわっているからではないでしょうか。

『風葉集』から、『はこやのとじ』の物語内容として、こういうふくらましかたができることになります。この物語に関するもっとも重要な情報であるといってよいでしょう。

泉州本『伊勢物語』前半部の情報解読

ところで、私が、特に注目したいのは、泉州《せんしゅう》本『伊勢物語』の情報です。

＊1文献を追って、神仙化する西王母像を明らかにした基礎的文献には、森三樹三郎『中国古代神話』（清水弘文堂　昭四四　初版昭一八）がある。小南一郎『中国の神話と物語り』（岩波書店　一九八四）及び『西王母と七夕伝承』（平凡社　一九九一）は、神話的西王母は、南北朝から唐宋の時期に冥府の支配者として現われるのを最後に姿を消し、その後の西王母像は、物語り的伝承の流れのうえに展開したものであるとみる。こうした西王母の変貌論に対して、比較神話学的な観点から、西王母を地母神として捉えようとするものに、森雅子『西王母の原像　比較神話学試論』（慶応義塾大学出版会　二〇〇五）がある。ここでは、小南の前掲書に、前漢晩期のものと推定される「勝を戴く西王母が台（宇宙山）の上に坐り、その前では兎が竪杵で仙薬を搗いている」図像（鄭州新通橋の漢墓の空心磚（中空の大きなレンガ）にスタンプされたもの）があげられ（「勝」は髪飾りのこと）、絶対者としての西王母像をうか

本章における、私のオリジナルな見解は、この資料の情報に着目するところから導かれるものです。しかしながら、この情報解読はなかなかむずかしく、腑《ふ》に落ちるような解釈になっているかどうか、読者とともに、できるだけ私じしんもまた納得できるように語ってみたいと思います。

泉州本『伊勢物語』の本文は、百二十五段からなる多くの『伊勢物語』の伝本には出てこない章段です。原本は武田祐吉博士[*2]の旧蔵でしたが、戦災で消失して、残された活字翻刻によって存在が知られるものです。

　むかしをとこすゞろなる所に行て夜あけでかへりけるを人〴〵いひさはぎければ

月しあればあけむ物とはしらずして夜ふかくこしをひとみけむかも

　この事どもは

にはもせにおふるあさでかつみはやすはこやのとじのさきのごとしも

（泉州本『伊勢物語』[*3]）

どうでしょうか。解読に難渋しませんか。クイズを解くような気分で、考えてみましょう。

前半の歌の詞書は、「昔、男がなんということもない女のもとに出かけ、夜が

がわせる点に注目したい。日本の伝承である月の兎の餅つきは、じつは仙薬をついていたのであり、『竹取物語』における月の世界の永遠性の場合に繋がると連想の糸を刺激するものがあるからである。「はこやのとじ」と西王母との関係の結びつきの可能性について考えることもおもしろい課題であろう。六四頁脚注を参照されたい。

＊2武田祐吉（一八八六〜一九五八）国学院大学教授。上代文学、特に『万葉集』の研究で知られる。『武田祐吉著作集』全八巻（角川書店）がある。折口信夫とは大阪の天王寺中学校以来、同級であった。

＊3伝為氏本『伊勢物語』には、泉州本との間に、次のような異同があるが、話が煩瑣になるので、ここでは深入りしない。

むかし、おとこ、すゞろなるところにゆきて、夜あけてかへるに、人〳〵いひさわぎければ、

つきしあればあらはんこともしらずしてねてくるわれを人やみつらん

明けないうちに帰ったところ、それを見とがめた人々が騒ぎたてたので」ということでしょう。傍線を施した「あけで」の部分は「明けて」とも「明けで」とも読めますが、ここでは、「明けで」と読んで解釈してみました。

この詞書をうけて、出てくるのが男の歌で、「月が明るかったから、夜が明けたかどうかわからずに、まだ夜が深いうちに帰ってきてしまったのを人が見とがめたのだろう」という意味でしょう。

「すゞろなる所」というのは、なんとなく心が惹かれていった女のところ、ひっくり返していうと、さほどの気持ちがあって出かけたところではない、というニュアンスを含意しています。それだからか、まだ夜明け前だというのに、男は月明かりに夜が明けたと勘違いして女の家を出てきてしまったということらしい。それで男の姿を見た人たちが咎めて騒いだと理解できることになります。

男は夜明け前には、女のもとを去らなければなりませんでした。ですから、夜明けぎりぎりまで女のもとにいるのが、愛情の証《あかし》であり、気遣いというものであったことになります。それを、夜明けにはまだ間があるうちに出てきてしまうのは、男の女への愛情のなさを示唆することとなります。

物語には、これに似た場面がしばしばあります。

『源氏物語』では、光源氏は、女三の宮との新婚三日目の朝、鶏の鳴く音にかこつけて、まだ暗いのに出てきてしまいます。「明けぐれの空に、雪の光見えておぼつかなし」とあります。そして、彼はその足ですぐさま紫の上のもとに訪れるわけですが、光源氏が去っていった後も、女三の宮のもとには、彼の残り香がただよっていて、女三の宮の女房たちをいっそううらめしがらせた、とあります。

あるいは、『堤中納言物語』の『花桜折る少将』の冒頭。月の明るさに夜が明けたかと勘違いして、男は女の家を出てきてしまう。しかし、女の家に戻る気にはならないまま、夜明け前の桜の咲く道を帰ってゆく姿を、男の心情を揺曳《ようえい》させながら描くところから、物語が始まります。

ですから、ここは、このような類似する場面を思い浮かべて理解するのがよい、ということになります。

泉州本『伊勢物語』後半部の情報解読

それに対して、後半部はどうでしょうか。

ここの箇所は、泉州本『伊勢物語』のみにみえる独自箇所であり、なおかつ「はこやのとじ」という表現が出てくるので、どうしても解読をさけてとおることのできない難所です。

後半部の詞書「この事どもは」というのは、「前半部にあたるような話は」ということで、後半部の歌が引かれる、そういう形式になっています。

前半の話あるいは場面は、こういうことと同じだとか、こういうことだろうなどと、語り手が説明をつけ加えている、そういう部分であるとみることができます。『伊勢物語』には、しばしば後人の補注とよばれるような表現が出てきますが、ここは、そういう機能をもっている部分とみてよいでしょう。

そこで歌が出てくるわけです。もういちど掲出してみましょう。

にはもせにおふるあさでかつみはやすはこやのとじのさきのごとしも

試みに訳せば、「庭いっぱいにはえている麻手の姿のように、朝こっそり女の家を出てゆこうとしているのか。はこやのとじのさきばらいのように」というほどの意になります。しかし、これだけでは何を言っているのか、さっぱりわかりません。もう少し解釈を加えてみましょう。

「にはもせに」は「庭も狭いくらいに」「庭いっぱいに」の意味で、「おふる」は「生ふ」で、植物などが大きく育つということです。「庭も狭《せ》に生ふる麻《あさ》」と歌いだされて、庭いっぱいに麻が生えている意であることがわかります。その「麻」に「朝」が掛けられているわけです。

にはもせにおふるあさ（麻）
あさで（朝出）か

すなわち「にはもせにおふる」は「あさで（朝出）」を導くための序詞《じよことば》ということになります。

　ここでとどめておくだけでもよいのですが、あえていえば、ここは有心《うしん》の序詞とみることができるかもしれません。たんに「あさ（朝）」を導くだけではなく、「あさ（麻）」⇩「あさで（麻手）」⇩「あさで（朝出）」と掛けられて、「麻手」が「朝出」のイメージを具体化する役割もはたしているのではないでしょうか。

　「麻」はまっすぐに伸びて二、三メートルの高さになるといいます。「麻」の群生している現場を、間近で直接みたことはありませんが、テレビの映像や写真でみて、「おお」と思った経験があるのです。*

　「麻」の葉は、すっくと伸びた茎の先に、両手を広げたようについていて、まるで人の姿のように見えるのです。ここは麻の姿が朝出のひとの姿に見立てられてもいるのではないでしょうか。たんなる掛詞ではなく、イメージも生かされている有心の用例である。話を複雑にするようですが、踏み込んで、そう理解してみたいと思います。

　ですから、その〈麻手さながらに〉朝出でてゆく（男の）姿は、「はこやのとじのさきのごとしも」、まるで「はこやのとじのさき」そっくりじゃないか、ということになるわけです。「さき」は前駆、さきばらいの人物ということでしょう。

＊日本では、古くから、麻といえば、大麻《たいま》（ヘンプ）（クワ科の一年草木）をさす。現在は、大麻取締法によって、栽培は免許制になっている。栽培地としては栃木県が有名で、私がテレビ映像で見たのも栃木県のものであった。なお、苧麻《ちょま》（ラミー）は、「からむし」「まお」などとよばれ、『日本書紀』や『万葉集』などに出てくる。

「つみ」・「はこや」は柘枝伝説を反映するか

このように考えれば、理におちてはいますが、ひととおりの解読を示したことになります。

しかし、説き残した部分があります。それは「つみはやす」という箇所です。いったい「つみはやす」という表現は、どのような意味をもっているのでしょうか。

「つみはやす」は「摘みはやす」すなわち「摘み取ってもてはやす」の意味かと考えたいところですが、これだと歌の解釈がつきません。

私の結論を先に示すと、ここの「つみはやす」は「柘《つみ》生やす」で、それが「はこや」という表現を導きだしているのではないか、とみるところにあります。

じつは、ここが、この資料解読における、私の論のポイントになるところなのですが、感心したり、眉に唾をつけたりしていただいて、諸賢のご判断を俟つところでもあります。

まず「つみ」という言葉について調べてみましょう。

九世紀末年に成立した昌住という僧の手になる『新撰字鏡《じきょう》』という辞書があります。漢字の字音・字義・和訓を施したものですが、天治本には次のように見えます。[*1]

＊1『新撰字鏡』（京都帝國大学文学部国語学国文学研究室編　全国書房　昭一九）の天治本から見やすいように切り出した。

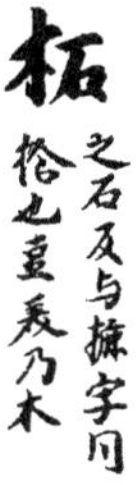

「柘」に「豆美之木《つみのき》」と訓がつけられています。

「之石反」とある「反」とは「反切《はんせつ》」。昔の中国語音を表記するための方法で、字音をあらわしています。現在、中国語の発音表記は、ピンイン（拼音）つまりローマ字表記に声調記号がつけられているわけですが、昔は、他の漢字二字をつかって、上の字（ここでは「之」）の頭にくる子音と下の字の韻（ここでは石）とをあわせて、漢字音を示したわけです。次の「与摭字同」とあるのは、柘は「摭」と同じ字であるということです。「摭」は難読ですが、「樜」と読むのが正解でしょう。[*2] 次の「拾也」とあるのは、「拾」と字義を同じくする漢字があげられているのでしょうが、ここも難読です。「桧」あるいは「梒」の字ではないかと推測されます。そのうえで、訓すなわち和語では「つみのき」と読むのだといっているわけです。

もうひとつ、十世紀の前半に成立した源順《したごう》の手になる最初の漢和辞書ともいうべき『倭名類聚抄《わみょうるいじゅうしょう》』（『和名抄』とも）を開いてみましょうか。[*3]

＊2『新撰字鏡』の索引では、「摝」もしくは「樚」と解読しているが、「樜」であろう。中国宋代の韻書である『広韻』には「柘　之夜切」「樜　之夜切」とあり、古代の日本でもさかんに使われた中国の字書『玉篇』の木部には「柘亦作樜」とある。また「拾」については、索引では「拾」あるいは「桧」と解読しているが、「梒」あるいは「梒」ではないか。『大漢和辞典』では、前者は「ゆすらうめ」、後者は「ねむのき」とあり、不審の残るところである。なお『大漢和辞典』の見出し語に、「梒」はみえない。本注記は、春秋学の権威である岩本憲司教授の教示と示唆によって書き得たものである。

＊3『諸本集成　倭名類聚抄（本文編）』（臨川書店　昭四三）の元和古活字那波道圓本（巻十四）による。

柘　毛詩注云桑柘（音射漢語抄云豆美）蠶所食也

こちらは、「毛詩注」をあげて、「桑柘」と示し、音は「射」、訓は「漢語抄」により「豆美《つみ》」であることを示し、さらに「蠶の食するところなり」と説明しています。すなわち「柘」は蚕の食べる桑、山桑のことであることがわかります。

ここから、歌の方に戻ってみましょう。すると、「つみはやす」すなわち山桑の生えている世界、それが「はこや」であったということになります。そういう観念が「柘《つみ》生やすはこやのとじ」という表現を成り立たしめている、ということになります。

では、ほんとうに「はこや」には「柘」が生えていたのだろうか、あるいは「はこや」と「柘」とはどんな関係で結ばれているのだろうか、ということが問題になってきます。これが裏付けられれば、私の解釈は大いに有力になってくることになります。

そこで浮上してくるのが、「柘枝《つみのえ》伝説」とよばれる古伝承との関係です。「柘枝伝説」とはどのようなものか。手近なところで、『広辞苑』ではこう説明しています。

古代の神婚説話。奈良の吉野川で、流れてきた柘の枝が女に変り男と結婚し、後に天に去ったという。

この説話のあらましを知ることができる基本資料には、『万葉集』、『懐風藻《かいふうそう》』、『続日本後紀』があります。

『懐風藻』に詠まれた柘枝伝説の神仙譚的受容

ここで、肝心なのは、日本の現存する最古の漢詩集である『懐風藻』にみえる情報です。

『懐風藻』というのは、近江から奈良朝にかけての漢詩をほぼ時代順に収めたもので、奈良時代の中頃の成立とみられています。

その『懐風藻』収録の漢詩に、「柘」と「藐姑射《はこや》」とが結びつけられ、表現されている例がたくさん出てくるのです。しかも、その作詩の舞台がいずれも吉野という特色がある。

『懐風藻』は、六四人の作者による、一二〇編の詩を収めているのですが、吉野の地で作られた詩は、作者十名、作詩数十五編に及んで、いちだい特色をなしています。[*1]

天武朝（在位六七三〜六八六。六三一?〜六八六）から持統朝（在位六九〇〜六九七。六四五〜七〇二）にかけて、吉野への行幸がさかんに行われています。持統天皇などは八年の在任中に、三一回も吉野に出かけているのです。

となると、十五編に及ぶ詩が、一時だけの吉野行幸で集中的に詠まれたというものではないでしょう。

じっさい十名の作者の、生没年、任官、最終履歴などを、ざっとわかる範囲で調べてみても、年代的に少しずつずれのあることがわかります。

さらに、おどろくことに、その吉野を歌った十五編の詩のうち、八編までがなんらかのかたちで柘枝伝説を踏まえているのです。

その典型的な例を二、三あげてみましょう。

最初に高向諸足《たかむこのもろたり》（一〇二）の作。[*2] できばえはともかく、彼はこういう意味の詩をよんでいます。

　昔この吉野川で魚を釣っていた男がいたというが、今ここには天子に従う貴族たちがいる。琴を弾いて仙人とたわむれたり、川遊びをして仙女と親しみあっている。冷ややか波間からは柘枝媛《つみのえひめ》と美稲《うましね》の相聞を交わす歌がさながらに聞こえ霞のかかった風景を秋の風が吹いている。「姑射《こや》」の嶺

＊1『懐風藻』における吉野の詠詩には、次のようなものがある（算用数字は「日本古典文学大系」本の通し番号）

藤原史（五言。吉野に遊ぶ。二首。31・32）、中臣人足（五言。吉野宮に遊ぶ。二首45・46）、大伴王（五言。駕に吉野宮に従ふ、応詔。二首。47・48）、紀男人（七言。吉野川に遊ぶ。一首。72、五言。吉野宮に扈従す。一首。73）、吉田宜（五言。駕に吉野宮に従ふ。一首。80）、大津首（五言。藤原大政の「吉野川に遊ぶ」の作に和す。一首。83）、藤原宇合（五言。吉野川に遊ぶ。一首。92）、藤原万里（五言。吉野川に遊ぶ。一首。98）、丹墀広成（五言。吉野山に遊ぶ。一首。99、七言。吉野の作。一首。100）、高向諸足（五言。駕に吉野宮に従ふ。一首。102）。

＊2
従五位下鑄銭長官高向朝臣諸足。一首。
　五言。従駕吉野宮。一首。

はどこかなどと誰がいおう。帝がお車をとどめているこのところこそかの望仙宮《ぼうせんきゅう》そのものなのだ。

「姑射《こや》」の嶺というのは「藐姑射の山」のこと、「藐」は「藐《はるか》な」の意です。「藐姑射の山」は、漢詩だけの専売ではなく、『万葉集』にも、次のように出てきます。

心をし無何有《むかう》の郷《さと》に置きてあらばはこやの山を見まき近けむ

（『万葉集』巻十六・三八五一）

「心さえ虚無自然の無何有の郷に置いたなら、仙人のすむはこやの山を間近に見ることができよう」の意です。「無何有」はなにもない、自然のままの楽土、ユートピアを意味します。

諸足の詩に戻って、この詩から、昔、魚を釣っていた美稲《うましね》という男が流れてきた柘の枝を拾ったところ、それが柘枝媛という女に姿を変え、二人は愛の歌を交わしあって、藐姑射の世界と交流した、という話が下敷きにあることがわかります。「藐姑射」から「柘」すなわち桑の枝が流れてきて、それが美女にかわる。「藐姑射」と「柘」とはこういうふうに繋がっているわけです。

在昔釣魚士。方今留鳳公。弾琴与仙戯。投江将神通。柘歌泛寒渚。霞景飄秋風。誰謂姑射嶺。駐蹕望仙宮。

従五位下鋳銭長官《ちいうせんのかみ》高向朝臣諸足《たかむこのあそみもろたり》。一首。

五言。駕《が》に吉野宮に従ふ。一首。

在昔《むかし》魚《うを》を釣《つ》りし士《をとこ》、方今《いまし》鳳《おほとり》を留《とど》むる公《きみ》。琴を弾《ひ》きて仙《せん》と戯《たはぶ》れ、江《かは》に投《いた》りて神《しん》と通《かよ》ふ。柘歌《しやか》寒渚《かんしよ》に泛《う》かび、霞景《かけい》秋風に飄《ひるがへ》る。誰か謂《い》はむ姑射《こや》の嶺《みね》、蹕《ひつ》を駐《とど》む望仙宮《ばうせんきゆう》。

（日本古典文学大系『懐風藻』（小島憲之校注）による。）

この詩では、吉野の地をそういう藐姑射の山に比すべき、神仙の地に見立てているということがみえてくることになります。

他にも、柘枝伝説にふれる漢詩の一節をあげてみましょう。

紀男人《きのおびと》（七二）は「あの美稲が、流れてきた柘の枝に出会ったというその中洲に立ってみると、その枝がまた流れて来はしないかと思って、なかなかそこを立ち去ることができない（留連《りうれん》す美稲《うましね》が槎《いかだ》に逢ひし洲《しま》に）」と歌っています。中臣人足《なかとみのひとたり》（四五）も「ある朝、なんと美女に変身した柘の枝と出逢った運のいい男がいる（一朝《いってう》柘《つみ》に逢ひし民《たみ》あり）」といい、藤原万里《ふじわらのまろ》（九八）もまた「美稲と柘枝媛が恋の歌をかわしたというその声音は遠い昔の話だ。今、ここ吉野の地では、谷間に笙が新たな音色を響かせている（梁《やな》の前に柘吟《しゃぎん》古《ふ》り、峡《かひ》の上に簧《くわう》聲《せい》新《あらた》し）」と表現しています。

『懐風藻』の吉野の詠詩は、こんなふうにまるで判で押したように、あるいは約束ごとでもあるかのように、柘枝伝説という古い伝承を、共通の話材に取り上げていることがわかります。*1

彼らの柘枝伝説の受けとめ方は、丹墀広成《たじひのひろなり》（一〇〇）が「美稲が仙女に逢ったというこの吉野の地は、かの洛洲と同じだ（美稲《うましね》が仙《せん》に逢《あ》ひしは洛洲《らくしう》に同《おや》じ）」と歌っていますが、「洛洲」の語が、中国六朝の詩賦のアンソロジーとして名高い『文選』巻十九の曹植《そうしょく》《そうち》の「洛神賦《らくしんのふ》」に出てくる語であることは象徴的で

*1柘枝伝説では、「柘枝」は「はこや」の世界から流れてきたことになる。「柘」は絹と関わりが深いから、両者をめぐる海彼の伝承や観念との繋がりを考えさせるものがある。この点について、西王母を媒介に、次のような見解があることを紹介する。「桑は道教の女仙、西王母ゆかりの木である。西王母は、古来、養蚕紡織に深い関係をもつといわれ、その象徴として頭に織機のたて糸を巻きつける器具を意味する「勝」をつけている。西王母が桑をつんだり、織物をする話は、中国の文献の中に盛んに登場する。柘媛伝承は、西王母の伝承を踏まえて生まれたとも考えられないことはない。こう考えると、吉野地方には道教思想が深く根づいていたとみていいのではなかろうか。」（福永光司・千田稔・高橋徹『日本の道教遺跡』朝日新聞社　一九八七）。西王母の「勝」をつけた図像については、五二二頁の脚注を参照されたい。

す。要するに柘枝媛を仙女に見立て、吉野の地を仙境としてイメージ化することによって、この世ならぬ世界の女性とこの世の男の出会いを実現させたところに特色がある、と言ってよいでしょう。

ここから、吉野の地をめぐる古伝承が神仙譚化されているらしい様相を読み取ることができることになります。

『続日本後紀』にみえる天へと飛び去った天女

そこで、次に『続日本後紀』の情報を見てみましょう。

それは、平安時代に入って、嘉祥《かしょう》二年（八四九）三月二十六日の条、仁明《にんみょう》天皇（在位八三三〜八五〇。八一〇〜八五〇）の四十賀の祝いの記事のなかにみえるものです。

南都興福寺の大法師たちが、お祝いに奉った絵に「吉野の女」が「眇《はるか》に天に昇ってゆく」ありさまがえがかれ、それに長歌が添えられたといいます。その長歌では「柘の由求むれば」（柘の由来をたずねると）とあり、「故事《ふること》」として、次のような一節がみえます。*2

三吉野《みよしの》に　ありし熊志禰《くましね》　天女《あまつめ》の　来《きた》り通ひて
その後は　譴蒙《せめ》りて　毗礼衣《ひれころも》着て　飛びにきと云ふ

＊2佐伯有義校訂標注『増補六国史　続日本後紀』（朝日新聞社　昭一五）による。研究論文では、国史大系（吉川弘文館）を引くのがふつうだが、朝日新聞社版には標註があり、便利である。

（吉野の地に住んでいた熊志禰《くましね》のもとに、天女がやってきて暮らしていたが、その後、熊志禰は天のとがめを受け、そのため天女はひれころもを身につけて、天へと飛び去ったと伝えている）

「三吉野に」とありますから、これも吉野の地を舞台とする伝承であることは明らかです。「美稲」が「熊志禰」と呼び方が少し変わって、「柘枝媛」にあたる女性は、天女《あまつめ》と表現されています。「来り通ひて」というのは、男の女との結婚と歓楽を表現したものでしょうから、柘枝伝説としての共通性をもっていると判断できます。

ところが、ここで注目したいのは、その天女が、やがて天へと飛び去ってしまった、という点です。「譴《せめ》」つまり「とがめ」をうけて、それで天女は男のもとを去ったといいます。＊1この点は『懐風藻』では、裏づけのとれない情報であるということになります。

『懐風藻』からうかがわれる伝承は、川上から流れてきたものが姿を変えて結婚するという〈丹塗《に》り矢型〉とよばれるタイプの説話です。

それが『続日本後紀』のように、異界の存在がこの世の男との出会いののちに、天（異界）へと再び去ってゆくというのは、〈天人女房譚〉とか〈羽衣伝説〉あるいは〈白鳥処女説話〉と呼ばれるタイプの説話です。

＊1この「譴《せめ》」は、男がなんらかのタブーを破ることによって受けた「天罰」と解することができる。

柘枝伝説なるものの輪郭は、この二つのタイプの説話が結びついたところにあるとみられることになります。

おそらく『懐風藻』の詩人たちの吉野詠詩群は、吉野に伝わる土着の伝承を、神仙譚ふうにアレンジしたところに特色がある、ということになるでしょう。

となると、『懐風藻』の詩人たちは、いわず語らずのうちに、柘枝伝説を神仙譚ふうに色づけする共通発想があったということなのか、もっと踏み込んで、そう詠むべき共通の典拠となるものがあったのか、そのへんが課題になってくるでしょう。

さらにまた、逆に、もともとの伝承、土着の伝承はどんな性格のものだったのか。そのへんもまた課題になってくるでしょう。

『万葉集』の柘枝仙媛と『柘枝伝』

右のような課題を念頭において、『万葉集』の場合について見てみることにしましょう。

『万葉集』巻第三には、「仙柘枝《やまびめのつみのえ》の歌三首」[*2]（三八五〜三八七）というのがあり、その三八五番歌は次のとおりです。

あられ降り吉志美《きしみ》が岳《たけ》を険《さが》しみと草取りかなわ妹《いも》が手を取る

＊2
仙柘枝《やまびめのつみのえ》の歌三首
あられ降り　吉志美が岳を　険《さが》しみと　草取りかなわ　妹が手を取る
右の一首、あるいは云はく、吉野の人味稲《うましね》、柘枝仙媛《つみのえやまびめ》に与ふる歌なり、といふ。ただし、柘枝伝を見るに、この歌のあることなし。（三八五）
この夕《ゆふへ》　柘のさ枝の　流れ来ば　梁は打たずて　取らずもかもあらむ（三八六）
古《いにしへ》に　梁打つ人の　なかりせば　ここにもあらまし　柘の枝はも（三八七）
『万葉集』巻三。
（本文は、日本古典文学全集『万葉集』による）

右の歌は「吉志美が岳が、けわしくて、草につかまりそこなって、妻の手を取る」というほどの意です。その左注をみると、「右の一首の和歌は、ある伝承では、吉野の人味稲《うましね》が柘枝仙媛《つみのえやまびめ》に与えた歌であると伝える。だが『柘枝伝』を見たが、この歌は出てこない。(右の一首、或《ある》は云《い》はく、吉野の人味稲《うましね》、柘枝仙媛《つみのえやまびめ》に与ふる歌なり、といふ。ただし、柘枝伝《しゃしでん》を見るに、この歌のあることなし。)」と編者もしくは記録者が記した体裁になっています。

「吉志美が岳」というのは、くわしくはわかりませんが、この左注の「或云」という伝承を前提にすれば、吉野の山中にある山ということになるでしょう。とすると、吉野の吉志美が岳を舞台にするところの、味稲と柘枝山媛をめぐる古伝承があって、味稲が柘枝山媛に与えた恋の歌が三八五番歌ということになります。となると、『懐風藻』や『続日本後紀』からうかがわれる伝承とは、少々、印象を異にするところがあることになります。

『万葉集』の左注では、『柘枝伝』にはこの歌は出てこないとあるのですから、『柘枝伝』という書記作品があったことがわかります。書かれた作品ということになると、これは漢語・漢文で書かれたものにまちがいありません。『柘枝伝』というのは、基本的には「伝」というスタイルの漢文作品である、ということです。

この歌が『柘枝伝』には記されていないと左注が記すのは、歌だから当然

（ただし漢字を用いた万葉仮名表記による可能性もありえますが）といえるけれども、『万葉集』の伝える伝承と、『柘枝伝』の伝えるところとは、懸隔《けんかく》があるということだったかもしれません。

少なくとも『柘枝伝』なるものがあったことは、ここから確実に推測されるところであり、だからこそ、そこに「柘《つみ》はやすはこや」という表現が生まれる基盤があったことはまちがいないでしょう。

『万葉集』の伝承歌と歌垣

では、『万葉集』が伝える伝承は、どのような性格のものだったでしょうか。『万葉集』の三八五番歌に続く三八六、三八七番歌は、柘枝伝説を聞いた男たちが詠んだ歌です。したがって、伝承内部の歌である三八八番歌とは位相を異にしているので、ここでは、検討の対象からはずしておきます。

そこで、あらためて『万葉集』の三八五番の歌を眺めると、じつはこの歌には、ずいぶんと似たような歌があり、こういう種類の歌がどういう場で歌われていたものかを知る手がかりを提供してくれています。

逸文『筑紫風土記』肥前国、杵嶋《きしま》の郡の条（『万葉集註釈』巻三）には、次のような歌があります。

霞降《あられ》る　杵嶋《きしま》の岳《たけ》を　さがしみと　草取りがねて　妹が手を取る

歌い込まれている地名が、かたや「吉志美が岳」であるのに対して、こちらは九州筑紫の「杵嶋の岳」であるというちがいがあるばかりで、表現内容としてはずいぶん似ているといえます。そして、こちらでは、さらにこの歌がどういう場で歌われたか、次のように伝えています。

郷閭《さと》の士女《をとこをみな》、酒を提《さ》げ琴《こと》を抱《いだ》きて、毎歳《としごと》の春と秋とに携手《たづさは》り登望《のぼ》り楽飲《うたげ》し歌ひ舞へり。曲尽《うたつ》きて帰る。歌の詞《ことば》に云ふ、

霞降《あられ》る　杵嶋《きしま》の岳《たけ》を　さがしみと　草取りがねて　妹《いも》が手を取る　　こは杵嶋曲《きしまぶり》なり *1

村里の男女が、酒や楽器を携えて、毎年春と秋に山に登って、四方を眺め、酒を飲んで歌ったり踊ったりして、楽しみをつくして帰ってくる行事があったといいます。その時の歌に「〈アラレ降る〉杵嶋の岳が険しいので、草を摘んで登ろうとして掴みかね、彼女の手を掴んでしまうことだよ。」という意味の歌があって、これは「杵嶋曲《きしまぶり》つまり杵嶋独特の節回《ふし》しの歌である」と伝えているわけです。*2

どうやら、これは、歌垣《うたがき》、つまり男女が、春や秋に、山や市などに飲み物、

*1 新編日本古典文学全集『風土記』（校注植垣節也）による。

*2 杵嶋の岳は、佐賀県白石町にある、標高三四〇mの南北に連なる丘陵状の山地。古代の人びとが、白石平野を見渡す国見や歌垣を通じて男女が交遊するには、恰好の地であった。現在、観光地化して、歌垣公園がある。

*3 歌垣としてよく知られている事例に、『万葉集』巻九にみえる高橋虫麻呂の歌と、これと照応する記事が「常陸国風土記」筑波の郡の条にみえる。杵嶋の岳の歌の場、さらに「仙柘枝の歌」の場を想像する参考となるので、原文を掲出する。

筑波嶺に登りて嬥歌会《かがひ》を為《す》る日に作る歌一首　并《あは》せて短歌
鷲《わし》の住む　筑波の山の　裳羽服《もはき》津《つ》の　その津の上《うへ》に　率《あども》ひて　娘女《をとめ》壮士《をとこ》の　行《ゆ》き集《つど》ひ　かがふ嬥歌《かがひ》に　人妻《ひとづま》に　我《わ》も交《まじ》はらむ　我《わ》が妻に　人も言問《ことと》へ　この山をうしはく神の　昔より　禁《いさ》めぬ行事《わざ》ぞ　今日《けふ》のみは　めぐ

食べ物を持って集まって、互いに歌を詠み交わしたり踊ったりした、一種のパーティのようなもので、それが男女の出会いの場ともなった、そういう場におけるまさに民謡的な恋歌であった、と推測されます。

歌垣は、日本の内地では、古い文献にしか出てきません。*3 しかし、沖縄には、毛遊《もうあそ》び（〈もう〉は野の意）という男女が三線《さんしん》にあわせて、歌い踊る行事の伝統がありますし、中国の南の方になると、この種の行事が今も残っていて、最近は、この種の調査がさかんです。比較民族音楽の研究者である藤井知昭氏などは、中尾佐助氏や佐々木高明氏の提唱した日本から東南アジアに繫がる照葉樹林帯文化は、歌垣ベルト地帯でもある、と述べています。*4

少々、話が拡がりましたけれども、『万葉集』の味稲《うましね》という男の歌を、こういう類歌群のなかにおいてみると、三七五番歌をふくむところの話は、歌垣的な場における男女の出会いを反映した伝承ではないだろうか、そう見当をつけてみることができることになります。

もうひとつあげてみましょう。『万葉集』の男の歌は、『古事記』仁徳天皇の条に出てくる歌とも似ています。

　梯立ての倉椅山《くらはしやま》をさがしみと岩かきかねて我が手取らすも

しもな見そ　事も咎《とが》むな〈嬥歌は、東《あづま》の俗《くにひと》の語にかがひといふ〉

反　歌

男神《ひこかみ》に　雲立ち登り　しぐれ降り　濡《ぬ》れ通るとも　我《われ》帰らめや

右の件《くだり》の歌は、高橋連虫麻呂《たかはしのむらじむしまろ》の歌集の中に出づ。

（『万葉集』巻九）

夫《そ》れ筑波《つくは》の岳《やま》は、高《たか》く雲《くも》に秀《ひい》でにたり。最頂《いただき》の西の峰《みね》は崢嶸《さか》しく、雄《を》の神《かみ》と謂《い》ひて登臨《のぼ》らしめず。但《ただ》、東《ひむがし》の峰《みね》は四方《よも》に磐石《いはほ》あれども、升陟《のぼ》るひと坱圠《かぎりな》し。その側《かたはら》の流《なが》るる泉《いづみ》は、冬《ふゆ》も夏《なつ》も絶《た》えず。坂《さか》より已東《ひむがし》の諸国《くにぐに》の男《をとこ》も女《をみな》も、春《はる》の花《はな》の開《ひら》く時《とき》、秋《あき》の葉《は》の黄《もみ》たむ節《をり》に、相携《たづさ》ひ駢闐《つらな》り、飲食《をしもの》を齎賚《もちき》て、騎《うま》より歩《かち》より登臨《のぼ》り、遊楽《たの》しみ栖遅《いこ》ふ。その唱《うた》に曰《い》はく、

筑波嶺《つくはね》に　逢《あ》はむと　言《い》ひし子《こ》は　誰《た》が言《こと》聞けばか　嶺逢《みねあ》はずけむ

筑波嶺《つくはね》に　廬《いは》りて　妻《つま》なしに　我《わ》が寝《ね》む夜《よ》ろは　はやも明《あ》けぬかも

詠《うた》へる歌甚多《うたいとさは》にして、載筆《の》す

この「〈梯立の〉倉椅山が険しいので、岩につかまることもできず、妻は、私の手につかまることよ。」という意味の歌は、速総別王《はやぶさわけのおおきみ》と女鳥王《めどりのおおきみ》が駆け落ちしたときに詠んだものと伝えています。今、固有名詞をはずしてみると、いわば恋の逃走劇の中に位置づけられていることがわかります。この種の伝承は、男と女の歌の掛け合いが、踊りともむすびついて、舞踊劇化していたことを示すものかもしれません。

『万葉集』の三七五番歌をこういう中においてみると、これは古くからの伝承の系譜のうえにあるもの、とみられることになります。土着の伝承の感覚を伝えている、といってもよいでしょう。

そういう古伝承が、漢文の書記作品へと変換されてゆく。そういう経緯を『万葉集』の左注は伝えているわけです。

そこでは、どうやら古伝承が単純に書記化されるというようなものではない事情が想像されます。そこには中国的教養との出会いのドラマが隠れているにちがいありません。漢文化される過程で、古伝承が神仙譚ふうの物語に変えられてゆく。そういうプロセスがあったのではないでしょうか＊。

『懐風藻』は、『柘枝伝』を前提にしていた、あるいは、『柘枝伝』的な発想によって柘枝伝説を受容していたということになります。

るに勝《た》へず。俗《くにひと》の諺《ことわざ》に云《い》へらく、筑波嶺《つくはね》の会《つどひ》に、娉《つまどひ》の財《たから》を得《え》ざれば、児女《こ》と為《せ》ずといへり。
（「常陸国風土記」筑波の郡）

＊4藤井知昭、NHK市民大学『音楽の人類学』（日本放送出版協会　一九八四）

中国の少数民族における歌垣については、最近テレビなどでもよく放映されるようになったが、歌垣記録には、次のようなものがある。ともにビデオ編が別売されている。

工藤隆・岡部隆志『中国少数民族歌垣調査全記録』（大修館書店　二〇〇〇）

手塚恵子『中国広西壮族歌垣調査記録』（大修館書店　二〇〇二）

歌垣文化を広く『万葉集』の基盤に見出そうとする論には辰己正明『詩の起原』（笠間書院　二〇〇〇）がある。

『柘枝伝』と『はこやのとじ』の対応構造の示唆するもの

さて、このような情報の糸をたぐりよせ、結びつけて、物語への道筋をたどってみますと、〈柘枝伝説〉の基盤となる土着的な古伝承があったこと。その古伝承が、書記され、新たな海のかなたの思想との出会いによって、『柘枝伝』とよばれる漢文伝奇が成立していたらしいこと。その『柘枝伝』あるいは『柘枝伝』的な〈柘枝伝説〉受容のもとに『懐風藻』詩が成立してくる道筋が見えてきたことになります。

そして、それが『はこやのとじ』物語へと近接してゆくことになるわけです。このようにしてみると、じつは、『柘枝伝』は、『はこやのとじ』の物語とは、みごとな対応構造をもっていることに気づかされます。それを図示してみると、次のようになります。

美稲	——柘枝媛——	藐姑射	（「譴」による帰還）	（『柘枝伝』の場合）
⇩	⇩	⇩	⇩	
太玉帝	——照満姫——	はこや	（とじによる奪回）	（『はこやのとじ』の場合）

『柘枝伝』と『はこやのとじ』とは〈はこや〉を共有し、なおかつそこへの帰還あるいは奪回という対応構造を持っているわけです。

＊下出積与『古代神仙思想の研究』（吉川弘文館　一九八六）は、この間の経緯について「おそらくこの伝承（柘枝伝説をさす）は、『桃花源記』などとは関係なしに、つまりそれの日本への伝来以前の古から、世界各地で普遍的に認められるいわゆる白鳥処女伝説の形態で、吉野地方を中心に伝えられたものであろう。」と述べ、「これらの漢詩は、この伝承を詠みこんでいないものも含めて、みな申し合わせたように神仙譚を仙女譚の感覚で受けとめている態度を示していることは、伝承を単なる白鳥処女風の素朴な乙女の形態でうけいれるよりも、むしろ武陵桃源式の仙女に解釈することに随喜した古代貴族層の心情をも、如実に示すものとしてよいであろう。」と説明している。

ここから『はこやのとじ』はただちに『柘枝伝』の翻案であったと言い切るには、慎重な判断がもとめられるでしょうが、『はこやのとじ』が『柘枝伝』を土台に成立してくる、と推測することはできるのではないでしょうか。

古伝承としての〈柘枝伝説〉がいきなり『はこやのとじ』という物語へと、直結するのではありません。『柘枝伝』という漢文伝奇を媒介に『はこやのとじ』という物語が成立してくるという道筋を想定することができる、ということがたいせつなところであると思うのです。

これまでも、初期の物語の成立は、中国の六朝以来の「志怪小説」や唐代の「伝奇小説」に触発された日本版の漢文伝奇群が生まれ、そういうものと踵《きびす》を接するようにして物語が誕生してくるのではないか、と仮説としては説かれてきました。[*1] しかし、それは仮説の域を出ることはなかったわけですが、ここでは、そうした道筋を具体的に考えてみる手掛かりが得られたことになります。

日本語の修辞文体をもった『はこやのとじ』

ここでもう一度、『はこやのとじ』情報にもどって、その物語のディテールや文体に注目してみましょう。

『はこやのとじ』が『柘枝伝』を単純に和文化したものでないことは、『はこやのとじ』の文章の断片から、これを知ることができます。[*2]

＊1物語成立前史を考えるとき、風巻景次郎（一九〇二〜一九六〇）の『日本文学史の研究 下巻』（角川書店 一九六一→『風巻景次郎全集』第三巻 桜楓社 昭四四）所収論文および三谷栄一（一九一一〜二〇〇七）の『物語文学史論』（有精堂 一九五二）『物語史の研究』（有精堂 一九六七）は、古典的な必読文献である。両者の神聖な氏族伝承（カタリゴト）の崩壊がモノガタリを生み出すという一元的な図式を批判して、フルコト、カタリの用例を古代文献に即して洗い直す作業によって、モノガタリの差異性を浮上させようとしたのが藤井貞和である。それらは『物語の始原と現在』（三一書房 一九七二）から『物語文学成立史』（東京大学出版会 一九八七）として結実し、『平安物語叙述論』（東京大学出版会 二〇〇一）に及んでいる。高橋亨の『物語文学の表現史』（名古屋大学出版会 一九八七）から『源氏物語の詩学』（名古屋大学

『源氏物語若紫巻古註』には、『はこやのとじ』の逸文として「からくにのうどむげのありがたき御心」という一節が出てきます。中国の三千年に一度花を開くだけという〈優曇華〉[*3]のように、まことにまれなありがたい御心」というのは、ふとだまの帝のてりみち姫に対する心であって、二人の間にはきわめて人間的な感情の交流があった、と推測できる情報として貴重です。ここは「からくにのうどむげの」と「御心」とを「ありがたき」という表現を媒介に結びつける文体になっています。すなわち

からくにのうどむげのありがたき
ありがたき御心

という和文国有の表現構造になっているわけです。

『花鳥余情《かちょうよせい》』「藤袴」巻の「うつたへに御事をいなみののいなみきこゆるにも」もまた『はこやのとじ』の文章の一節が端切れのように残されたものです。「うつたへに」はひたすら、いちずにの意で、否定や反語の表現と呼応して用いられる副詞です。「いなむ」すなわち断る、承知しないを意味する語と呼応しているわけです。地名「印南野《いなみの》」を意味する「いなみの（の）」はリズミカ

出版会　二〇〇七）にいたる物語成立をめぐる見解も注目すべきである。これらの論も、物語が成立する最後のステージで、漢文小説の影響があったろうとみる点においては、いずれも共通しており、現在では、通説となっているとみてよい。だが、それらは仮説の域を出るものではなく、本章は、その道筋を具体的に論証することを試みたところに意図がある。

＊2 藤井貞和『物語文学成立史』（前掲）に、「『はこやのとじ』の文体」という論がある。

＊3「優曇華《うどんげ》」は梵語（udumbara）に由来する語。仏教ではその花の開くときに、仏がこの世にあらわれると伝える。したがって「からくに」ではなく本来は「天竺」とありたいところである。

ルな語調を醸《かも》しつつ「いなみ（否み）きこゆる」という表現をみちびく文体になっています。ここも図示してみると、

うつたへに御事をいなみのの
いなみのの
いなみきこゆるにも

という表現構造になっています。

ここの「御事」は「御言」の意ですが、帝の言葉かあるいは「はこやのとじ」の言葉かはわかりませんが、姫の言動を語った一節と想像されます。

となると、この物語のクライマックスは、ふとだまの帝がみずからのものとすることができたてりみち姫を奪い返されて、絶望的な嘆きの中で姫を追慕している物語の最終的な場面にあると想像したわけですが、そういう文脈に連なる一こまにあて嵌《は》めることができるのではないでしょうか。

右にみるような、漢文を下敷きにした文体とは明らかに異なる、日本語の修辞による文体をもち、そしてさらに、帝と姫のこまやかな心情の交流をうかがわせる、そういうディテールに注目するならば、『はこやのとじ』は、『柘枝伝』に拠《よ》りつつ、しかしながら、神仙譚的なできごとを綴る説話から、できごとの

こころを綴る物語へと離陸した作品であったと判断できるのではないでしょうか。

つまり、ここには「伝」から物語への離陸のドラマがあることをかいまみることができたことになりますが、さらに視野を広げて、「伝」なるものが物語誕生の跳躍台となるにふさわしい幻想や想像力を与えてくれていた文学史的な状況をあわせて展望しておきましょう。

車持皇子が捏造した異郷訪問譚

物語が誕生するころ、すなわち九世紀後半の文人とよばれる官僚知識人たちは、しきりに中国の「伝」とよばれる志怪《しかい》小説の類を耽読《たんどく》して、自分たちじしんもその種の「伝」の類をつくっていました。そして、そういう小説世界は、初期の物語の世界にも色濃く投影していることをうかがうことができるのです。

そうした様相の一例を『竹取物語』の場合について見てみましょう。

『竹取物語』では、五人の貴公子が、かぐや姫から「こころざし」つまり愛情の証《あかし》というか深さを、自分の望むものを持ってくることで示すよう求められています。

その中で、車持皇子《くらもちのみこ》という貴公子は、蓬莱《ほうらい》の玉の枝を贋作《がんさく》するわけでした。彼は、それをかぐや姫のところに持参して、どんなふうに苦労して手にいれたか、得得《とくとく》とかつ迫真的に語ってみせる場面があります。

　そこで彼は、まず漂流して蓬莱、中国では東海の彼方にあるとされる不老不死の仙境ですが、そこにいたるまでの苦労をつぶさに語ってみせます。ついで海上にただよう蓬莱にたどりつき、そこが蓬莱であることを天人の話から聞き知ったこと、蓬莱のありさまと玉の枝を折り取った事情とを語り、幸い帰りは順風にめぐまれ、ようやくにしてかぐや姫の待つ都に帰り着いたばかり、というみごとなうそをものがたるのです。

　車持皇子は、蓬莱の玉の枝を贋作しただけではありません。話もまた贋作していたわけです。しかし、この迫真に満ちたいつわりの異郷訪問譚によって、車持皇子の物語のリアリティが出てくるわけでもあります。でまかせの語りのようではありますが、じつはだいじな場面です。車持皇子の話は、当時の人びとにいかにももっともな話と思わせるだけの共同幻想的なちからを与えていたらしいところに注目する必要があるのではないでしょうか。

　ここには、平安のひとたちが、こういう異郷訪問の話を好み馴れ親しんでいたことの反映を読み取ることができるからです。

平安文人たちが親しんだ志怪小説

天神さまとして知られる菅原道真（八四五〜九〇三）の作品を収めた『菅家

文草』という漢詩文集があります。その中に、次のような内容の序をもった詩が出てきます。[*1]

時は、寛平七年と推測されますから、八九五年のことになりますが、あらましは次のとおりです。

源能有《みなもとのよしあり》（八四五〜八九七）という人の息子が、父能有の五十賀すなわち五十歳になったお祝いのためにひとつ屏風を作りたいと言いだします。その屏風には、めでたくて長寿にまつわるふしぎな話を、紀長谷雄《きのはせお》（八四五〜九一二）という文人に書物のなかから選びだしてもらって、それを当時有名な巨勢金岡《こせのかなおか》という九世紀後半に活躍した宮廷画家に絵画化してもらい、さらに書は藤原敏行（？〜九〇一）という名筆に頼むとして、ついては道真にそのテーマにふさわしい漢詩を作ってもらいたい、という贅沢な注文です。

そこで、道真は五つの話にふさわしい漢詩を苦労して作って、その詩が今に残されているわけですが、ありがたいことに、彼は、その詩題の典拠となる話のあらすじを注としてわざわざ書き留めてくれているのです。

その出典をみますと、『列仙伝』、『幽明録』、『異苑《いえん》』、『述異記』であったことがわかります。[*2] これらは、じつは中国の六朝志怪《しかい》小説とよばれる書物群です。六朝というのは、三世紀の初めに後漢が滅んでから、隋が六世紀の後半に中国全土を統一するまでの間、六つの王朝（呉・東晋・宋・斉・梁・陳）が起こっ

*1『菅家文草』巻五所収「寛平七年大納言源能有五十賀屏風詩五首」。日本古典文学大系『菅家文草・菅家後集』（川口久雄校注）〔参考4〕

*2谷口孝介「菅原道真と神仙思想――源能有五十賀屏風詩をめぐって」（『菅原道真の詩と学問』塙書房　二〇〇六）は、題脚の本文を検討し、五首のうち三首までが『法苑珠林《ほうおんじゅりん》』を出典とし、しかもそれが北斉の類書『修文殿御覧《しゅうぶんでんぎょらん》』の逸文であることから、紀長谷雄は、『修文殿御覧』のような類書から、これを抄出したかという。

これは、当時の知識人が、類書とよばれる、漢籍を内容・事項によって分類・編集した書物を通して、志怪小説の類を読んでいた実状をうかがわせる論である。

ては滅び起こっては滅びした時代をさします。この六朝時代には、「怪」を志《しる》す、すなわち怪しく不思議な話を書き記した志怪小説なるものがたくさん誕生しているのです。そして、この志怪小説というものが、次の唐の時代に「奇」を伝えるという意味の伝奇小説を生み出す下地となる一方、日本に入って、平安の知識人たちにさかんに読まれていたらしいことがわかるわけです。

劉晨《りゅうしん》と阮肇《げんちょう》の異界訪問

道真がとりあげて漢詩の典拠となった話のひとつを紹介してみましょう。「劉《りゅう》と阮《げん》という二人の男が山の川辺でふたりの女性に出会った詩（劉阮遇㆓渓辺二女㆒詩）」という意味の詩題は、『幽明録』という書物に出てくる話にもとづいたものです。*1

『幽明録』は現在では、散逸して完全な形では残っていません。かの有名な小説家魯迅《ルーシュン》《ろじん》（一八八一～一九三六）は、『中国小説史略』*2などを書いたたいへんな学者でもありますが、彼の中国小説史研究の基礎資料となったのは、さまざまな書物に引用されたりして化石のように残っている逸文を集めた『古小説鉤《こう》沈《ちん》』という著述です。その中に『幽明録』に載せられていたこの話も拾い上げられています。

劉晨《りゅうしん》と阮肇《げんちょう》という二人の男が、後に仏教の霊山として知られる浙江《せっこう》省にあ

*1『幽明録』は、宋（四二〇～四七九・劉宋）の劉義慶（四〇三～四四四）の作。『幽明録』の原書は散逸したが、魯迅の『古小説鉤沈』は、二六五編の逸文を輯録している（*2丸尾の訳注による）。今、魯迅自筆の稿本『古小説鉤沈』（『魯迅輯校古籍手稿』北京魯迅博物館・上海魯迅紀念館 一九九一）から、劉晨と阮肇の部分の写真を掲出する。なお、この話を収めた日本語訳には、前野直彬・尾上兼英他『幽明録・遊仙窟』（平凡社・東洋文庫 一九六五）ほかがある。

*2『中国小説史略』は、北京大学新潮社から、上冊が一九二三年、下冊が一九二四年に出版された。邦訳には、魯迅と交遊の深かった増田渉訳『中国小説史略』（天正堂 一九三八）があり、岩波文庫に入ったが、戦後の改訳版は上巻のみである。最近では、一九九七年に、中島長文訳注（平凡社・東洋文庫）I II と今村与志雄訳（ちくま学

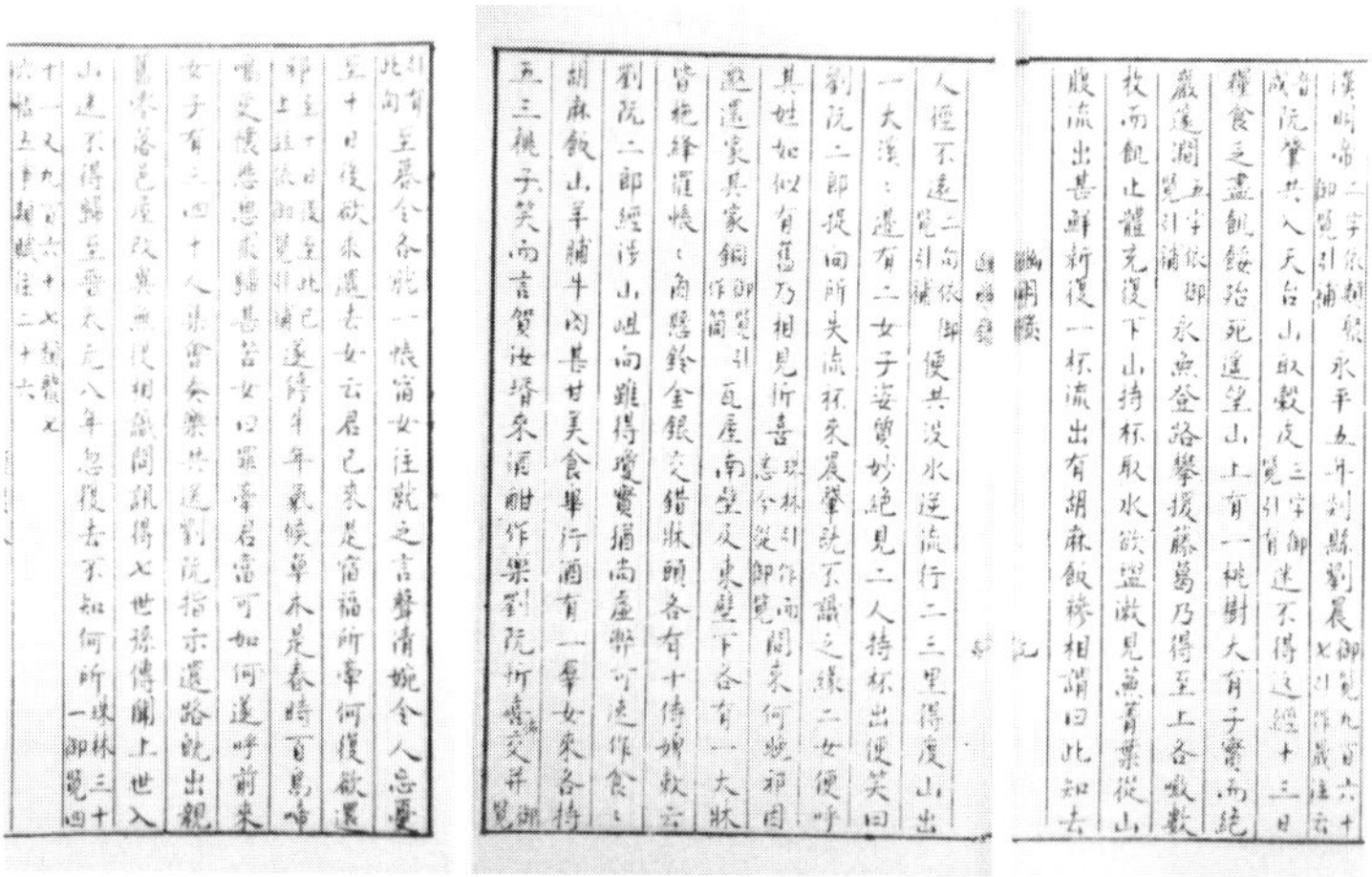

芸文庫。一九八六年に学習研究社から刊行された『魯迅全集』第十一巻所収訳の改訳版）が、ほぼ同時期に出たが、ともに注が充実している。『中国小説史略』のダイジェスト版ともいうべきものに、一九二四年の夏、魯迅が西安の西北大学で講じた「中国小説的歴史的変遷」がある。こちらは、丸尾常喜訳『中国小説の歴史的変遷』（凱風社一九八七年）があり、作品についての注記ほか、脚注には用語解説もついており、「魯迅による中国小説史入門」としてお勧めの一冊である。

る天台山に登ったものの、道に迷ってしまったといいます。持っていた食べ物もすでに尽き、あとは死をまつばかり。というところで、はるかな山の頂にたくさんの実をつけた桃の木を発見する。それをとって食べるとすっかり元気になって、川筋をたどってゆくと、二人の美しい女に出会ったといいます。

彼女たちは、ふたりがやって来るのを前もって知っていたかのように自分の家に案内してくれ、楽しい日々を過ごします。半年ほどたったころ、彼らはそろそろ故郷に帰りたくなります。

しかし、別離の宴《うたげ》の後に、彼らは故郷に帰ってびっくりする。村のようすが昔とすっかり変わっているからです。彼らがようやくたずねあてたのはじつは自分の七代目の子孫だった、というのです。

これは、異郷淹留譚《えんりゅうたん》つまり異郷、この場合は、仙郷、仙人の住む世界に長く留まった人の話ということになります。浦島太郎の話なども同じ仲間の話になります。

こういった類の話を、『竹取物語』が成立する時代の知識人たちは、好んで読んでいたことが知られるわけです。しかも、この手の話を絵画化し、それに漢詩を書きつけたりして、屏風を作っていたというわけですから、知識人だけではなく、広く貴族圏の人々に知られるようになっていた事情を想像することができることになります。

じっさい平安時代当時の学問入門書として知られる*『蒙求《もうぎゅう》』という本の中にも、同じ内容の話が収められており、この種の話が平安の人びとにはなじみ深いものであったことを裏づけてくれます。

道真が作った漢詩の典拠は、人々のために薬を残して蓬萊へ去っていった仙人の話とか、仙人に酒を勧められて酔っぱらって、酔いがさめ家に帰ったら二年の時が過ぎていたとか、異郷との交流を語った神仙譚とよばれる類の話が中心であることがわかります。

こんなふうに見てみると、『竹取物語』の車持皇子のにせの異郷訪問譚は、作り話ではありますけれども、こういう話がもっともらしく書かれる背景には、当時さかんに読まれていた中国の志怪小説、特に神仙譚的な話が、平安の人びとの想像力をはぐくみ育てた力の大きさとその性質がどのようなものであったか、がよくうかがわれるのではないでしょうか。

東アジアの〈知〉の波動と初期の物語群

ここから、さいごにもう一度『はこやのとじ』にもどってみましょう。

『はこやのとじ』は『竹取物語』とも共通の構造をもっているわけでした。

＊中国唐代の李瀚《りかん》の撰。有名な人物たちの故事を四字句に仕立てたもの。「蛍の光窓の雪」（孫康映雪、車胤聚雪）のように、日本では長く伝存し、学ばれた。

太玉帝——照満姫　——はこやのとじによる奪還（『はこやのとじ』の場合）
⇩　　　　⇩　　　　⇩
帝　　——かぐや姫——月の都への回帰　　　（『竹取物語』の場合）

地上と仙界あるいは天上、帝と姫との人間的な感情交流、姫の異界への帰還と帝のかぎりない追慕など、両者の関係は、きわめて深いものがあります。『竹取物語』は、もとより怪奇なできごとそのものへの興味から、これを伝承しようとしたり、神仙譚そのものの再現をめざしたものではありませんでした。異なる世界への憧れと断絶とをえがいて、この世を根拠づけ、人間という存在を凝視したところその主題がある、といえましょう。

『源氏物語』「絵合」巻が、『竹取物語』を「物語の出で来はじめのおや（物語が歴史に登場してきたころの代表的作品）」と言っているのは、物語が『竹取物語』を源流として展開してきたということの事実を反映したものというより、ジャンルとしての物語なるものをはっきり意識した『源氏物語』とその時代が、物語の過去を捉えなおしたときの、新たな文学史的発見として、このような物語把握がなされたもの、と理解した方がよいのではないでしょうか。

『竹取物語』は独創的な〈孤〉として存在するのではなく、群のなかで存在したこと、初期の物語群は、漢文伝奇とよばれるような東アジア文化圏の〈知〉

と出会い、そこからの飛躍として誕生してくるらしい、ということができると考えられます。物語の最初の峰々は、東アジア文化圏の波動を刺激として形成された、ということになるのではないでしょうか。

第三章　歌物語とその尾根の行方

――『伊勢物語』二十三段の物語史

『たけくらべ』と『伊勢物語』

このところ、五千円札でおなじみになった樋口一葉を、管聡子・関礼子氏の校注になる「新日本古典文学全集・明治編[*1]」で、少しずつ、しかししみじみ読んで、感銘をあらたにしています。

樋口一葉は、日清戦争がおわった翌年の明治二十九年（一八九六）十一月二十三日に、二十四歳と七ケ月の若さで亡くなったのでした。

その一葉の代表作である『たけくらべ[*2]』という作品の語義は、幼い子どもたちの背比べ、いわば成長を競いあうところから生れた表現であるわけですが、じつは『伊勢物語』二十三段の歌と話とを踏まえた表現でもあります。

筒井つの井筒にかけしまろがたけ過ぎにけらしな妹《いも》見ざるまに

＊1管聡子・関礼子校注　新日本古典文学全集・明治編『樋口一葉集』（岩波書店　二〇〇一）

＊2『たけくらべ』明二八（一八九五）～明二九（一八九六）。『文学界』25～37号（分載）

くらべこし振分髪《ふりわけがみ》も肩過ぎぬ君ならずして誰《たれ》かあぐべき

の二首は、一葉は、「別れ霜」という作品のなかで「井筒にかけし丈くらべ振りわけ髪のかみならね」と表現しているのをはじめ、「花ごもり」や「恋百首」のなかで引歌として用いていて、『伊勢物語』二十三段の歌に親炙《しんしゃ》していたあとをうかがうことができます。*3

『たけくらべ』では、吉原という色街《いろまち》の、表町《おもてまち》と横町に住む少年少女たちの対立を中心に、横町に住む美登利《みどり》の龍華寺《りゅうげじ》の信如《しんにょ》への淡い思い、表町に住む正太郎の美登利への思慕など、いかにもこういう世代らしい、下町の風情を反映した競い合いとそこに交わされる、思春期にある彼らの微妙な心の交錯が、じつに生き生きとかつうるわしく描かれています。

しかし、やがて美登利は「初々しき大島田《おおしまだ》」に髪を結うことによって、少女期に別れをつげてゆくわけです。*4

『伊勢物語』の二十三段の、「たけくらべ」に始まる筒井筒の恋が共鳴させられている一方、一葉の『たけくらべ』では、いわば少年少女期の別れが語られるという、恋の結実とは反転した対照的なおわりかたになっていることになります。

「初々しき大島田」に髪を結い娘時代を迎えた美登利は、やがて口数少ない、

*3
(1)「井筒にかけし丈くらべ振わけ髪のかみならね」(「別れ霜」明二五)
(2)「筒井づつの昔もふるけれど振りわけ髪のおさなだちより」(「花ごもり」明二七)
(3)「いはけなきふり分がみに契りつる其ことの葉はかへじと思ふ」(「恋百首」「幼年契恋」明二一)
(菅聡子校注『樋口一葉集』「たけくらべ」による)

*4もまれて出し廓《くるは》の角《かど》、むかふより番頭新造《しんぞ》のお妻と連れ立ちて、話しながら来るを見れば、まがひも無き大黒屋の美登利なれど、誠に頓馬《とんま》の言ひつる如く、初々しき大島田、結綿のやうに絞り放しふさ〳〵と懸けて、鼈甲《べつこう》のさし込み、総《ふさ》つきの花かんざしひらめかして、何時《いつ》よりは極彩色の、唯《たゞ》京人形をみるやうに思はれて、正太はあつとも言はず立止りしまゝ例《いつも》の如くは抱《いだ》きつきもせで打目《うちまも》戍るに

顔を赤める娘へと変わってゆきます。そこには、光源氏と一夜をともにした若紫（紫の上）の面影が認められるという指摘がありまして、[*1] 樋口一葉というひとの古典教養がどんなふうに培われたか、そういうことが問題になってくるところでもあります。

一葉における王朝文学の教養伝統

一葉という人は、学校教育としては、十二の歳に小学高等科第四級を学んだところで退学しています。彼女の日記によりますと、母の反対によるようですが、父の配慮もあって、十五の歳から、中島歌子（一八四一〜一九〇三）が主宰する萩《はぎ》の舎《や》という塾に通って学ぶことになります。

萩の舎は、伝通院《でんずういん》前の小石川安藤坂、現在の文京区春日一丁目にあった歌塾、歌を中心に教える塾です。庭の植え込みに萩を植えたので、萩の舎となづけたらしいのですが、明治二十六年に小石川区役所に届け出た家屋図によりますと、一階と二階あわせて三十二坪ほどの広さです。[*2]

『日本近代文学大事典』によりますと、[*3] その最盛期には、門下生千人余りに及んだとありますから、びっくりします。いっぺんに押し寄せた数ではないでしょうが、そうとうに人気の高かったことがわかります。

ちょっと視野を広げてみますと、江戸時代以来、女性が主宰する寺子屋が思

＊1 『中古文学』六八号（二〇〇一・五）掲載シンポジウム「源氏物語はなぜ読まれるのか」における原岡文子の発言による。

＊2 『ぶんきょうゆかりの樋口一葉』文京区教育委員会 ぶんきょうふるさと歴史館 平一四）に、「明治二十六年に小石川区役所に届出たものである。一階二十五坪余と、二階の七坪で合わせて三十二坪である。他に蔵一棟がある。」とある。

＊3 「小石川水道町に歌塾萩の舎を開き、〜上、中流階層の婦人を指導、明治二〇年前後の最盛期には、千余名の門下生を擁した。樋口一葉、田辺（三宅）花圃らもその門下である。」（『日本近代文学大事典』板垣弘子執筆による）

いのほかたくさんあり、明治時代になっても、そういう塾が民間には数多く残って、明治期における学校教育発展の下地の役割を果していたことになるわけです。私の勤める大学は、跡見花蹊《かけい》（一八四〇～一九二六）が明治八年（一八七五）に開業した跡見学校を起点としていますが、それより以前から、彼女は上流層の子女のための家塾を経営しておりまして、塾から女学校へという道筋をたどったことになるわけです。[*4]

さて、一葉は、萩の舎で、歌や習字を学んで、その教養の一環として、古典の勉強や消息文の書き方を学んでいます。

そのへんの事情は、鈴木淳氏の『樋口一葉日記を読む』[*5]をみると、よくわかります。いま、鈴木氏に導かれて、日記をあらためて繙いてみると、興味深い記事が、次々にみつかります。

「しのぶぐさ」（明治二十五年六月～八月）には、次のように出てきます。[*6]

（八月）廿日。早朝、小石河（萩の舎　週に一度か）に行く。稽古日也。題二ッ。今日は伊東君とおのれは十点一ッもあらざりし。『湖月鈔』の講も有けり。……師君又、灸治に行給ふとなれば、おのれらは午後早々《ひるすぎ》に帰る。帰宅後、小説に従事。

＊4『跡見学園　一三〇年の伝統と創造』（跡見学園　二〇〇五）
＊5鈴木淳『樋口一葉日記を読む』（岩波書店　二〇〇三）
＊6『全集樋口一葉』第三巻日記編（小学館　昭五四）。特記以外は本書による。

一葉、十九歳の夏のお稽古日のことを記した日記です。歌の稽古のあと、「湖月鈔の講義も有けり」と出てくるわけですが、『湖月鈔（抄）』は、江戸時代以降、近代にいたるまでもっともよく読まれた『源氏物語』の、北村季吟（一六二四～一七〇五）の手になる注釈書です。山梨県立文学館には、樋口一葉とその父である則義の父子二代の旧蔵書が残っており、そのなかに『湖月抄』があるそうです。[*1]

この『湖月抄』でもって彼女は勉強していたと考えていいわけでしょう。彼女は、この本を友人に貸したりしています。[*2]

さらに、二十二歳の頃、明治二十八年の日記には、「家の稽古日也。」とか「和歌一巡おはりて源氏もの語講義をなす。」などとあって、彼女じしんが自宅に通ってくる弟子に『源氏物語』を講義していることがわかります。[*3]

彼女の日記を読んでいると、ちゃんと読んでいるのだろうかと思うほど猛烈なスピードで、和漢の本を図書館から借りては読み、借りては読みしていることがわかって感心させられます。

こんなふうに考えてみますと、一葉の場合、江戸時代の文学伝統に加えて、王朝文学が彼女の文学世界を生みだす温床になっていることを、もっと重視する必要があることがわかってくるのではないでしょうか。

日本の近代文学というものは、坪内逍遥とか二葉亭四迷、あるいは早くから

＊1 神作研一「山梨県立文学館蔵　樋口一葉・則義旧蔵目録稿」『文学　季刊』一九九九・冬）

＊2「わか艸」（明二四・七～八）の書き付け。鈴木淳・越後敬子編『翻刻　樋口一葉日記』（岩波書店　二〇〇二）（明二八・五・二）による。旧版『一葉全集』にはみえない。

　栄花物語　四より終まで　田中みの子君へかす
　平家物語　一より三迄　野々宮菊子君へ
　源氏物語　若紫より末摘花まで　中島倉子君へ

「蓬生日記」（明二四・九・二二）に

（九月）廿二日。～午後《ひるすぎ》、中島くら子ぬしより通運便をもて書冊返却さる。書状《ふみ》有《あ》けり。日没前までに師の君の仕立ものの終る。

とあるのは、この時に貸した本が返却されたものであろう。

＊3「水の上」（明二八・五～

一葉を高く評価していた森鷗外たちによって確立されてゆくわけですが、それは、西洋との出会い、西洋的な〈知〉を温床としているわけです。それに対して、一葉の場合は、いわば日本の伝統に深く根ざすことによって、自分の文学的世界をつくりあげていったところに大きな特色があります。彼女がもっと長生きをしたら、日本の近代文学の風景が変わってみえたのではないか。そんなことを考えると、その夭折《ようせつ》がつくづく惜しまれます。

『伊勢物語』二十三段をどう読むか

さて、本章は、少し趣向を変え、この『伊勢物語』の二十三段をとりあげて、物語史との関わりのなかで読んでみることにしましょう。

二十三段を読むだけではなく、この趣向をうけた話が、短編物語集『堤中納言物語』に収められている『はいずみ』、さらに『掃墨《はいずみ》物語絵巻』という物語に、どんなふうに受け継がれ、変容してゆくか、そういうことを視野に入れることによって、歌物語という山並《やまなみ》が王朝物語山脈とどうかかわってゆくか、展望してみたいと思います。

『伊勢物語』二十三段は、幼い男女が、その恋を実らせて結婚するまでの前半部と、女の親が亡くなり男に新たな女が出現する、という夫婦の危機をめぐる後半部に、話を大きく二分することができます。さらに、後半部は、もとの

六）に

（五月）二日。四時頃より野々宮、安井も来る。和歌一巡《うたひとめぐり》おはりて『源氏もの語』講義をなす。

（六月）十六日。家の稽古日也。石黒虎子来る。ついで野々宮君、『古今集』の講義聞に来る。終日遊ぶ。帰宅せしは四時ごろ、やがて大雨盆をかへすやうに降出ぬ。さぞ帰路にしてなやみけんとわびし。

この項、神野藤昭夫「与謝野晶子の読んだ『源氏物語』」（永井和子編『源氏物語へ　源氏物語から』笠間書院　二〇〇七）参照。

妻と高安に住む新しい妻との話に二分することができます。
これを図示してみますと、次のようになります。

(1) 筒井筒の恋と結婚の話
(2)(a)もとの女をめぐる話
(b)高安の女をめぐる話

純愛の結実

まず、(1)の本文を掲出しますので、ゆっくり音読してみてください。

むかし、田舎わたらひしける人の子ども、井のもとに出《い》でて遊びけるを、大人になりにければ、男も女も、恥ぢかはしてありけれど、男は、この女をこそ得めと思ふ、女は、この男を、と思ひつつ、親のあはすれども聞かでなむありける。さて、この隣の男のもとより、かくなむ。

筒井つの井筒にかけしまろがたけ
過ぎにけらしな妹《いも》見ざるまに

女、返し、

くらべこし振分髪《ふりわけがみ》も肩過ぎぬ
　君ならずして誰《たれ》かあぐべき

など言ひ言ひて、つゐに本意《ほい》のごとくあひにけり。*

どうでしょうか。順に内容をかいつまんでお喋《しゃべ》りをしてみましょう。「田舎」は、都から離れた地、「わたらひ」は、生活をたてるための仕事を意味しますから、地方暮らしの仕事をしていた、ということになります。具体的にはどういうことかということになるとよくわかりません。そこで、たとえば、田舎まわりの行商だろうとか、地方での役人暮らしであろうとか想定する説が出てくるのですが、確たることはわかりません。むしろ、この話じたいが、そもそも民間から出てきた話である。そういうことをうかがわせるにとどまるか、と思います。

彼らの遊び場はもっぱら、井戸のまわりでした。井戸端会議などという言葉が残っているように、日本でもついこの前までは、水場は共同利用の場であり、人びとの寄り合う場だったわけです。そこが子どもたちの遊び場にもなる。

＊本文は、神野藤昭夫・関根賢司編『新編伊勢物語』（おうふう　一九九九）による。

＊奈良絵本「筒井筒」場面。鉄心斎文庫蔵「伊勢物語彩色絵入」二帖。

『たけくらべ』の場合では、それが色街吉原の裏町ということになるわけでしょう。

『伊勢物語』では、そこで彼らの幼い恋心が芽生えてきます。しかし、思春期になると、お互いに口をきかなくなる。かつての無心の親しみの感情が、お互いの胸にひめた思慕へと転じてゆくわけです。こういう感情は、遠くせつないものがあります。男は「この女をこそ得めと思ふ。」、いわゆる係り結びの表現によって、このひとをどうしても自分の妻にしたいと思っていたと切実感が出ています。女の方も「この男をと思ひつつ」、同じ気持ちをずっと持ちつづけていたといいます。「つつ」は反復継続をあらわす助詞ですから、「ずっと思いつづけて」、親の結婚話にも耳を貸さなかった、というわけです。そして、やがて機の熟する時がやってくる。

この隣の男のもとから、こういう歌が贈られてくる。

筒井つの井筒にかけしまろがたけ過ぎにけらしな妹見ざるまに

「筒井」というのは、地面を丸く深く掘って地下水をくみ上げるようにした井戸のこと。「井筒」というは、井戸の囲いのことです。その高さと背比べ、まさに「たけくらべ」をして遊んでいたけれども、今ではそれよりずっと高くなったようです、あなたと逢わないでいるうちに、というわけです。

「妹《いも》」は男が女に対して親しみをこめてよびかける言葉。「いもうと」の「うと」というのは、「おとうと」「しろうと」「なこうど」「おちうど」「かりうど」の「うと」あるいは「うど」と同じで、「ひと」を意味しています。ですから「いもうと」は、昔の使い方でいえば、現在のように年下の姉妹をいうだけではありませんでした。親しみをこめてというか、愛情をこめていうのですから、姉さんのことをそうよんでもよかったわけだし、妻だとか恋人だともっとふさわしいことになります。

君に逢わないうちに、僕はすっかり大きくなったよ、というわけですが、この「妹」という言葉を使うことで、求愛の恋歌になっている、といってよいでしょう。

これに対して女の方はどうでしょうか。

　くらべこし振分髪も肩過ぎぬ君ならずして誰かあぐべき

「あなたと長さを比べあってきました私の振分髪も、もう肩をはるかに過ぎるほど伸びました。あなた以外の誰のために髪上げをいたしましょう。」と、そんな歌を送ってきます。

　この部分は、吉田拓郎の「僕の髪が肩までのびて、君と同じになったら、やくそくどおり町の教会で結婚しようよ」という歌（「結婚しようよ」一九七一年）を思い浮かべるひともいるかもしれません。この歌には、男も女性のように長髪がはやった昭和四十年代中頃の風俗が反映しているので、けっして吉田拓郎における『伊勢物語』の影響というものではありませんが、ここを読むたびに、頭のどこかで「結婚しようよ」が鳴り響いてしまうというのは、私の個人的経験にとどまるものでしょうか。

　平安時代ですと、少女は「振分髪《ふりわけがみ》」、髪を左右にふりわけて肩のあたりで切り揃えていたらしい。成人すると、髪を束《たば》ねて、結い上げて垂らす髪型にする。これを「髪上げ」といって、女性の成人式に相当します。男性の「初冠《ういこうぶり》」の場合と同じで、「髪上げ」をすることは結婚する資格を得たことを意味するわけで、少女の髪型である振分髪を髪上げにするのは、あなたのため、と応じていることになります。

『たけくらべ』の、美登利が「初々しき大島田＊」に髪を結うのは、もはや少女期を脱して若い女性の年齢に達したこと、美登利がそれまで親しんだ世界から吉原という世界の住人へと変身してゆくことを示唆しているわけでした。

ちなみに「大島田」というのは、若い未婚女性の髪形である島田髷《まげ》の大きく結ったかたち。古い歌ですが、「花嫁人形」という歌「金らんどんすの帯しめながら、花嫁ご寮はなぜなくのだろう」の二番「文金《ぶんきん》島田に髪結いながら花嫁ご寮はなぜなくのだろう」に出てくる「文金島田」は、島田髷の華やかな髪形でありまして、お嫁入りのときのもっとも華やかな髪形が「文金高島田」なのでした。

しかし、『伊勢物語』の方は幸せです。「つゐに本意のごとくあひにけり」。幼い日の清純な思いが結婚にいたりつく、若い人生における幸せの典型が語られている、ということになります。

＊「初々しき大島田」

山田有策監修・木村荘八絵巻『樋口一葉「たけくらべ」アルバム』（芳賀書店　一九九五）による。

新たな女の出現と危機

しかし、やがて危機がやってきます。(2)(a)の部分です。

さて、年ごろ経《ふ》るほどに、女、親なく頼りなくなるままに、もろともに言ふかひなくてあらむやは、とて、河内国《かうちのくに》、高安の郡《こほり》に行き通ふ所出できにけり。さりけれど、このもとの女、あし、と思へるけしきもなくて、出だしやりければ、男、こと心ありて、かかるにやあらむと思ひ疑ひて、前栽《せんざい》の中に隠れゐて、河内へ往《い》ぬるかほにて見れば、この女、いとよう化粧《けさう》じて、うちながめて、

風吹けば沖つ白波たつた山夜はにや君がひとり越ゆらむ

と詠みけるを聞きて、かぎりなくかなし、と思ひて、河内へもいかずなりにけり。

そうやって数年過ぎるうちに、女の方では親が亡くなって、生活の支えがなくなってくる。「たより」というのは生活のよりどころということです。それで、男の方では、この妻とともにみじめな暮らしをしていられようかと思うようになる。そして河内の国、高安の郡に、新たに通ってゆくところができたといいます。

これだけみると、どうみても男の方に分が悪い。少々、弁明すると、当時の

結婚は、女の家に男が通ってゆくところから始まった。やがて男は女の家に住みついたり、独立してともに住んだり、住みつかないで通い婚をつづけるなど、いろいろなパターンがあったようです。

しかしながら、女性が現在のように夫方の実家に居住してそこで夫方の実家の経済的支援をうけるというパターン、いわば嫁入り婚はなかったということを、名古屋大学の胡潔氏が述べています。*

ですから、妻の方に居住する場合や、訪婚（通い婚）はもちろんのこと、夫と独立して居住する場合にも、女は経済的には自分の家を支えにしていたことになります。男の方からすると、女の家の経済状態が自分の支えになる。そういうことがあったわけでしょう。

現代は結婚事情が大きな変わり目を迎えていますから、ひとくちにはいえませんが、近代では、女は男のもとに嫁入りするというかたちをとっていて、男や男の家の経済事情に左右されることが多かったわけでした。いいところのお嬢さんが働きの少ない男のもとに嫁いで苦労するとか、逆に玉の輿《こし》ということもある。それと対比してみると、この時代は、むしろ逆で、男の方が女の家の方に招かれる恰好《かっこう》になります。ですから、経済的には、男にべったり依存していたわけではなかったことになります。それだけに、女の親の死によって生活が思うようにたちゆかなくなる。そのことは、男にとっても有力な経済的な支

＊胡潔『平安貴族の婚姻慣習と源氏物語』（風間書房　二〇〇一）

えを失うということに繫がってゆくことになります。『源氏物語』でも、光源氏と最初の奥さん、葵の上との間に生まれた夕霧は、葵の上方で育てられています。光源氏は父親としての自覚と責任がないと、現代からは非難されそうなところですが、子どもは女の家の方との結びつきが強かった、ということになります。

このへんを強調いたしますと、婿取婚による母系制社会であったという高群逸枝の主張が浮かび上がってきます。しかしながら、最近、平安時代の婚姻については、高群説を修正発展させる一方、高群説を批判する対立説が出たり、高群説の根拠となる史料操作への疑問が出されたり、いろいろ研究の見直しが進められているようで、本格的に従うべき見解については、私としては判断がつきかねているところがあります。*1 しかしながら、今のところ、ここはこのような理解でよいのだと考えております。

そんなわけで、男は、河内の国、高安の郡にすむ女のもとに通いだすということになります。

高安は、河内と大和（奈良県）とをへだてた生駒《いこま》山系の西側にある地名です。「もろともにいふかひなくてあらむやは」は、端的にいえば、もう貧困をともにすることはできない。もっと経済的に豊かな女のもとに行こうと考えたということになるでしょう。直接的に語られてはいませんが、新しい高安の女の

*1 高群逸枝『招婿婚の研究』（講談社　一九五三）→『高群逸枝全集』第二・三巻（理論社　一九六六）、『日本婚姻史』（至文堂　昭三八）→『高群逸枝全集』第六巻（理論社　一九六七）

高群説を批判的に発展させた研究には、関口裕子『日本古代婚姻史の研究』上下（塙書房　一九九三）、服藤早苗『家成立史の研究』（校倉書房　一九九一）、『平安朝の母と子』（中公新書　一九九一）などがある。

これに対して、高群説を批判し、対立する見解には、鷲見等曜に『前近代日本家族の構造』（弘文堂　一九八三）があり、江守五夫には『母権と父権』（弘文堂　一九七三→縮減、改稿して『歴史のなかの女性　人類学と法社会学からの考察』（彩流社　一九九五）に収録）、『日本の婚姻　その歴史と民俗』（弘文堂　一九八六）、『物語にみる婚姻と女性』（日本エディタースクール出版部　一九九〇）、『婚姻の民俗　東アジアの視点から』

家は豊かであった、と読んでいいことになります。

『伊勢物語』に続く歌物語である『大和物語』にも、ここに相当する同じ内容の話が収められていまして、そこでは「この今の妻《め》は、富みたる女になむありける」すなわち「新しい妻は〈富みたる女〉であった」とはっきり語られています。

それに対して、もとの妻はどうだったでしょうか。

このもとからの女は、憎らしいと思う様子も見せずに、男を送り出します。「悪《あ》し」は「つらい」とか「いやだ」という意味の言葉ですが、ここではもっと強い「憎らしい」という気持ちを内包する言葉とみてよいでしょう。ほんとうだったら、もっと激しい嫉妬の感情をあらわにしていいはずなのに、彼女はいっこうにそんなそぶりを見せない。そこで男は女のことを疑う。「こと心ありて、かかるにやあらむ」。「こと心」は、「異なる心」ということで、「他の男を

*2

（吉川弘文館　一九九八）がある。
　こうした婚姻史をめぐる研究を展望し、問題点を鋭く明らかにした著書に、栗原弘『高群逸枝の婚姻女性史像の研究』（高科書店　一九九四）がある。
　なお、文学の側からの研究には、藤井貞和に『物語の結婚』（創樹社　一九八五）、『タブーと結婚　「源氏物語と阿闍世王コンプレックス論」のほうへ』（笠間書院　二〇〇七）、工藤重矩『平安朝の結婚制度と文学』（風間書房　平六）がある。
　いろいろあってたいへん。もう少し取りつきやすいものをという向きには、服藤早苗『平安朝女の生き方　輝いた女性たち』（小学館　二〇〇四）を勧める。

＊2鉄心斎文庫蔵『着色絵入本伊勢物語』三冊による。

思う心」ということ。ほかに男がいるものだから、平然としているのではなかろうか、と男は思うわけです。

そこで、男は、庭の前栽つまり植え込みの中に隠れ、座り込んで様子をみる。すると、女は美しく化粧をして「うちながめて」つまり遠くを眺めやり物思いに沈んでいる。

男の疑いが気持ちが、暫層《ぜんそう》的にというか、ますます高まってきます。その頂点で、女の口から歌がついて出てくるわけです。

風吹けば沖つ白波たつた山　夜はにや君がひとり越ゆらむ

「風吹けば沖つ白浪」は「風が吹くと沖の白波がたつ」の「たつ」という表現をみちびき、「たつた山」の「たつ」と掛けています。こういう表現機能をもった言葉を序詞《じょことば》というわけですが、一首の意味としては「たつた山」を「よはには君がひとりこゆらむ」ということです。「らむ」は現在推量の助動詞。目にはみえないけれども、今ごろ、何々だろうと事実を想像する、そういう意味・機能をもっています。ですから、「ものさびしい龍田山を、この夜ふけに、あの方は今ごろひとり越えているのかしら」と案じていることになります。

ところで、「しらなみ」と聞くと、芝居好きな方は『白浪五人男』(『青砥稿花《あおとぞうしはな》紅彩画《のにしきえ》』）を思い出すかもしれません。「白浪」というのは、中国の歴史書『後漢書』にみえる「白波賊《はくはぞく》」の故事に＊遡《さかのぼ》るのでして、「白波《はくは》」を訓読したのが「しらなみ」で、盗賊を意味するようになったわけです。そこで、『伊勢物語』の「沖つ白浪」の「白浪」にも、「白波賊」に由来する盗賊の意味がかけられている、とする説が古くからあります。

　すると、彼女は男がたつた山に出没する盗賊に襲われはしないかと案じているのだ、ということになります。説明としてはよくわかりますがどうでしょうか。私は、むしろそういう掛詞は認めずに、彼女が、物思いに沈みつつ、たつた山をひとり越えてゆく男の姿を思い浮かべ、ひたすら案じていると読んだ方が、思いが深いように感じています。

　男は、この歌を聞いて、このうえなくいとおしいと思って、それからは河内の女のもとにゆかなくなってしまった、というわけです。

　ともかく、男の邪念《じゃねん》というか、妄念《もうねん》に反して、この女のいちずで心高い思いに、男はすっかり心うたれて「かぎりなくかなし」と思うわけです。「かなし」の語幹《ごかん》は、漢字では「愛」という字をあてたりしますが、切ないほどの愛情の念をあらわす形容詞で、「いとおしさが限りなくわき上がって」ということでしょう。女の心によって、男もまた目覚めさせられる。かくして、男は、高安には通わなくなった、ということになります。

＊後漢の末に起った黄巾《こうきん》の乱とよばれる農民反乱の残党が「白波谷」に籠って掠奪《りゃくだつ》をくりかえしたところから、盗賊を意味するようになった。

愛情のもつ精神性の輝き

では、高安の女の方はどうしたか。(2)(b)にあたるところを読んでみましょう。

まれまれかの高安に来て見れば、はじめこそ心にくもつくりけれ、今はうちとけて、手づから飯匙《いひがひ》とりて、笥子《けこ》の器物《うつはもの》に盛りけるを見て、心憂がりて行かずなりにけり。さりければ、かの女、大和の方を見やりて、

君があたり見つつををらむ生駒山雲な隠しそ雨は降るとも

と言ひて見出だすに、からうして「大和人、来む」と言へり。喜びて待つに、たびたび過ぎぬれば、

君来むと言ひし夜ごとに過ぎぬればたのまぬものの恋ひつつぞ寝《ぬ》る

と言ひけれど、男住まずなりにけり。

たまたま男が、高安の女のもとにやってくると、はじめのうちは奥ゆかしく振る舞っていたが、今は心を許して、手ずから杓子《しゃくし》（しゃもじのこと）をとり、

器にご飯をもりつけている。それをみて、男はすっかり嫌気がさして通わなくなった、といいます。「けこ（笥子・笥籠）」というのは食べ物を盛るもの、そういう器、現代ならご飯茶碗というところでしょうか。今の私たちの感覚すると、自分でしゃもじをとってごはんを盛りつけたりするのは、いそいそとしていていいじゃないか、と感じたりしますから、ちょっと理解しにくいところです。そこで、これは古い注にも出てくる説ですが、「けこ」は家の子と書いて「家子」ではないか。従者というか、自分の家に帰属する身分の存在と同じ扱いをうけているところをみてしまった。そういう古い注を復権して、理解すべきだ、という考えもあります[*1]。

　私じしんはどうかといいますと、女ははじめは奥ゆかしくしていたけれども、心を許し、すっかり打ち解けることによって、今や日常性の中に埋没した振る舞いを見せてしまっている。そういうのはたいせつにされている娘のすることではない。それは侍女の領分である。そういうことに手を出したり、そんな姿をみせたりすることは、男には奥ゆかしさの欠けた振る舞いとしてうけとめられたのではないか、そんなふうに、理解しています。

　ところで、『伊勢物語』は、近世には百三十種類前後の版本が出版されたといいます[*2]。そのほとんどが絵入り版本で、これだけでも『伊勢物語』がいかに人気があったかということがわかるわけですが、その版本中の古典ともいうべ

＊1たとえば一条兼良の『伊勢物語愚見抄』には「けこは家子也。家の中にめしつかふ物のうつは物に、てづからもりける也」とあり、細川幽斎の『伊勢物語闕疑抄』にも「けごのうつは物、家子と書たり」と出てくる（片桐洋一『伊勢物語の研究〔資料篇〕』（明治書院　昭四四））。
　山本登朗「伊勢物語の高安の女――二十三段第三部の二つの問題」（関西大学国文学会『国文学』88号　平一六・一二）に詳論がある。

＊2山本登朗「絵で見る『伊勢物語』―近世絵入り版本の世界―」『日本文学と美術』（和泉書院　二〇〇一）所収による。

A

C

B

＊ＡＣともに「鉄心斎文庫所蔵『伊勢物語図録』第二十集奈良絵本」（鉄心斎文庫伊勢物語文華館　平成十三年）所載図版
山本登朗氏の解説も同書による。

＊Ｂ『王朝の恋――描かれた伊勢物語』（出光美術館　二〇〇八）所載図版（伝土佐光芳筆江戸時代）

Ｂでは、絵師はＡの嵯峨本の図称をほぼ生かしながら彩色絵入り本に仕立てている。童の存在も位置も嵯峨本を踏襲する。Ｃもまた嵯峨本を踏まえたことが明らかだが、童の存在が消え、女が左向きになり、変化が加えられている。

き「嵯峨本」のこの場面を掲出してみました。Aがそれです。

　これをみますと、『伊勢物語』ではそうと語られてはいませんが、男は垣根越しにかいま見ています。ここから、江戸時代には、「もとの女」のかいま見場面と対照させて、ここもかいま見場面として読まれていたことがわかります。右手には侍女がいますから、侍女と同じ振る舞いをしている女の姿を描きだしているということになりましょうか。

　さらに奈良絵本とよばれる彩色絵入り本の同じ場面を二種類掲出してみました。これを見ますと、BもCも、絵師が嵯峨本の図様を模倣しながら、しかもその図柄を変化させようとしていたようすをうかがい知ることができます。関西大学の山本登朗氏は、AとCとを比較して「嵯峨本に描かれていた従者の童が本書では消え、その代わりに、並べられた複数の器が、それが使用人たちのためのものであることを暗示している。」と興味深い解説をほどこしています。山本氏は、江戸の人々が、「けこ（家子）」の「うつはもの」と理解していたことを読み取ってみせているわけです。

　さらにいえば、童が消えて、かいまみという設定によって、河内越えを案ずる「もとの女」と「高安の女」との対比が、より鮮明になったといえましょう。

　もとの妻の心をうたがって、隠れてみているなんてぜったいに許せない、と女子学生たちには、二十三段の男は圧倒的に不人気ですが、物語には、こういうかいま見という設定があって、それによって、ふたりの違いが明らかになる、そういう語りのテクニックの伝統のうえに立っているのだと説明したりするのですが、どうもここは、彼女たちの気配に気押《けお》されてしまいがちです。

しかし、この高安の女との対比でいいますと、男の見えないところでも、心のたしなみを忘れないもとの妻の、愛情というものがもつ精神性といいますか、非日常性のもつ高貴さがみごとに浮かびあがってくるところをおさえるのが読みの要諦《ようてい》でしょう。

それが決然として男の心を決めさせることになります。

そういうこととは知らない高安の女は、大和の方を見やって「あなたの住むあたりを眺めていたい。雲よ、生駒山を隠さないでおくれ、たとえ雨が降っても。」と詠む。男は、この歌に心動かされてか、そちらに行こうと返事をする。女は喜んで待つけれども、男はいっこうにやってこない。そのたびごとの言葉だけで空しく時が過ぎてゆくわけです。

そこで、「あなたの言葉を信じて夜ごとお待ちしていましたが、いつもおいでのないまま時が過ぎてしまいました。もうあてにはしておりませんが、慕いつづけております。」と歌を贈る。しかし、ついに男は通ってこなくなった、というわけです。

「君があたり」の歌も「君来むと」の歌も、女の哀切な気持ちが出ていて悪くありません。歌についていえば、この高安の女の心にも共感させられるちからがある、といってよいでしょう。『伊勢物語』では、この女がことさら悪く語られているわけではありません。

しかし、もう男の心はゆるがない。『伊勢物語』二十三段に出てくるこの男は、そういう「愛情」というものの精神性を理解する存在として語られている。彼のためにいえば、そういうことがわかる男として描かれている。そういうことになります。

『伊勢物語』における二人妻譚の位相

さて、ここまでこの章段を三つのパートに分けて読んできましたが、あらためて前に示した『伊勢物語』二十三段の構成をみてみましょう。

この二十三段の話は、『古今和歌集』[*1]や『大和物語』[*2]をみますと、(2)(a)に出てくる「風吹けば」の歌を中心に（『古今和歌集』）、(b)の部分の話を含みこんで伝えられている（『大和物語』）ことがわかります。じつは(1)の筒井筒の話は、出てこないのです。

とすると、(1)と(2)とは分離している、もともとは別の話をくっつけたものともみられるかもしれません。じっさい、そういう主張もあるのですが、『伊勢物語』では、それが一体化しているところに、特色がある。そこがだいじなと

＊1『古今和歌集』巻第十八雑歌下　九九四〔参考5〕
＊2『大和物語』百四十九段〔参考6〕

ところだと思います。

『伊勢物語』では、もとの女の筒井筒からの清純な恋心と、⑵の男を信じ、疑うことなくその身を案ずる姿とは繫がるものがある、といってよいでしょう。⑵ⓐで語られるもとの女の姿は、筒井筒の話があることによって、読者にやっぱりそうだろうなと思わせるリアリティというか、必然性が与えられているのではないでしょうか。『伊勢物語』内部では、⑴の部分と⑵ⓐの部分とが、分離しているわけではない、みごとに結びついているのだ、と判断できます。

『伊勢物語』の⑵にあたる、もとの妻と新しい妻の出現という設定は、類型的な話が、いろいろとあり、こういうタイプの話を「二人妻譚」とか「二人妻説話」などと呼ぶことがあります。

『源氏物語』などのような物語でも、複雑化させられてはいますが、二人妻譚的な設定が随所に取り込まれています。

その典型的な事例をひとつあげてみましょう。*

譲位した天皇の位に準ずる準太上《じゅんだいじょう》天皇（院）という栄華の頂点に上り詰めた光源氏は、まえの天皇（朱雀院）の娘である女三の宮という若くて高貴な新しい妻を迎えることになります（「若菜上」巻）。これに対して、もとの妻にあたる紫の上はじっと耐える。それが紫の上の存在を重く輝かせると同時に、あらためて光源氏の心は紫の上へと回帰してくる。そういう『源氏物語』後半部

*
紫の上（もとの妻）
＝
光源氏
＝
女三の宮（新しい妻）

の展開は、基本的には、二人妻譚の設定にもとづいているとみることができるわけです。

『大和物語』の話は、『伊勢物語』の二人妻譚と説話的には重なっています。『大和物語』では、もとの女は、男の見えないところで、じつは激しい嫉妬の気持ちを抱いていたことが誇張的に語られているところに違いがあります。こちらでも男が出かけたふりをして見ていると、泣き伏した女は

かなまりに水をいれて、胸になむすゑたりける。あやし、いかにするにかあらむとて、なほ見る。さればこの水、熱湯《あつゆ》にたぎりぬれば、湯ふてつ。また水を入る。

という動作を繰り返したと語られています。

金属製のおわんに水を入れて、胸にあてるとそれがたちまちお湯になってしまう。それを捨てては、また水を入れて心のほむらというか、自分でもどうすることのできない燃えるような嫉妬心をさまそうとする。そういうところを見て、男はいっさんに駆け寄る、と語られているのです。ですから、『大和物語』では、「耐える女」のなまなましい姿に男の心が帰ってゆくことになる、といえましょう。

『伊勢物語』ではどうだったでしょうか。

『伊勢物語』では、そういうドロドロとした人間的な姿はいっさい語られません。歌に託された、ひたすら男を案ずる純粋な気持ちだけがたち上がってくる。その精神性に男はうたれる。そういう違いがあります。

ついでにいえば、『大和物語』では、新たな女も戯画化されています。高安の女のもとに、久しぶりに訪れた男は、中に入りかねて外から眺めていた、といいます。


さてかいまめば、われにはよくて見えしかど、いとあやしきさまなる衣《きぬ》を着て、大櫛《おほぐし》を面櫛《つらぐし》にさしかけてをり、手づから飯《いひ》もりをりける。


男がのぞきみていると、自分には綺麗に見えたが、一人のときにはみすぼらしい着物を着て、髪をあげ、髪が垂れ落ちてこないように、前髪に櫛をさすという、なりふりかまわぬ格好で、自分で飯を盛っていた。そんなふうに語られているわけです。

『伊勢物語』では、こんな誇張化された語り方はされていません。むしろ、高安の女の歌は、読者の共感を誘うようなちからさえもっていたわけでした。

しかし、男の前でみせた日常に馴れきって、愛情というものが持つ精神性の緊張が緩んでしまった姿をさらしているのに対して、もとの女の凜《りん》とした姿が輝く。そういう語りかたになっているわけです。

もういちどいえば、『伊勢物語』二十三段の「男」は、現代からみれば、男のエゴイズムの典型のように思われますけれども、平安時代における愛の美学のちがいがわかる男としてえがきだされているといってよいでしょう。

『はいずみ』をどう読むか

ところで、「二人妻」をテーマにした物語には、平安時代の短編物語を集めたといわれる『堤中納言物語』の中に『はいずみ』という作品があります。

次にこの物語を読んで、『伊勢物語』と比べてみることにしましょう。『はいずみ』がどんな内容か、段落ごとにかいつまんで話をすすめることにしましょう。原文を参考までに掲出しておきましたので、適宜《てきぎ》ご参照ください。

まず第一段落の部分。

家柄の悪くない男がいた。彼は、「事もかなはぬ人」つまり経済的に豊かとはいえない出の女性を妻として、既に数年の歳月が流れている。ところが親しい人の家に出入りするうちに、そこの娘が気に入って、夢中になってしまう。向こうの親もしぶしぶながら、男の通うのを認めるものの、世間の噂を口実に、自分の娘を男の家に迎え取るよう求める。そんな強引な親の要求を、男の方でも引くに引けず、大見得《おおみえ》を切って受け入れてしまう。

(1) 下わたりに、品いやしからぬ人の、事もかなはぬ人をにくからず思ひて、年ごろ経るほどに、親しき人のもとへ行《い》き通ひけるほどに、むすめを思ひかけて、みそかに通ひありきけり。めづらしければにや、はじめの人よりは志深くおぼえて、人目もつつまず通ひければ、親聞きつけて、「年ごろの人を持ちたまへれど、いかがはせむ」とて、許して住ます。もとの人聞きて、「今は限りなめり。通はせてなども、よもあらせじ」と思ひ渡る。「行《い》くべきところもがな。つらくなりはてぬさきに、離れなむ」と思ふ。されど、さるべきところもなし。

今の人の親などは、おし立ちて言ふやう、「妻《め》などもなき人の、せちに言ひしに婚《あは》すべきものを。かく本意《ほい》にもあらで、おはしそめてしを、くちをしけれど、いふかひなければ、かくてあらせたてまつるを、世の人々は『妻すゐたまへる人を。思ふと、さ言ふとも、家にすゐたる人こそ、やごとなく思ふにあらめ』など言ふも安からず。げに、さることに侍る」など言ひければ、男《をとこ》「人数にこそ侍らねど、志ばかりは、まさる人侍らじと思ふ。かしこには渡したてまつらぬを、おろかに思《おぼ》さば、ただ今も渡したてまつらむ。いと異やうになむ侍る」と言へば、親「さだにあらせたまへ」と、おし立ちて言へば、男「あはれ、かれもいづち遣らまし」とおぼえて、心のうち悲しけれど、今のがやごとなければ、かくなど言ひて、けしきも見むと思ひて、もとの人のがり往ぬ。*

*完訳日本の古典『堤中納言物語』(稲賀敬二校注　小学館　昭六二)による。

次に第二段落。

古くからの妻にどう話したらよいか。男は、そう悩みながらも、彼は、「土犯すべきを」すなわち〈土忌み〉（陰陽道で、土公神《どくじん》という神様のいる方角をさけること）を口実に、新しい女をこちらの家に迎えなければならないことを仄《ほの》めかす。すでに、女の方では、男の心が冷めきってしまう前に、どこかに去ってゆきたいとひそかに心を固めている。で、彼女は、男に抗《あらが》うどころか、これまで辛い思いをせずにやって来られたのもあなたのお蔭です、と感謝の言葉まで口にして、男が新たな妻を迎えることを承知する。とはいえ、男が去ると、緊張の糸が切れた女は、堰《せき》が切れたように涙にかきくれる。

(2)　見れば、あてにこごしき人の、日ごろ物を思ひければ、少し面痩《おもや》せて、いとあはれげなり。うち恥ぢしらひて、例のやうに物も言はで、しめりたるを、心苦しう思へど、さ言ひつれば、言ふやう、「志ばかりは変らねど、親にも知らせで、かやうにまかりそめてしかば、いとほしさに通ひはべるを。つらしと思すらむかしと思へば、何とせしわざぞと、今なむ悔しければ。今もえかき絶ゆまじくなむ。かしこに『土犯すべきを、ここに渡せ』となむ言ふを。いかが思す。ほかへや往なむと思す。何かは苦しからむ。かくながら、端つかたにおはせよかし。忍びて、たちまちに、いづちかはおはせむ」など言へば、女、「ここに迎へむとて言ふなめり。これは親などあれば、ここに住まずともありなむかし。年ごろ行《ゆ》くかたもなしと見る見る、かく言ふよ」と、心憂しと思へど、つれなくいらふ。「さるべきことにこそ。はや渡したまへ。いづちもいづちも往なむ。今まで、かくてつれなく、憂き世を知らぬけしきにこそ」と言ふ。

いとほしきを、男、「など、かうのたまふらむや。そにてはあらず。ただしばしのことなり。帰りなば、また迎へたてまらむ」と言ひ置きて出でぬる後《のち》、女、使ふ者とさし向ひて、泣き暮す。

そして第三段落。

じつは、彼女には、行こうにも行くべきところがない。彼女は、「事もかなはぬ人」、経済的に恵まれてはいなかったわけでした。そこで召使と相談して、大原（京都の北東の郊外、三千院とか寂光院とかがある地。『伊勢物語』では惟喬《これたか》親王が隠棲《いんせい》した地）にいる、かつて召し使っていた女のもとに、身を寄せることにして、身辺を整理する。

(3)「心憂きものは世なりけり。いかにせまし。おし立ちて来むには、いとかすかにて出で見えむも、いと見苦し。いみじげに、あやしうこそはあらめ、かの大原のいまこが家へ行かむ。かれよりほかに知りたる人なし」。かく言ふは、もと使ふ人なるべし。「それは、片時おはしますべくも侍らざりしかども、さるべきところの出で来むまでは、まづおはしせ」など語らひて、家のうち清げに掃かせなどする、心地もいと悲しければ、泣く泣く恥かしげなるもの焼かせなどする。

第三段落まではおよそこんな内容です。

男は、新しい女を明日にも迎えようとしている。そんな切迫した場面が、さらに展開されることになります。

第四段落。

明日には新しい妻を迎えるという前の晩、車を借りるつてもない女は、男から馬を借りて、ひそかに大原へと去ってゆこうとする。

(4)　今の人、明日なむ渡さむとすれば、この男に知らすべくもあらず、車なども誰にか借らむ。『送れ』とこそ言はめ」と、思ふもをこがましけれど、言ひやる。「今宵なむ、物へ渡らむと思ふに、車しばし」となむ言ひやりたれば、男「あはれ、いづちとか思ふらむ。行《い》かむさまをだに見む」と思ひて、今、ここへ忍びて来ぬ。女、待つとて端に居たり。月の明きに、泣くこと限りなし。

わが身かくかけ離れむと思ひきや月だに宿をすみはつる世に

と言ひて、泣くほどに、来れば、さりげなくて、うちそばむきて居たり。「車は、牛たがひて。馬なむ侍る」と言へば、「ただ近きところなれば、車はところせし。さらば、その馬にても。夜《よ》の更けぬさきに」と急げば、いとあはれと思へど、かしこには、皆、朝《あした》にと思ひためれば、逃るべうもなければ、心苦しう思ひ思ひ、馬引き出ださせて、簀子《すのこ》に寄せたれば、乗らむとて立ち出でたるを見れば、月のいと明きかげに、ありさまいとささやかにて、髪はつややかにて、いとうつくしげにて、たけばかりなり。

さらに第五段落。

女は、見送る男の前では、恨み言ひとつ言わずに悲しみをこらえ、さりげなくふるまうものの、門を出たとたん涙にかきくれる。男もまた、突き上げてくるようないとおしい気持ちを抱いたまま、がらんとした部屋で供人の帰るのを待っている。

(5) 男、手づから乗せて、ここ、かしこひきつくろふに、いみじく心憂けれど、念じて物も言はず。馬に乗りたる姿、頭《かしら》つき、いみじくをかしげなるを、あはれと思ひて、「送りに、われも参らむ」と言ふ。「ただここもとなるところなれば、あへなむ。馬は、ただ今かへしたてまつらむ。そのほどはここにおはせ。見苦しきところなれば、人に見すべきところにも侍らず」と言へば、さもあらむと思ひて、とまりて、尻うちかけて居たり。

この人は、供に人多くはなどて。昔より見なれたる小舎人童《こどねりわらは》ひとりを具して往ぬ。男の見つるほどこそ隠して念じつれ、門《かど》引き出づるより、いみじく泣きて行《ゆ》く。この童いみじくあはれに思ひて、この使ふ女をしるべにて、はるばるとさして行《ゆ》けば、「『ただ、ここもと』と仰せられて、人も具せさせたまはで、かく遠くは、いかに」と言ふ。山里にて、人もありかねば、いと心細く思ひて泣き行くを、男もあばれたる家に、ただひとりながめて、いとをかしげなりつる女ざまの、いと恋しくおぼゆれば、人やりならず、「いかに思ひ行くらむ」と思ひ居たるに、やや久しくなりゆけば、簀子に足しもにさしおろしながら、寄り臥したり。

『伊勢物語』の世界を響かせる『はいずみ』

ついで第六段落。

ここはこの物語のクライマックスといってもよい場面ですので、じっくり読みましょう。

(6) この女は、いまだ夜中ならぬさきに行《い》きつきぬ。見れば、いと小さき家なり。この童、「いかに、かかるところにはおはしまさむずる」と言ひて、いと心苦しと見居たり。女は、「はや、馬ゐて参りね。待ちたまふらむ」と言へば、「『いづこにかとまらせたまひぬ』など、仰せ候《さぶら》はば、いかが申さむずる」と言へば、泣く泣く、「かやうに申せ」とて、

いづこにか送りはせしと人問はば心はゆかぬ涙川まで

と言ふを聞きて、童も泣く泣く馬にうち乗りて、ほどもなく来つきぬ。

男、うちおどろきて見れば、月もやうやう山の端《は》近くなりにたり。「あやしく遅く帰るものかな。遠きところへ行きけるにこそ」と思ふも、いとあはれなれば、

住みなれし宿を見捨てて行く月の影におほせて恋ふるわざかな

と言ふにぞ、童帰りたる。

「いとあやし、など遅くは帰りつるぞ。いづくなりつるところぞ」と問へば、ありつる歌を語るに、男もいと悲しくて、うち泣かれぬ。「ここにて泣かざりつるは、つれなしをつくりけるにこそ」と、あはれなれば、「行《い》きて迎へ返してむ」と思ひて、童に言ふやう、「さまでゆゆしきところへ行くらむとこそ思はざりつれ。いと、さるところにては、身もいたづらになりなむ。なほ、迎へ返してむとこそ思へ」と言へば、「道すがら、をやみなくなむ泣かせたまへる」

と、「あたら御さまを」と言へば、男「明けぬさきに」とて、この童、供にて、いとどく行《い》きつきぬ。

さて、なんとか夜中にならないうちに、目的地にたどり着いたものの、供人の童は〈まさかこんなところとは〉とびっくりするわけです。思い余って「ご主人が「どこにお泊まりになったか」とお尋ねになったら、なんとお答えしたらよろしいでしょう。」と尋ねます。すると女は、

いづこにか送りはせしと人問はば心はゆかぬ涙川まで

「あの人がどこまで送ったかと尋ねたら「涙川まで送っていきました」と答えてください」という。

一方、残された男の方では、はっと気がつくと、すでに時が経過して、月も山の端に隠れようとしているところです。

そこで、男は、第四段落のところで、男が見送ろうとひそかにやって来たとき、月の光を浴びて、つぶやくように女が

わが身かくかけ離れむと思ひきや月だに宿をすみはつる世に

「月の光さえこの家に住みついているというのに、この私がこの家を出てゆくことになるなんて思わなかった」とくちずさむように詠んだ、その歌をうけて、

「女ばかりか、その月の光まで住み慣れたこの家を出てゆくのだな。それにつけても彼女のことが思われてならない」。

そんな歌が口を衝《つ》いて出てくる。それが、

　住みなれし宿を見捨てて行く月の影におほせて恋ふるわざかな

という歌です。

　そういうところに童が帰ってきます。そして、童は、女の詠んだ歌をものがたりします。

　この〈歌をかたる〉というのは、歌を歌の詠まれた事情ごと再現すること、〈歌がたり〉とよばれる営為です。そこで、男はいっぺんに「行って連れもどしてこよう」と言う気になるわけです。

　男が女の歌を聞いて、心を変える。決断する。歌のちからによって、事態が変更させられる。こういう話の型を〈歌徳説話〉ということがあります。女は「いづこにか送りはせしと人問はば」という歌によって、男の心を取り戻すこ

とができた、というふうにここを押さえますと、この物語の前半部は歌徳説話になっている、と説明することができることになります。

とすれば、『伊勢物語』二十三段は、歌徳説話でもあったことになるでしょう。『伊勢物語』の後半部(2)の部分も、話の構造としては、『はいずみ』の場合と対応している。たんに似ているのではなく、『はいずみ』は、筒井筒を一方の鏡にすることによって作られている、と言うのが適切でしょう。

さらに、もう少し広げて『伊勢物語』の世界を取り込み、響かせることによって作られているとみてもよいと考えています。以下その点にふれましょう。『伊勢物語』第四段*は、男が大后宮《おほきさいのみや》の邸の西の対の屋に住んでいた女のもとに通っていたことが語られています。ところが、その女はとつぜん姿を隠してしまった。どこどこにいるとわかったけれども、畏れ多くてとても行けるようなところではない。憂い心を抱いて時を送るほかない。やがて新しい春がめぐってくる。男は、去年を慕って、女の家を訪れ、「あばらなる板敷に、月のかたぶくまで」臥せって、

月やあらぬ春やむかしの春ならぬわが身ひとつはもとの身にして

と詠む。これもまた有名な章段です。

＊『伊勢物語』第四段

むかし、東《ひむがし》の五条に大后《おほきさい》の宮おはしましける、西の対に住む人ありけり。それを本意《ほい》にはあらで心ざし深かりける人、ゆきとぶらひけるを、睦月の十日許《ばかり》のほどに、ほかに隠れにけり。ありどころは聞けど、人の行き通ふべき所にもあらざりければ、なほ憂しと思ひつつなむ有ける。又の年の睦月に、梅の花ざかりに、去年《こぞ》を恋ひて行きて、立ちて見、居て見、見れど、去年に似るべくもあらず。うち泣きて、あばらなる板敷に、月のかたぶくまで臥せりて、去年を思出でて詠める。

月やあらぬ春や昔の春ならぬ
わが身ひとつはもとの身にして

と詠みて、夜のほのぼのと明くるに、泣く泣く帰りにけり。

この『はいずみ』でも、第五段落の末尾のところ、女を見送ったあと、「男もあばれたる家に、ただひとりながめて、いとをかしげなりつる女ざまの、いと恋しくおぼゆれば」とあって、月を眺め、あるいは「簀子《すのこ》に足しもにさしおろしながら、寄り臥し」ているうちに、時が経過します。やがてはっと目覚めて「山の端《は》近く」に傾いた月を見て、彼は歌を詠むわけです。

こうしてみると、あきらかに『伊勢物語』第四段を意識した書き方になっていることがわかると思います。

さらに、この『はいずみ』の第六段落の場面に出てくる

いづこにか送りはせしと人問はば心はゆかぬ涙川まで

は、『伊勢物語』の第四十段に、ほとんど似たかたちで出てくるのは大いに気になるところです。この章段は、こんな内容です。

ある男が、ちょっと悪くない女を好きになった。ところがそれをみて親が案じて、女を追い出そうと思う（どうやら男の家に仕えていた女らしい）。男はまだ親がかりの身、親の意向に逆らうだけの力がない。女の方でも身分が身分とて、これまたあらがえない。だが、その間にも、ふたりの思いは募ってゆく。ついに親が女を追い出す。男は血の涙を流して悲しむが、女をとどめようがない。

女は去った後に、連れだした人にこう言づける。[*1]

　いづこまで送りはすると人問はばあかぬ別れの涙川まで

これを読んだ男は、彼もまた歌をよんで一時は絶え入ってしまった云々《うんぬん》、という話です。

両者の歌は、小異はあるにしても、酷似していることは一読してあきらかです。

ただし、この女の詠んだ「いづこまで」の歌は、『伊勢物語』のどんな伝本にもある、というものではありません。幾つかの異本に出てくるに過ぎないのではありますが、見過ごすことができない類似です。

となると、いったい、「いづこまで」の歌は『はいずみ』のオリジナルの歌なのか。それとも『はいずみ』が『伊勢物語』の歌を巧みに利用したのかという疑問が出てきます。この点、つまり、『伊勢物語』と『はいずみ』の両者の前後関係については、研究者の間でも意見がわかれています。[*2]

『伊勢物語』というのは、ある時、ある作者がいっぺんに作ったというようなものではありません。雪だるまみたいに段階的に膨れ上がったできあがったものである。だから、異同も多い。現在では、『伊勢物語』の成立は、そうい

＊1『伊勢物語』第四十段（古本系伝肖柏筆本。ほか塗籠本・大島本・真名本系など）
　女の具したりける者に道より言ひおこせり
　　いづこまで送りはすると人問はばあかぬ別れの涙川まで
『伊勢物語に就きての研究（校本編）』（有精堂　昭三三）による当該部分。

＊2代表的な見解に、福井貞助『伊勢物語生成論』（有精堂　昭四〇）、石田穣二『伊勢物語注釈稿』（竹林舎　二〇〇四）ほかがある。

うふうに捉えられています。

『伊勢物語』第四十段に、この女の歌のあるものもあり、ないものもあるというのは、この章段の浮動的性格を暗示しているので、じつは『はいずみ』が先にあって、後から『伊勢物語』がこの歌を取り入れることになったのだ、という考え方ができます。これが第一の見解です。じつは、この「いづこにか」の歌は、物語歌集である『風葉集』にも『はいずみ』の歌として出てくるのも、こうした考えに有利といえましょう。

これに対して、『伊勢物語』の異本に出てくるこの「いづこまで」の歌を、『はいずみ』が利用したのではないか、というまったく反対の考え方もできます。これは、これから紹介する、次の場面が平中という色好みの失敗譚を利用しているところから、前半は『伊勢』の歌を利用することで出来上がっている、そういう巧みな引用の共通基盤のうえに『はいずみ』は作られている、とする見解もありえます。第一章で述べたように、物語歌集『風葉集』は作り物語を採歌の対象としており、歌物語である『伊勢物語』の歌は採っていないのでした。この点からは、『はいずみ』の歌として出てくるから、『伊勢物語』が後だとばかりはいえないことになります。

ですから、なお議論が必要ところではありますけれども、私としては、今のところ、『はいずみ』が、『伊勢物語』の、二十三段といい、また四段といい、その骨格や類似の表現を用いていることをあわせ考えてみて、流布本には出て来ない『伊勢物語』四十段の歌も利用したのではないか、と考えたいと思っています。

となると、『はいずみ』の前半部は、説話的な枠組みを利用し、『伊勢物語』を引用しながら、語り進められているという側面がみえてくることになります。では、この『はいずみ』という物語を説話的なあるいは歌物語的な性格の物語としてみてよいか、というと、そう即断はできないと思います。歌物語的な性格を基礎として利用しながら、この物語独自の語りに仕上げている、そういうところに目をむけることがたいせつだと思うのです。後続の段落部分を、この点に注目して読んでみることにしましょう。

『はいずみ』における語りの方法

第七段落。ここは、二人妻譚としては、大団円ともいうべき場面です。女の歌に心打たれた男は、女を迎えにかけつける。そして、彼女の身を寄せた家の貧しさにあらためて驚き、たちどころに連れ帰る。一方、新しい女の方には、こちらの妻が急に病気になったと言い訳して、それからいっこうに通わなくなってしまう。そういうことが語られています。

(7)　げに、いと小さくあばれたる家なり。見るより悲しくて、打ち叩けば、この女は来つきに

しより、さらに泣き臥したるほどにて、「誰《た》そ」と問はすれば、この男の声にて、

涙川そことも知らずつらき瀬を行きかへりつつながれ来にけり

と言ふを、女「いと思はずに似たる声かな」とまで、あさましうおぼゆ。「あけよ」と言へば、いとおぼえなければ、あけて入れたれば、臥したるところに寄り来て、泣く泣くおこたりを言へど、いらへをだにせで、泣くこと限りなし。「さらに聞えやるべくもなし。いとかかるところとは思はでこそ、出だしたてまつりつれ。かへりては、御心のいとつらくあさましきなり。よろづは、のどかに聞えむ。夜の明けぬさきに」とて、かい抱《いだ》きて馬にうち乗せて往ぬ。

女、いとあさましく、いかに思ひなりぬるにかと、あきれて行きつきぬ。おろして、ふたり臥しぬ。よろづに言ひ慰めて、「今よりは、さらにかしこへまからじ。かく思しける」とて、またなく思ひて、家に渡さむとせし人には、「ここなる人のわづらひければ、折あしかるべし。あやしかるべし。このほどを過《すご》して迎へたてまつらむ」と言ひやりて、ただここにのみありければ、父母思ひなげく。この女は、夢のやうにうれしと思ひけり。

ここまでの話は、歌によって夫婦が円満になる歌徳説話と二人妻説話とが結びついたかたちになっていて、説話的類型を踏まえているという点と、『伊勢物語』を積極的に学び利用していると見てよいという点を指摘したことになります。

とすると、この物語は、説話的な話の側面をもつとともに、『伊勢物語』の影響の下にできあがった類似的な作品であるとみなして早合点しまう向きもあるかと思いますが、『はいずみ』はそういう基盤のうえに立って、それがどう語られ、表現化されているか、その語りのありかた、個性に目をむける必要があると思うのです。

そこで『伊勢物語』の二十四段の場合は、どうだったか、幼なじみの恋が実ったあとの(2)(a)の部分を今一度振り返ってみましょう。

『伊勢物語』では、女の心理については、ことこまかに語られていませんでした。それだけに女の心根が「風ふけば」の歌一首に凝縮させられているということなのでした。歌もひたすら夫を案ずる歌である。男の知らないところで、嘆きを口ずさんだというものではない。犠牲とか献身とかの心理とは無縁なわけです。男の方も、「こと心ありて、かかるにやあらむ」と行動を説明するための心理が簡潔に語られているけれども、あとはかいま見て、歌を聞いたとたんに河内へは行かなくなってしまう。そう語られていたわけです。

歌がもっとも生きるように求心的に構成されている、と評していいでしょう。そのために刈り込まれた、歯切れのよい文章が、二人の行動を骨太にえがきだしています。語られざる空白部分が深々とした余韻《よいん》をひびかせている。まさに歌物語というジャンルといいますか、『伊勢物語』の文学的な特質をよくあらわした文章であるといえます。

ところが、『はいずみ』では、これだけの話内容に匹敵する部分が、最初から、ここまで延々と続いている、とみてよいことになります。とうぜん、『伊勢物語』とは異質な文章になっています。そこに『はいずみ』の、歌物語とは異なる、いわば作り物語の方法による語りの独自性が認められるのではないでしょうか。

『はいずみ』の女は、女の嘆きを男の目の前でみせない人として描かれています。さいごのさいごまで、男には嘆きをみせないようにしている。その点では『伊勢物語』に通じる一面があるといえます。しかし、それは嘆かないということではありません。嘆かぬ姿とひそかに嘆く心理を交互に語ることで、耐える女の哀切さが浮かび上がってくる。そういう犠牲的な女主人公像がえがかれているので、そこに『伊勢物語』の場合とは一線を画すものがあるといえます。

そんな嘆きをみせない女のけなげさに、男はしだいにいとおしさを募らせてゆく。女の馬に乗る小柄な姿と丈《たけ》なす黒髪、そうした描写じたいが男の視線とダブらせられ、読者に同化をもとめる情動的な文体、語りになっています。供人《ともびと》に任せていられなくて、自分で馬に乗せて、やさしい気遣いを見せないではいられない男の気持ちが、読み手にもそくそくと伝わってくるように語られているわけです。

次の大原へと下ってゆく場面では、童の不審に思う心理と悲しみにくれる女の姿がえがかれたかと思うと、一転場面が切り替わって、女の行方を思って茫《ぼう》然《ぜん》と待つ男の姿がえがかれています。場面がフラッシュでもみるように切り換えられ、それによって、人物たちの相互の心理が対比される、なかなか技巧的で巧みな語り口であるということができます。

いわばそうした結果として「いづこにか」という歌が出てくるわけです。確かにこの歌をきっかけに男は迎えにゆくわけですが、そうした彼の心理は、読者を説得するに足りるだけの必然性をもって、語りのなかに確かに描き込まれている、と言ってよいでしょう。

こうしてみると、『はいずみ』が『伊勢物語』とは異なる散文世界を切り開いていることはあきらかであることがわかってきます。

『はいずみ』の眼目はどこにあったか

さて、新しい妻との関係はどうなったでしょうか。最後に、『はいずみ』の結末をみておきましょう。第八段落にあたるところです。

(8) この男、いとひききりなりける心にて、「あからさまに」とて、今の人のもとに、昼間に入り来るを見て、女、「にはかに、殿、おはすや」と言へば、うちとけて居たりけるほどに、心騒ぎて、「いづら、いづこにぞ」と言ひて、櫛の箱を取り寄せて、白き物をつくると思ひたれば、取りたがへて、掃墨《はいずみ》入りたる畳紙《たたうがみ》を取り出でて、鏡も待たず、うちさうぞきて、女は、『そこにて、しばし。な入りたまひそ』と言へ」とて、是非も知らず。きしつくるほどに、男、「いととくも疎みたまふかな」とて、簾をかきあげて入りぬれば、畳紙を隠して、おろおろにならして、うち口おほひて、優《いう》まくれに、したてたりと思ひて、まだらに指形《およびがた》につけて、目のきろきろとして、またたき居たり。

この男は、「ひききり」すなわちせっかちな性分だったと説明されています。思い立ったら、すぐ出かけないではいられない。まあ、これまで彼の行動は、こうした性格に見合うものであったわけでもありました。

新しい女のもとにまだ昼間だというのに出かけて行く。普通、夜を待って出かけるわけであって、これまた「ひききり」なるゆえんです。女の方では、寛《くつろ》いでいるところだった。で、大慌《おおあわ》てで化粧をする。ところが、白粉《おしろい》をつけようと思って、まちがえて「はいずみ」を塗ってしまったといいます。ごま油や菜種油をもやすと油煙《ゆえん》が出る。これをかき落として、眉墨《まゆずみ》につかう。これが「はいずみ」です。

女は「ちょっと待って。お入りにならないで」と言って、顔の造作《ぞうさく》に夢中になっている。そこに、男が「今から冷たいね」とかなんとか声をかけながら、簾《すだれ》をかきあげて入ってきてしまう。女は畳紙《たとうがみ》、いまならティシュを横に隠して、まあまあになでつけおえて、これでいいとばかりに気取ってみせる。ところが顔は黒斑《くろまだら》、指のかたちまでついている。目ばかりきょろきょろ、瞬《また》かせていた、といいます。

となれば、男はびっくり、家中大騒ぎになる。

その顛末《てんまつ》やいかに、というのが第九段落の部分にあたります。

(9) 男、見るに、あさましう、めづらかに思ひて、いかにせむと恐ろしければ、近くも寄らで、「よし、今しばしありて参らむ」とて、しばし見るも、むくつけければ、往ぬ。

女の父母、かく来たりと聞きて来たるに、「はや、出でたまひぬ」と言へば、いとあさましく、「名残なき御心かな」とて、姫君の顔を見れば、いとむくつけくなりぬ。おびえて、父母も倒れ臥しぬ。

むすめ、「など、かくはのたまふぞ」と言へば、「その御顔は、いかになりたまふぞ」とも、え言ひやらず。「あやしく、などかくは言ふぞ」とて、鏡を見るままに、かかれば、われもおびえて、鏡を投げ捨てて、「いかになりたるぞや、いかになりたるぞや」とて泣けば、家のうちの人も、ゆすりみちて、「これをば思ひ疎みたまひぬべきことをのみ、かしこにはしはべるなるに、おはしたれば、御顔のかくなりにたる」とて、陰陽師《おんみやうじ》呼び騒ぐほどに、涙の落ちかかりたるところの、例の膚《はだ》になりたるを見て、乳母、紙おしもみて拭《のご》へば、例の膚になりたり。

かかりけるものを、「いたづらになりたまへる」とて、騒ぎけるこそ、かへすがへすをかしけれ。

男は、驚きと恐怖で凍《こお》りついたようになってしまいます。女のそばに近寄りもせず、「まあいい。しばらくしてまた来ましょう」とかなんとか言葉を濁して、早々に帰って行ってしまう。男がやって来たというわけで、両親もやってくるが、そこで姫君の顔を見て、親たちも卒倒してしまうわけです。「そのお顔は……」といって後は言葉にもならない。で、彼女も今になって鏡を見て、自分でも怯《おび》えて泣き叫ぶ。家中、大騒ぎです。中には、もっともらしいことをいう女房などもいまして、「あちらでは、男君がこちらの姫君のことを嫌いになるようなお呪《まじな》いをしているそうです。きっとそのせいだと思います。」などという。それなら、陰陽師《おんみょうじ》にお祓《はら》いをしてもらうしかあるまい、というわけで陰陽師が呼ばれたりする。

肝心の姫君は涙ながらです。と、涙がながれた跡から、いつもの肌の色があらわれる。それを見た乳母が、紙を揉《も》んで拭《ぬぐ》うと、ようやくもとの地肌に戻るわけです。それなのに、「お顔がひどいことになった」と大騒ぎをしたなんて、滑稽なこと、と結ばれています。

ここに至って、この物語が「はいずみ」と題されている理由がわかる仕掛けになっています。最後は滑稽にまぎらせていますが、これでこの新しい女と男の関係はすっかり駄目になったことがわかります。

『伊勢物語』の二十四段の高安の女のところでは、「はじめこそ心にくくもつくりけれ、今はうちとけて、手づから飯匙《いひがひ》とりて、笥子《けこ》の器物《うつはもの》に盛りけるを見て、心憂がりて、行かずなりにけり。」と語られていました。新しく通いはじめた女も今は奥ゆかしさを失って、すっかりドメスティクといいますか家庭的な気を許した態度をみせる。男はそれで、すっかり嫌になってしまったわけで、もとの妻の心根、精神性みたいなものと対比されていることは、すでにお話ししたとおりですが、こちらは、笑いとか滑稽というのとはちょっとあたらなかったわけでした。

それに対して、白粉とまちがえて、はいずみを塗りたくってしまう。それで男との縁が切れるというのは、新しい女には残酷ですが、滑稽でもあります。そこにアイディアのおもしろさも『伊勢物語』との違いもあるわけですが、このアイディアは、じつは平中とよばれる男の有名な失敗譚に学んだらしいのです。そう見るのが通説になっています。

平中というのは、平定文《たいらのさだふみ》という、業平とならぶ色好み。でもどこかずっこけた道化《どうけ》的な好《す》き者として知られていました。その彼の平中墨塗譚《へいちゅうすみぬりたん》*とよばれる失敗話が、説話の世界ではさかんに語られていたらしく、いろいろな本に引用されています。女性を口説くのに、彼は硯《すずり》の水入れを持ち歩いていて、それを小道具に目を濡らして泣く真似をしたらしい。それを知ったある女が、水入れの中に墨をすって入れておいた。それと知らずに、平中は例によって泣く真似をしたものだから顔中真っ黒にしてしまったという。そんな滑稽譚を内容とする話です。

＊「平中」は平貞文（?～九二三）のこと。平中墨塗譚は『古本説話集』などにみえる説話。

『源氏物語』の中でも、光源氏が鼻につけた紅を幼い紫の上に拭わせる場面がありま す。そこで、彼は「平中がやうに色どり添へたまふな（平中みたいに色をつけないでおくれ）」と言っています。そんな彼を主人公とした歌物語が『平中物語』ですが、ただしこの墨塗譚の話は『平中物語』には出てきません。『はいずみ』に戻りますが、この物語に「はいずみ」という題名が与えられているのは、ここの部分に作意があったということを暗示している、といってよいでしょう。

ですから、ここを重視すれば、こうした滑稽なオチに持ってゆこうとしたところに、この物語の主題がある、ということになります。あえていえば、『はいずみ』は〈をかし〉の文学である、ということになります。

いやいや、そんなことはない。やっぱりあのもとの妻との〈あはれ〉な話の方に主題があるのではないか。ここは後日譚にすぎないという主張もありえます。

さらに、まあまあ両方の主張ともわかる。〈あはれ〉な話と〈をかし〉な話とを対比させること、そこに狙いがあったのではないか。そんなふうにみる折衷《せっちゅう》的な意見もありうるでしょう。

もとの妻の哀話が、いわば〈できごと〉を〈できごとのこころ〉とともに語っているのに対して、後半の「はいずみ」の部分は〈できごと〉を語ることに関心が注がれています。説話的になっているといってもよいでしょう。私には、

「はいずみ」という題名はつけられているけれども、はいずみを塗りたくることで男に逃げられる失敗を語ることじたいに、この物語の眼目があったとは思えません。この滑稽部分は、「あはれ」な話を浮き立たせるためのものとみるのが適切なのではないでしょうか。しみじみとした話のあと、笑いでもってしめくくる。そんな力関係があるので、あえていえば、この作品の本領は、古い妻の「あはれ」な話の側にあるのではなかろうか、そんなふうに読んでいます。

『はいずみ』の滑稽譚の『掃墨物語絵巻』上巻への継承へ

『はいずみ』の後半部の滑稽譚をどう捉えるか、ということを話題にして、『はいずみ』全体を展望するならば、この滑稽譚の部分に作品の本領があるとはみない方がよいだろうという話をしたわけでした。

　ところが、徳川美術館に『掃墨《はいずみ》物語絵巻』とよばれる二巻本が残されていて、＊その第一巻は、『はいずみ』の滑稽譚を、継承する話になっているのです。それがこちらでは、第二巻になると出家遁世の主題へと結びつけられてゆくという興味深い展開になっています。

　『伊勢物語』の裾野が時代とともに継承されつつ変容して、そのゆくすえに新たな魅力を湛えた『掃墨物語絵巻』とよばれる作品が出現してくるわけです。その成立は南北朝から室町時代初期とみてよいでしょう。

＊美術史家の梅津次郎により、昭和三三年『大和文華』二五に「徳川美術館の掃墨絵について」という論文で、初めて世に紹介されたもの（→『絵巻物叢考』中央公論美術出版部　昭四三）。本論は、今に至るまで、基本文献である。題簽《せん》、内題ともになく、函に「古土佐筆物語絵巻弐巻」とあるのみで、「掃墨絵」は、梅津の命名による。以後、「掃墨物語絵巻」「掃墨物語絵」などともよばれる。

　全容は、『絵巻（徳川美術館名品集Ⅰ）』（徳川美術館　平五）で見ることができる。また詞書部分は、『鎌倉時代物語集成』第七巻（笠間書院　一九九四）に翻刻がある。

せっかくの機会ですから、この絵巻を、すこし丁寧に楽しんでみることにしましょう。

最初に次頁の画面Aをみていただきましょう。

この絵巻は、上巻を開くと、いきなり、坊さんが、春の野をどんどん逃げ走ってころんでいる第一絵場面から始まります。前にも後ろにも空間が広がっていて逃げ走ってきた時間と、転んだ一瞬の時間がえがきとどめられています。少々、剥落部分があるのは残念ですが、その一瞬の場面をクローズアップしたのが、画面Aです。

これはどうしたことかと、絵巻を繰り広げてゆくと、寝殿ふうの建物が出てきて、室内では、さきほどの僧が、黒い顔をした娘と対座している場面がえがかれています。ここの場面をクローズアップしたのが画面Bです。

左手前の部屋には、尼（娘の母）がいて、画中には「いかなるやらん　人をともせぬは　この御ぜんの　物語なれぬ人　にて　なにとある　やらん」と描き込まれています。

ここのAとBの場面とは、この絵巻の第一絵場面として、連続的にえがかれているのですが、いったいどんな話の繋がりになっているのか、一見しただけではよくわかりません。

A

『掃墨物語絵巻』（徳川美術館蔵）

B

C

D

この第一絵場面につづいて、詞書部分が出てきます。そこでこれが第一絵場面の説明かと思うと、そうではなくて、ここは、次に出てくる第二絵場面の説明になっているのです。

ですから、この物語は、絵にさきだって、第一絵場面を説明するにふさわしい詞書から始まっていたのだけれども、その詞書部分が脱落したのだろうと判断されます。

幸いにして、私たちは『はいずみ』の話を知っているわけですから、その知識や絵や次に出てくる詞書の情報を動員して、話のあらましを推測することができるわけです。

ある僧がどういうことからか、娘（女房）のもとに出かけることになった。そういう出会いの設定が語られていたのでしょう。ところが、娘は顔に白粉とまちがえ掃墨を塗って迎え出てしまった。そこで僧はびっくり驚いて逃げ出してしまった、という事情が語られていたものと思われます。

ところが、ここの絵は、そういう筋を、すなおにそれからそれへと、語りの時間順序に従って描いてはいないところに妙味があります。これは、逆にいうと、脱落した詞書部分で、話のあらましが語られているので、絵のほうでは、散文の語り内容とは異なる、独自の表現のくふうを凝らすことが可能になったということでしょうか。

もういちど確認しますと、いきなり春の野を画面の流れにさからって逃げ走ってきた僧がころんでいるところから始まっている（画面A）。そして次の構図（画面B）をみると、時間が遡って、僧が逃げることになる事情が、絵画化されているとみられることになります。

すなわち、僧の対座したのは、人間とは思われない、黒々とした顔の女である。手前の部屋では、静まり返っているようすに、母尼が「なんで静かなんだろう。もの馴れないからかしら」と心配している体が、台詞で書かれている、というわけです。

ここまでが第一絵場面です。

この第一絵場面につづいて出てくる詞書がこうした推測を可能にするとともに、さらに第二絵場面との関係を明らかにしてくれるので、ここの詞書の内容をわかりやすいように言葉を補って紹介してみましょう。*

　この女房（娘のこと）は、自分には理由がわからないものだから、逃げ去った僧がもどってくるかと思ったけれど、いっこうに現われない。母の尼君もすっかり人の気配が感じられなくなったものだから、客人はどうしたかと思って、障子を開けてみる。

＊ここの部分（上巻詞書）を原文を、読みやすように本文を改めて示せば、次のとおりである。

　この女房は、この僧の帰り来るかと思ひけれども、見えず。母の尼も、人音もせずなりにければ、おぼつかなくて、「御客人《まれびと》はいかに」とて、障子をあけて見れば、僧はなくて、黒きすると、そこに僧の姿はない。ただ、黒い鬼がつくねんとして座っているばかりである。びっくりした母尼は「これはどうしたこと。聖がおいでになったものばかりと思っていたけれども、鬼がやって来て、私の娘を一口に食べてしまったにちがいない」。事態をそう察した母尼は、恐怖と悲嘆のあまり、卒倒して、命も絶えてしまいそうなほど驚愕する。

　しかし、娘の女房の方では、自分の顔がどんなになっているのか、いっこうにわかっていないものだから、倒れた母尼を抱き抱えて、「どうしたのどうしたの」と声をかける。

　その声は、まちがいなく娘のもの。母尼は、心を鎮めて、そっと目を開けてみる。しかしやっぱり、鬼の顔である。母尼は、またわあと大声をあげる。

「なんておかしなこと。どうしたの。私じゃないの」というと、さすがに娘かと察して、起き上がって、「その顔はどうして」と尋ねる。

　事情のわからない娘に、母尼は鏡をとってみせると、そこに映ったのは、真っ黒な鬼の顔である。こんどは娘の方がびっくり。「私は鬼になってしまった」と、わが身の姿におそれおののいて、仰のけざまにひっくり返ってしまう。

　さてさて、よくよく心を鎮めて考えてみると、眉墨をまちがえてぬってし

鬼ひとり、つくとしてありければ、「こはいかに。聖《ひじり》と思ひたれば、鬼の来たりて、わが娘を一口に食ひてけり。」とおそろしく、悲しくて、倒れふしぬ。命も消《け》ぬべくぞおぼえける。この女房、わが顔のかかるともいかで知るべきなれば、母の尼まろびけるを、抱えて「いかにいかに」といへば、声はわが娘にてありければ、心をしづめて、目を見上げてみるに、なほもとの鬼なり。また声をあげてをめけば、「あなけしからず。なにごとぞや。これはわらはにてさぶらふぞ。」と言ふに、さすが娘とおぼえければ、起きあがりて、「その顔はいかに」と言ふに、「なにと候ぞ。」と問ふ。時に、鏡を取りて見するに、黒き鬼なり。影をみて、「われ鬼になりにけり」と思ひて、わが身におそれつつ、あふのきにまろびふしぬ。さて、よくよく心をしづめて思ふに、「まゆずみをとりたがへてありけるにこそ」と心うく、あさましくて、水にて洗ひなどして、「さても、こ

まったにちがいないと思いあたって、なんて情けないと、水で顔を洗ってみる。

さては、お坊さまが逃げ帰ったのももっともなことと得心がゆくとともに、わが身の報いのせいにちがいないと悔い悲しんだけれども、後のまつり。いまさらかいないことだった。

の僧の逃げ帰りけるも、ことわりかな」とおぼえて、わが身の報いのほどを、悔い悲しみけれども、かひなくてぞありける。

この詞書部分の大筋は、一読、『はいずみ』の後半部のアイディアを使っているらしいと見当がつきます。そこで、この詞書に対応する第二絵画面を繰り広げて眺めてみましょう。

ここの第二絵場面も、第一絵場面と対応する、二つの画面からなる構成になっています。ここでは第二絵場面の最初の画面は、掲出してありませんが、また野のなかを坊さんが、はだしで遁走中の姿がえがかれています。その姿はなかなか躍動的で、いかにも必死で逃げているようすがよく伝わってくる絵です。僧の後ろ手には、「うしろより鬼の追いかかる心ちの　するぞや　南無阿弥陀仏　南無阿弥陀仏　南無阿弥陀仏」と描き込まれていて、あたかも言葉に追いかけられているというか、言葉が後ろに飛び去ってゆくといった印象が与えられて、画中の台詞の書き込み位置もまたみごとです。

ついで、第二絵場面の左手の画面をみると、第一絵場面と同じように寝殿ふうの建物があって、詞書に対応する画面Cが出てきます。まず、黒々とした鬼の顔かと母尼が驚いている場面、さらに今度は鏡を見せられた娘じしんがまた驚いて腰をぬかして倒れこむ構図とが対照させられています。

娘が鏡をみせられている場面では、尼君の「すは鏡にて顔ご覧ぜよ（それ鏡でお顔をごらんなさい）」という台詞と娘の「あれはなにぞや。まことに鬼になりて候かや。心はいまだ人にて候ふものを。あらおそろしおそろし（あれなんということ。私はほんとうに鬼なったのかしら。心はまだ人間だというのに。ああ恐い恐い）」という台詞とが描き込まれていて、詞書に語られたストーリーのたんなる再現ではない、絵画との交流による臨場感が高められています。

さらにその先には、角盥《つのだらい》で顔を洗うと、引目鉤鼻《ひきめかぎはな》のなかなか美しい顔だちの女姿がえがかれています。

このように、この絵巻は、同一の画面構成のなかに、次々に物語の展開場面が現われる、異時同図法《いじどうず》とよばれる手法のおもしろさを味わうことができるようになっているわけです。

ここまでが上巻です。

ですから、上巻は、『はいずみ』の後半の趣向を切り出してえがいたものとみられます。『伊勢物語』を強く意識しつつ、あらたな物語世界を創った『はいずみ』。その後半の滑稽譚が『掃墨物語絵巻』の上巻へと継承され、あらたな表現世界を切り開いている。そういう様相を眺めることができるということになります。

注目してよい相違といえば、相手の「男」が僧であることと、詞書の部分の最後に、次のような文章が出てくるところでしょうか。

原文では、「わが身の報のほどをくひかなしみけれども、かひなくてぞありける」とあります。つまり、娘が、僧との縁がこのような顛末にいたったことを「自分の身が受ける因果の応報である」と仏教的な認識を示しているところに、たんなる滑稽譚ではなくて、この話を新たに意味づけしなおす転換への示唆がうかがわれます。

じっさい、『掃墨物語絵巻』では、上巻でおしまいではなく、さらに下巻の世界があるのです。

『掃墨物語絵巻』の魅力と閑寂な出家生活をえがく物語へ

上巻は、

（詞書脱か）――第一絵場面――詞書――第二絵場面

という構成順序になっていましたが、現存する下巻は、

詞書――第三絵場面

の構成順序になっています。

第三絵場面は、かなり長い連続的にえがかれた画面になっています。ところが、最初に出てくる詞書には錯簡が生じていて、結論を先にいえば、一連の詞書の前半部にくるはずの部分が、おそらく装幀をしなおす際に順序をあやまって、後半部に貼り付けられてしまっているのです。

つまり、現存する詞書の部分は、詞書の後半部＋前半部の順序になっていて、その間に継ぎ目があることは、『絵巻・徳川美術館名品集1』所載のカラー写真でも確認することができます。

そこで、本来の順序に戻して、前半部に相当する方を、先に紹介しますと、こんなふうなことが語られています。*

この尼は、こんなふうになった今はなんともしようがなく、娘の将来を思うと、泣くよりほかかない。娘もまた、僧のもとに行って、こうした事情をいろいろ話したいと思うけれど、僧の方では、それもきっとおそろしく

＊ここの部分（下巻詞書の後半部）の本文は、次のとおりである。
この尼、いまはすべきかたなくて、この娘のなりゆくべきありさまを、思ひつづけて、泣くよりほかのことなし。かの聖のもとへゆきて、かかることども、今は言はまほしく思ひけれど

思っているだろう。出かけて行ったら、また化け物がやって来たと思うにちがいないからと思うと、わが身の上がどんなものか身に沁みてわかって、なんともしようがなく思うのだった。

ところで、下巻のこの詞書の後に出てくる長尺の絵場面をみますと、ここの箇所に相当する場面は、特に見当たりません。

話がくだくだしくなって恐縮ですが、文章としては、ここは、上巻の絵場面との繋ぎの説明になっているにすぎないのか、本来、ここに対応する場面が描かれていたのだけれども、それが欠落したのか、あるいは、ここの部分は、本来、上段の詞書に連続して貼り付けられるべきものであった可能性なども考えられます。

このへんは、実際にこの絵巻の現物を繙いて、じっくり観察しないと、推測の域を出ない空論になりますので、これ以上の深入りはさけましょう。

上巻にみえる詞書の末尾では、このような顛末にいたったことを、娘は「わが身の報」であると認識する結びになっていて、そこに、『はいずみ』とは異なる意味づけの転換の示唆があると記しましたが、下巻のここの詞書から、なんとも取り返しのつかない事態になっていたことを嘆く母尼と、再び「ひたすら身のほどおもひ」を知って、いかんともするほかない心境に立ちいたってい

も、それもさこそ、おそろしく思ひたるらめ。また行きたらば、ばけものとこそ、思ひはべらんずらめなればとて、ひとすぢに、身のほど思ひしりて、せんかたなくてぞありける。

る娘の姿に、享受者である私たちとしては、この後、娘はどうなるのだろうかと、そのゆくすえを思い描くことになります。

そこで、現存する絵巻下巻の詞書の文章に続くことになるのですが、そのつながりはなだらかに、あらたな物語のストーリーが語られるというのではなく、いきなりこの世の無常を説く仏教的な言説が展開されているのです。単純に料紙が入れ替えられたという判断でよいのか、検証が必要なところですので、この詞書部分はあとでもういちどみることにして、絵の方はどうなっているか、さきにこちらの方を眺めて紹介してみます。

上巻も下巻も、全長五メートルあまりの長さがあるそうですから、*下巻の絵は、目分量ですが、優に三メートルをこえるくらい続いているのではないでしょうか。

まず広々とした空間に山野の風景が描かれております。右手には、天秤棒《てんびん》の前後に分けた稲藁《いなわら》を担ぎ、稲藁を背にのせた牛を追う里人がいます。それを画面中央の粗末な藁の小屋がけの中から、横になって眺めている白衣の童ふうの人物がいます。まるで物臭《ものぐさ》太郎でも思わせるような人物のようでもあります。あるいは、宋代の山水画などの細部にしばしば描きこまれて、享受者に物語的

＊『絵巻（徳川美術館名品集1）』の「作品解説」による。

な想像をかきたてさせる写実的な一場面のようでもあります。背後の山には鹿がいたり、鳥がいたりする。木々もまた色づいて、秋のじつにのびやかな光景です。

こうしてみると、現存する『掃墨物語絵巻』では、上巻の二つの絵場面、下巻の絵場面の絵画構成は、いずれもが山野の光景からはじまって、物語世界の期待感を高める効果と、春から秋へ季節を異にする物語の時空を巧みに演出する魅力的な特色をなしているということがわかります。そこで、画面を左手に繰り広げてゆくと、やがて遣水が見えて、釣殿があり、建物があらわれます。室内では、今しも、仏壇の前で、両手をあわせて剃髪をしようとしている娘がいる。傍らには、僧がひかえ、尼君が左袖で顔をおおっている。これが画面Dです。

ですから、ここの絵場面は、下巻の最初に相当する詞書では、母尼も娘も悲嘆にくれていたわけですから、それよりも先の展開場面ということになります。どういう脈絡か、娘は出家するにいたるらしい。しかし、ここには、画中詞はありません。

そうか、こちらでは、結局、娘は出家するわけだな、ここで話はだいたい終わりだなと享受者としては、思ってしまいますが、ここでは絵場面を掲出していませんが、絵はさらに続いています。

仏堂に続いて、座敷が描かれ、山水画の掛け軸がみえ、押板《おしいた》には香炉《こうろ》が置かれています。炉が切られ、自在鉤《じざいかぎ》の下には湯沸かしの鑵《かん》がぶら下がっています。簀の子の向こうの部屋で男が石臼を引いている。下では薪を伐っている下男がいる。庭には紫色の秋草が点々と咲いています。まことに閑寂、風流な一場面で、これまでの動的なストーリー展開の時空とは一線を画しています。

折しも、広がった庭の先には遣水《やりみず》が流れ、今しもそこに渡された橋を尼が渡ろうとしている。上部に遣り霞が描かれ、その下部に、尼の心中をもの語る歌が、

すみわぶる身こそおもへばうれしけれさらでは世をもいとふべしやは

（俗世間から離れての心淋しい生活も思えば嬉しいもの。そうでなければ、この世を厭って仏さまにお仕えすることなんてできないから。）

と描きこまれています。

尼の渡る先には、柴垣があり、簡素な門が開かれている。その先の庭の木々は、うっすら雪を帯びて白く、ここが冬の異空間に転じていることがわかります。こちらでは、娘尼と母尼たちが、住人になっているのです。

庭の上部にえがかれた庵室では、母尼が火桶に火をおこし、娘尼は花の手向《たむ》けられた仏前で香をたいています。

ここは静止画なのですが、ここに描き込まれた会話は、彼らが今にも動き出

してその声が聞こえてきそうなユーモアを湛えています。しかも、会話には、一、二、三と順序まで施されているのです。

「仏の御燈ともさせたまへ」と母尼。「香の火をたてそうらへば、つきそうろふぞ」と娘尼。すると「また例のものさわがしさは、ゆわう（硫黄のこと。火をつけるのに用いた）もつかぬかたにて、たてさせたまふか。それていにては、臨終の時、観音来迎のうてなに、のぼらせたまふとて、そばなる吊り火桶にのぼりて、あしやかせたまひぬ（足をやけどなさっちゃう）とおぼゆるぞ」と母尼。それに対し、「あらけしからずや。さまでのことやさぶらべき」と娘尼が応じて、いかにも母と娘らしいユーモラスで遠慮のない親しさに満ちています。

ここで、描かれているのは、後世の勤めを風雅に送る母娘の閑寂な場面そのものです。上巻までの、掃墨をめぐる動的な物語世界とは、まことに対照的な世界が描かれていると言ってよいでしょう。

ですから、わが身のほどを嘆き悲しんで出家遁世したというだけにはとどまらない、仏に仕える俗世を離れた出家生活を理想的なものとすることまでを、この『掃墨物語絵巻』は描き語っているということになるでしょう。

こんなふうに、絵場面を眺めてみましたので、もういちど、現存下巻の最初に出てくる詞書部分に戻ってみることにしましょう。ものがたる文体とも異なった長文ですので、最初の部分の大意をもって紹介してみましょう。

人は、何事につけても、死への心の準備が欲しいもの。死の到来がいつといつとわかっていたなら、うちうちに心の準備をととのえ、屏風や灯台の油などのしたくもし、身繕いもしていたなら、その時になって、あわてたりする失敗などしなくてすむでしょう。およそこの俗世にすむ人は、生死輪廻の世界の常のこと、いずれ死を待つ身なのですから、いつも臨終を心にかけ、たった今、死が到来したとしても、心の準備をして、念仏を唱え、仏のお姿を念ずることを忘れなければ、往生をとげ、悟りを開くこともできるでしょう。それを、迷いから覚醒《かくせい》することなく、役にもたたない俗事にひかされて、一日一日を送って、この刹那刹那《せつな》のうちにも無常（死）が到来することを知らずに、生死《しようじ》の一大事を心にかけないとは、なんとも不本意というほかない。

こんなふうに記されたのちに、以下、解脱上人、禅師、天台大師の言葉が引用され、教説が次々に語られてのちに、「豈《あに》おもてにすみをぬり、眉に粉をつくることに異ならんや」すなわち、顔に墨をぬったり、眉に粉をつけたりするのは、この世を厭い、無常を迎える準備にほかならないのだという論理に結び

つけられます。そこで

　このことわりを、思ひ知りけるにや、娘も出家して、古里も住み憂くおぼえければ、北山に小野といふ山里に、ことの縁ありけるうへ、つま木（薪）を拾ふたより、しかるべく侍りければ、二人ながら、かの山里に住みて、ひとへに後の世のつとめをなんしはべりける。

と語り終えられているのです。

　ですから、詞書では、教説が長々と語られたあとで、娘の出家と、小野の地での後世のための生活が送られたことが語られていたということになります。つまり詞書の方から、掃墨あるいは墨塗りの一件から、教説をテコに出家遁世の生活に入った話、すなわち出家遁世譚になっていることがわかります。しかし、絵の方は、詞書のできごとを語るだけではない、さらに俗なる世とは異なる、中世の人びとの閑寂な生活への憧憬がうかがえる点が魅力として伝わってくる作品に仕上がっていると言ってよろしいでしょう。

『伊勢物語』二十三段の物語山脈の連なり

思いがけずに、長々しい紹介になってしまいました。

話の大局を整理してみましょう。

この中世の『掃墨物語絵巻』では、『伊勢物語』や『堤中納言物語』の『はいずみ』の核心をなしていた、二人妻譚の部分はそぎ落とされていることがわかります。そして、『はいずみ物語』の掃墨譚の部分から始まって、『はいずみ物語』における滑稽な話が、一転、出家遁世譚に変貌させられているということになります。

この変貌の様相を、図示してみると、次のようになりましょうか。

『伊勢物語』　⇩『はいずみ』　⇩『掃墨物語絵巻』
1筒井筒の恋と結婚
2aもとの女の話　⇩1もとの女の話
b高安の女の話　⇩2掃墨の女の話　⇩1掃墨の娘の話
2出家から隠棲修行の閑寂な日々

この変貌の様相は、文学史的に見るとはなはだ興味深いです。

このような文学史的展望を背景に、あらためて『はいずみ』を見てみると、『はいずみ』の二人妻譚の部分、もとの妻との〈あはれ〉な話は、『伊勢物語』の歌物語の作り物語へのジャンル的変貌として評価できるわけですが、高安の女の部分は、「はいずみ」による滑稽譚へと変えられている。

さらに、この部分が『掃墨物語絵巻』の上巻に継承され、それは下巻の出家遁世譚にと変貌する。絵巻は、滑稽譚を劇的な出家遁世譚にかえるだけではなく、隠棲による安穏な生活への志向が理想的な希望のようにえがいています。そこに、動乱ただならぬ中世という時代風潮に見合う作品へと変容している様相をみてとることができることになるでしょう。『掃墨物語絵巻』は、奥書には、「乗敬」「隆恵」という僧名が記されており、この絵巻が僧侶の間で伝来したことを知ることができるのも、興味深いものがあります。

『伊勢物語』二十三段の話がどんなふうに、物語山脈のなかでずらされつつ引き継がれつつ、変容していったか。歌物語とその尾根のゆくえがしだいに異なる山容へと相貌を変えてゆく様相を眺めてみました。

第四章　物語の山巓の形成

――『源氏物語』の想像力と紫式部の知的坩堝

海外における『源氏物語』

『源氏物語』は、現在、世界中で、日本の読者たちが想像するよりも、はるかに多くの読者に読まれています。それは一時の流行というようなものでも、過去の遺産のようなものでもなく、これからも読者を増やしてゆくことが予想されます。

伊藤鉄也氏の編になる『海外における源氏物語』の解題編[*1]によりますと、『源氏物語』の翻訳に限っても、九言語、三六種類に及んでいます。三六種類というのは、同じ訳書でも、どんな版が出ているか、それを一点一点数え上げていることによります。

この本の母体となったのは、二〇〇六年に亡くなられた国文学研究資料館の名誉教授福田秀一氏寄贈の、日本文学作品の海外翻訳のコレクションです。ま

＊1伊藤鉄也編『海外における源氏物語』(国文学研究資料館　二〇〇三)

伊藤鉄也のブログ「賀茂街道から」の最新情報によれば、二〇〇八年三月現在、『源氏物語』の翻訳は、次の十九言語にのぼる。

アラビア語・イタリア語・英語・オランダ語・クロアチア語・スウェーデン語・スペイン語・タミール語・チェコ語・中国語・テルグ語・ドイツ語・ハングル・ヒンディー語・フィンランド語・フランス語・ポルトガル語・ロシア語・ウクライナ語(未確認とのこと)

さらに、バルカン近代史に詳しい同僚の石田信一教授から一九五五年刊行のセルビア訳があ

た三十年以上の年月を積み重ねている国際日本文学研究集会のような、日本文学に関する国際的な学会を先進的に積み重ねてきた、国文学研究資料館だからこそ幅広く情報をキャッチできる貴重な仕事でもあります。編者も書いていますように、本書は、情報を公開することによって、さらなる情報の増補、更新の基盤となるものであり、この発刊が呼び水となって、新たな情報が蓄積されることが期待されるわけです。

私も、増補情報を一、二紹介してみましょう。

末松謙澄の英訳『源氏物語』はどう受容されたか

『源氏物語』を世界にはじめて紹介したのは、末松謙澄（一八五五～一九二〇）という人物[*2]です。

彼は、明治十一年（一八七八）一月、二三歳の年に、在英大使館付一等書記見習となり、ついで「事務の余暇を以て、英仏歴史編纂の取調べを申付ける」という一条が加えられ、官費留学生の特典を与えられています。玉江彦太郎という人に、謙澄の官費留学生時代に家族宛に送った書簡を利用して書いた『若き日の末松謙澄――在英通信』という本があって、同書によると、彼は伊藤博文に目を懸けられて、格別な待遇を与えられていたことがわかります。

イギリスに渡った彼は、外交官として国際情勢に関する情報を明治政府に書

り、二〇〇四年再刊が出ているようだとの書誌情報の教示を得た。二四〇頁なので、ウェーリー訳第一巻の重訳か。これを加えると二十言語におよぶことになる。ただし、ウェーリー訳の重訳である場合が多いようである。

なお、伊藤氏の編になる『源氏物語【翻訳】事典』が笠間書院から近刊予定である。

＊2滞英時代の末松謙澄

写真は、玉江彦太郎『若き日の末松謙澄――在英通信』（海鳴社　一九九二）による。玉江には他に『青萍・末松謙澄』（葦書房　一九八五）の著書がある。

き送る一方、ケンブリッジ大学を正規に卒業して、明治十九年に帰国。明治二十一年には、近代日本で最初に博士号が与えられたひとりとなっています。[*1]やがて伊藤博文の娘婿となりまして、のちに、伊藤博文の第三次内閣では、逓信大臣、第四次内閣では内務大臣に就任して、「伊藤の知恵袋」とよばれた、といいます。

まるで絵に描いたようなエリート人生ぶりですが、それに値するだけの才能と実力と運とをもっていたわけでしょう。

その彼が明治十五年（一八八二）にロンドンのトルプナー社から、日本古典の物語のなかでもっとも著名なものとして、『源氏物語』全体の四分の一くらいのところ、「絵合」の巻までを翻訳して、西欧圏に『源氏物語』をはじめて紹介するわけです。[*2]

この本は、今でも神田神保町の古本屋街に直営店をもつタトル・カンパニーから出ていることは、『海外における源氏物語』に紹介されているとおりで、比較的かんたんに手に入れることができるのではないでしょうか。

謙澄が『源氏物語』を訳したのは、日本文化を西欧に伝えようとする使命感に支えられたものであるにちがいありませんが、それがあちらでは、どんなふうに受けとめられたかは、タトル・カンパニー版をみていただけでは、よく見えてこない憾《うら》みがあります。

＊1明治二十年（一八八七）五月の学位令により、卒業資格とは異なる独自の学位称号として博士が制定される。翌明治二十一年五月に最初の博士二十五人が誕生。加藤弘之、中村正直、外山正一らのほか、国文畑では黒川真頼がいる。授与権者は文部大臣で、後に夏目漱石の博士号辞退が問題になったのは、授与権が文部省にあったからである。

＊2　Genji Monogatari, the most celebrated classical Japanese Romances (London, Trupner & Co. 1882)
CHARLES E. TUTTLE COMPANY *Rutland, Vermont & Tokyo, Japan* 初版は一九七四。架蔵本は第八版　一九八四。

明治十五年に英国で出た元版は、私も写真で見たことがあるだけですが、この謙澄訳を含んだ本が一九〇〇年に、Persian and Japanese Literature、『ペルシアと日本の文学』と題する二冊本として、The Colonial Press という出版社から出ております。*3

内表紙（写真参照）をみると、下方にロンドン・ニューヨークとあり、Colonial とあるのは、「植民地出版」とでもいう出版社から出ているのかと思って、ドキッとした経験があります。辞書を繙くと、Colonial には「英国植民地時代の」つまり、アメリカが独立する以前の十三州の時代の、という意味もあって、古くからのというニュアンスがこめられているのでしょうか。

この本が、どんな感覚のものとして受けとめられたかは、美しいいかにもペルシャを思わせるソロモンの口絵や細密な彩飾がほどこされた絵入り写本の色刷り頁が収められていたりして、西欧の人々の視線は、明らかに自分たちとは異なる東方の文化、オリエントに対する津々たる興味に注がれていることを実感させられます。そういう本のなかに、『源氏物語』が収められているということは、極東の島国で、当時でいえば、九〇〇年近くも昔の王朝時代に書かれた物語がどのようなものか、いわば珍奇なものに対する興味に応えるかたちで紹介されたというこ

＊3 Persian and Japanese Literature 所収版 (The Colonial Press 1900) 同書は他に、B.H. チェンバレン訳の『万葉集』と『古今集』のセレクションを Classical Poetry として、Drama として能の『仲光』（『満仲』）一編を収め、日本の古典文学の風貌を伝えようとしている。

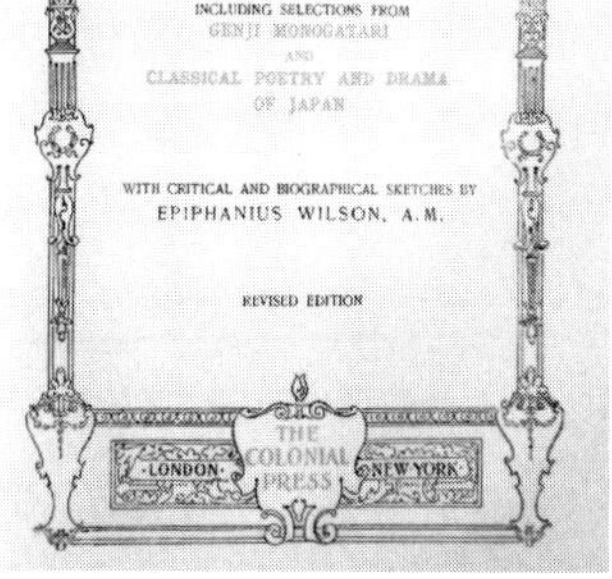

とを、本じたいが雄弁にものがたっていることになるでしょう。

末松謙澄の努力と情熱にもかかわらず、この『源氏物語』は、かの地の人が『源氏物語』の文学的な価値を認めてこれを収めた、というようなものであったかどうか。これによって、『源氏物語』がすぐれた文学として発見されることになったとは考えにくいということではないでしょうか。

『源氏物語』を二十世紀の文学にしたアーサー・ウェーリー

ところが、一九二五年、大正十四年六月二十二日、大英博物館の真向かいにあるアレン・アンド・アンウィン社から出た、濃紺の布表紙に、The Tales of Genjiという金の背文字の刻印された本が、ロンドンの本屋の店頭に並んだときから、事情は一変します。訳者は、アーサー・ウェーリー。[*1]

この人のすぐれた翻訳によって『源氏物語』が西欧世界に紹介されたことは、今や多くのひとの知ることにちがいありませんが、問題は、その衝撃がどのようなものであり、『源氏物語』がどのようなものとして受けとめられたか、ということでしょう。

二十世紀の最後の年であった二〇〇〇年に、雑誌『新潮』新年号が、「二十世紀　この一冊」というアンケート記事を載せています。そこで、日本文学の研究者として著名なドナルド・キーン氏は、なんと「英訳『源氏物語』」をあ

＊1アーサー・ウェーリー(Arthur Waley 一八八九〜一九六六)

The Tales of Genji (London George Allen & Unwin 1925〜33) 全六巻

げているのです。

これは、『源氏物語』が優れていることはもとよりですが、その翻訳じたいがすぐれた文学であり、西欧世界では、『源氏物語』は二十世紀のコンテンポラリィなつまり同時代的な文学として、新鮮な衝撃をもって迎えられた、ということを反映しているといってよろしいのでしょう。

アーサー・ウェーリーが亡くなったのは、一九六六年すなわち昭和四一年のこと。彼の死を報じる『朝日新聞』(六月二十九日)の記事[*2](写真参照)の隣には、ビートルズ初来日が報じられていまして、まさにそのころ亡くなったことがわかります。私は、これを『読売新聞』で読みましたが、ビートルズ来日の記事が写真入りで大きく報じられていたことを印象深く覚えています。今、訃報記事内容を確かめてみると、ウェイリーの経歴、業績の紹介が大同小異であるのは、どちらもロンドンの通信社ロイター電によって書かれたからでしょう。

それに、当時の日本では、ウェーリーの全容についてよく知られていなかったという事情を反映しています。じっさい手元の平凡社の旧版の『世界大百科事典』には「純粋な学究で著書以外はほとんど交渉がない」(一九七二年)とか小学館の『ジャポニカ』にも「若干の友人との交際を除いてほとんど世間と没交渉であった」(一九六八年)と記されているように、謎につつまれた伝説的な存在として知られていたにすぎないことがわかります。

*2アーサー・ウェーリーの訃報記事

平穏のうち
羽田に着く
ザ・ビートルズ

英国の人気歌手グループ、ザ・ビートルズは二十九日午前三時三十九分羽田着の日航機で公演のため来日した。空港には二十八日夕方から到着までの間のべ七百二十人(東京空港署調べ)のファンが出迎えに集ったが、警官に説得されて帰り、混乱はなかった。

アーサー・ウエイリー博士(英国の東洋学者)二十七日ロンドンの自宅で死去、七十六歳。大英博物館の東洋版画・絵画部の副部長となり、中国絵画史、思想史、日本文学を研究した。論語、詩経、易経、李白、白楽天などの中国古典の翻訳のほか、源氏物語、枕草子、謡曲などの日本文学のすぐれた英訳がある。とくに源氏物語の英訳六巻は原文の味わいを再現したばかりでなく、英文としても散文の傑作として知られ、各国で広く読まれた。一九五九年、日本文化の海外普及に尽した功績のため勲三等瑞宝章を授けられた。(ロイター)

しかし、一九七五年に『比較文学研究』二十七号（東大比較文学会）が「特輯アーサー・ウェーリー」を組み、最近では、宮本昭三郎氏の『源氏物語に魅せられた男――アーサー・ウェイリー伝』や井上英明氏の『列島の古代文学――比較神話から比較文学へ――』などの著書で、彼の生涯とその業績の輪郭が明らかにされてきています。[*1] 平川祐弘氏の一連の論文はとくに瞠目すべきものでして、「奇人アーサー・ウェーリーが開いた『源氏物語』の魔法の世界」はぜひ一読をお勧めしたいと思います。早く一書となるのが待たれます。

　ウェーリーは、ケンブリッジ大学出身者を中心とする、主知的で芸術至上主義的な傾向の人々の集まりで、メンバーの多くがロンドンの高級住宅街であるブルームズベリーに住んでいたところから、ブルームズベリーグループとよばれる一員でした。[*2]

　このグループの中心は、ヴァージニア・ウルフという女性作家ですが、井上英明氏のご教示によれば、毎週木曜日の、なんと夜の十時から集まったのだといいます。二十世紀を代表する小説といわれるフランスのマルセル・プルーストの『失われた時を求めて』（A la recherche du temps perdu）を英訳し、新時代の文学として紹介したのは、ウェーリーの旧友（プレパラトリー・スクール、有名校進学をめざす小学校で同級生だった）スコット・モンクリーフであり、ブルームズベリーグループの人々が、彼らの仕事に敏感に反応し評価した、というわけでしょう。

*1宮本昭三郎『源氏物語に魅せられた男――アーサー・ウェイリー伝』（新潮社　一九九三）
井上英明『列島の古代文学――比較神話から比較文学へ――』（風間書院　二〇〇五）
平川祐弘「奇人アーサー・ウェーリーが開いた『源氏物語』の魔法の世界」（『文学界』文藝春秋　二〇〇四・八）

*2ロンドン大学近くの現在のブルームズベリー界隈。プレートに（BLOOMSBURY ST）とある。

『源氏物語』は、黴《かび》臭い極東の古典文学としてではなく、二十世紀の小説の動向に影響を与える、同時代の文学としての発見されたらしい、ということです。西欧圏では、かつて、『源氏物語』は、マルセル・プルーストの長編小説『失われた時を求めて』と比較されて、その心理主義的傾向であるとか、その特色が〈時間〉とか〈回想〉あるいは〈記憶〉というところにあるのではないかとか、登場人物がさりげなく物語世界に現れ、やがて存在感を増してゆく点が似ているとか、その共通性が注目されたのは、こうした経緯にも由来するものであったと思われます。

◇最近、ルネ・シフェール（René Sieffert）の仏訳『源氏物語』（Le Dit du Genji）の豪華挿画版（函入・全三巻）がDiane de Selliers Editionsから刊行され、「源氏絵」約五二〇点を収めるという。ただし、かなりの高額（標準価格一一五、六一〇円）。スタンダール研究で知られる、同僚の臼田紘教授の教示による。

中国における『源氏物語』翻訳

ところで、『海外における源氏物語』では、漫画の翻訳まであげています。『源氏物語』の漫画では、大和和紀《やまとわき》さんの『あさきゆめみし』が有名で、すでに一七〇〇万部を超えているとのこと。その第一回が雑誌『ミミ』に掲載されたのは、一九七九年十二月号です。[*3] それを開くと、

＊3大和和紀『あさきゆめみし』一九七九年一二月号『ミミ』

木にもたれたさだまさしのピンナップ写真が掲載されています。さだまさしにも、そして私にもまだ髪が豊かにあった時代にさかのぼることになります。

二〇〇四年の六月から七月にかけて、中国の山東大学に集中講義に出かけましたが、その際、済南の本屋で、中国語版の『あさきゆめみし』全七冊[*1]を見つけ買い求めました。

これは講談社から一九九三年に出た豪華本の中国語訳です。揃いで二八〇元ですから、中国の若い人たちが日本のアニメやマンガに興味を示すにしても、四千円近くになりますから少々高いですが、日本で『あさきゆめみし』が若い人たちに果たした『源氏物語』大衆化の役割を考えると、豊子愷《フォンズーカイ》《ほうしがい》[*2]の中国語訳を読む知識人層とは異なる、新たな『源氏物語』読者層が中国に出現する契機になるのではないでしょうか。[*3]

中国への『源氏物語』の翻訳事情については、豊子愷じしんが「『源氏物語』の翻訳にとりかかって[*4]」という文章を書いています。その翻訳にとりかかるきっかけには国の政治的な配慮が働いていたらしいことがうかがわれます。彼が翻訳をおえたころは、文化大革命の真っ最中で、『源氏物語』の原稿も庭の地中に埋められて、彼の死後、ようやく日の目をみることになった[*5]、という伝説を聞いたことがあります。

楊暁文氏の『豊子愷研究』[*6]によれば、彼は、原文をかたわらにおき、主に与

＊1中国語版『あさきゆめみし』全七冊（山東文芸出版社　二〇〇〇）

＊2豊子愷（一八九八〜一九七五）

＊3源氏物語千年紀を期して、二〇〇八年中の刊行をめざし、田辺聖子の『新源氏物語』の翻訳が急ピッチで進められていると聞く。これも新たな読者層の拡がりにつながる話題である。

＊4豊子愷「『源氏物語』の翻訳にとりかかって」（『人民中国』人民中国編集委員会　外文出版社　一九六二・八）本資料については同済大学（上海）の李宇玲氏に教示を得た。

豊子愷には『豊子愷文集』七巻（浙江文芸出版社・浙江教育出版社　一九九〇〜〇二）があ

謝野晶子、谷崎潤一郎、それに佐成謙太郎の注釈を参考に訳したとあり、学術的な厳密性という観点からいうと、いろいろ問題があるのかもしれません。しかしながら、中国のひとの評価では、豊子愷の翻訳は、中文としてとても優れているといいます。まさにウェーリーの『英訳源氏物語』が西欧世界で、いわば同時代的な文学として受容されたのとは異なるものの、詩情豊かな文人、豊子愷の訳によって、『源氏物語』が現代の中国社会でじわじわと知られ、人びとがその文学的魅力を本格的に発見する時代を迎えつつあるとみられます。

どうやら、東西で発見の事情を異にする点があるにしても、今や、『源氏物語』の魅力は、時空を超えているということを象徴しているのではないでしょうか。

ここで、さらに逸脱しますが、追加情報を加えましょう。

『源氏物語』は、中国における日本文学史の最初といわれる謝六逸《しゃろくいつ》《シエリウイー》＊7の『日本文学史』などで紹介されていましたが、翻訳としては、銭稲孫《せんとうそん》《チエンダオスン》＊8が「源氏物語（選訳）」として「桐壺」を、『譯文』一九五七年八月号（亜洲文学専号）に掲載したのが最初です。本文に先立つ前文で、『源氏物語』、紫式部、さらに『源氏物語』の享受史から近代の研究状況にまで簡潔にふれ、『源氏物語大成』が精細であること、鑑賞には島津久基『対訳源氏物語講話』がすぐれていることに言及しています。そのうえで「桐壺」を訳しています。その訳出姿勢は、頁ごとに、脚注

るが、当該の文章は未収録であるのが惜しい。

＊5『源氏物語』上中下（人民文学出版社　一九八〇〜八三）。その後、装訂を異にする二冊本（一九九三）、三冊本（一九九八）、三冊挿図本（二〇〇六）が刊行されている。

＊6楊暁文『豊子愷研究』（東方書店　一九九八）

を付すなど、本格的であり、その文体は、文言小説の感覚に近いといいます。しかし、銭稲孫の訳出が遅々として進まないために、豊子愷が担当することになったといいます。同号には、青野季吉の「源氏物語に関して」という特約稿があわせて掲載されています。なお、『譯文』当該号は、山東大学の呉松梅氏の提供によるものです。

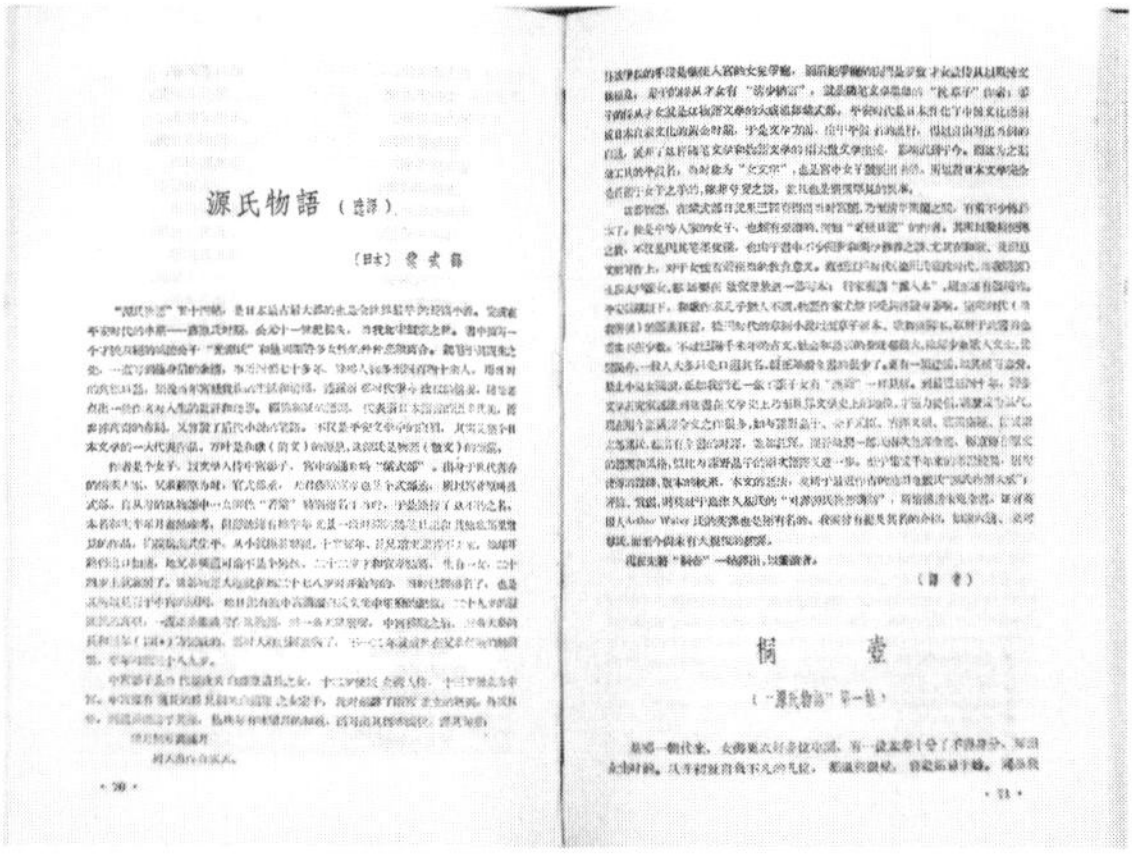
源氏物語（选譯）

〔日本〕紫式部

（譯者）

桐壺

（「源氏物語」第一卷）

＊7謝六逸（一八九八〜一九四五）作家、翻訳家。千葉俊二編『谷崎潤一郎・上海交遊記』（みすず書房　二〇〇四）には、「内山（完造）氏は、新進文士の代表的な人物として、謝六逸、田漢、郭沫若の三氏の名を挙げた。謝君は日本の古典を研究してゐる人で、目下万葉集と源氏物語を翻訳してゐる。とき〴〵此の店へやつて来て、万葉や源氏の不審な箇所を質問するので、「まあ待つてくれ、此奴はちよつと僕も分らない」と、内山氏も大いにマゴツクと云ふ。」とある。また同書の「きのふけふ」には、豊子愷について述べるところがある。

＊8銭稲孫（一八八八〜一九六六）慶應義塾に学び、北京大学、清華大学の教授を歴任。『万葉集』ほかの訳でも知られる。奥野信太郎『北京襍記』（一見書房　昭一九。『奥野信太郎随想全集』五（福武書店　昭五九　平凡社東洋文庫『随筆北京』にも所収）には、「周作人と銭稲孫」があり、両者との交

紫式部絶賛が生んだ伝説

さて、日本の鎌倉時代のごく初頭、ちょうど一二〇〇年から〇一年頃に書かれた、一般には物語評論として知られる『無名草子』は、『源氏物語』の論を、次のような手放しの絶賛から始めています。

　それにしても、この『源氏物語』というものをこしらえ出したというのは、どう考えたって、この世ひとつのちからとは思えない。そこには前世からの因縁、ちからが加わっているに相違ない。そうとでも考えるほかないすばらしさだ。きっと、仏さまにお祈りしお願いしたお蔭だろう。とても人間業《わざ》とは思えない。*

『源氏物語』あるいは紫式部はすごいという率直な気持ちは、これまた時空をこえたものであった、ということでしょう。もっとも、その文学的なすばらしさは、この世の人を惑わせるものである。狂《きょう》言《げん》綺語《きぎょ》すなわち人をたぶらかせる美しく飾り立てた言葉の世界をつくった罪で、紫式部は、地獄に堕《お》ちてしまったにちがいない。だから、地獄で苦しんでいる彼女のために、供養して、彼女を救ってやろう。そういう供養を目的とした法会が、平安時代の末から鎌倉時代にかけて、熱狂的な『源氏』ファンたちによって、いくどとなく催され

遊を語るとともに「日本語を語り日本文学を翻訳する支那人の数また少しとしない。しかしその智識の正確と教養の深さから云ったならば、周銭二先生の上に出るものは一人も無いと断言できる。」と述べる。

* さても、この『源氏』作り出でたることこそ、思へど思へど、この世一つならずめづらかにおぼほゆれ。まことに、仏に申し請ひたりける験《しるし》にやとこそおぼゆれ。（『無名草子』）

ました。『源氏一品経《いっぽんきょう》』とか『源氏表白《ひょうびゃく》』などという、源氏供養のための願文《がんもん》の類が残っていて、源氏供養が『源氏物語』文化史の一面をかたちづくっていることを知ることができます。

京都の千本ゑんま堂引接寺《いんじょうじ》には、南北朝時代に建立された紫式部の供養塔があります[*1]、これなども、地獄で苦しむ紫式部を救ってやろうという供養の伝統に列なることになります。

かと思うと、彼女は、そういう狂言綺語の世界をつうじて、結局のところ、この世の人間を悟りの道に誘うのであって、じつは彼女は、観音さまの化身なのだという考え方もあります[*2]。

地獄に堕ちたり、じつは観音さまであったり、紫式部も大忙しですが、『源氏物語』なり紫式部なりがいかにこの世に絶する存在であるか、という賛嘆から生まれたものであるにちがいありません。

不幸がちからとなって誕生した作家紫式部

さて、本章のテーマは、「物語の山巓《さんてん》の形成――『源氏物語』の想像力と紫式

＊1夏木立から覗く千本ゑんま堂引接寺の紫式部の供養塔（至徳三年（一三八六）八月建立）（写真）

＊2伊井春樹『源氏物語の伝説』（昭和出版　一九七六）や小山利彦『源氏物語と風土』（武蔵野書院　一九八七）などが参考になる。

部の知的坩堝《るつぼ》」というものでした。

『源氏物語』の想像力はどんなかたちをしているのか、紫式部の想像力はいったいどういうところからやってくるのか、というのが私の長年の関心でして、蟷螂《とうろう》の斧《おの》というか、おのれの力量をかえりみず、そういう大きな疑問に対するささやかな理解の一端をお話ししたいと思います。

紫式部というひとの人生の輪郭をかんがえてみると、彼女のめぐりあった不幸が、作家紫式部を生み出す大きなちからとなった、と私には思われます。そこで、彼女の人生のある時点に注目するところから、話を始めることにしましょう。

現在、福井県の県庁所在地は、福井市ですが、越前国とよばれた昔、国府《こくふ》つまり国の役所が置かれていたのは、武生《たけふ》でした。

いまからざっと一〇〇〇年余り前、正確には、九九六年（長徳二年）に、紫式部の父藤原為時は、越前国の国守に任ぜられ、おそらくその年の秋、彼女もまた父の赴任地である越前に出かけています。

今、この年を彼女の人生の節目のひとつに見立てて、彼女の人生を眺めてみましょう。

「源氏物語千年紀」の二〇〇八年から、一〇〇〇年という数を引いてみて、今年は一〇〇八年と考えてみると、話がいっそう実感できると思います。今年、一〇〇八年からすると、九九六年は十二年ほど前、現代でいえば、平成八年頃という感覚になります。

読者のみなさんは、そのころどんな人生を送っていたでしょうか。

紫式部が、いつ誕生したかについては、早いものでは今井源衛氏の九七〇年誕生説、遅いものでは与謝野晶子の九七八年誕生説がありますが、一般に広く受け入れられているのは、岡一男氏の九七三年誕生説（天延元年）であると思いますので、九七三年誕生説をもとに話をすすめましょう。

この年は、これまた、一〇〇〇年の差をこえて昭和の感覚に換算していうと、紫式部は、昭和四十八年（一九七三）生まれということになります。石油危機、いわゆるオイルショックがあって、庶民感覚でいうと、人びとがトイレットペーパーを買いあさった年にあたります。

私の長男はこの年に生まれているので、息子は紫式部と同年齢。私は、世代的には紫式部の父為時と同じということになります。為時の年齢も詳細は不明ですが、九四七年生まれという説を目安に、昭和でいうと、二十二年。為時は団塊の世代ということになるわけです。正確には、為時は、私の弟と同年齢という感覚です。

さて、もういちど繰り返しますと、今から十二年あまり前の九九六年に、藤原為時は、越前の国司、国の長官、いわば県知事に任ぜられて、紫式部もまた、父の赴任先にあとを追って赴いたというわけです。*

その時、彼女は、二四歳。現在、一般には、明治以降のひとは満年齢、以前のひとは生年を一歳として表記するのが慣例ですから、彼女は、満年齢では、誕生日が来ていれば、二三歳、来ていなければ二二歳ということになります。

彼女が父の赴任先にともに出かけたからといって、現代の感覚からいえば、なんの不思議もないことのように思われますが、まずこの点にこだわってみたいと思うのです。

母の早世が可能にした父との生活

紫式部の母は、藤原為信女とよばれる女性でした（系図参照）。紫式部には、若くして亡くなった姉と、惟規《のぶのり》と呼ばれる弟の存在が知られています。これが彼女の同腹の姉弟と考えられていますが、彼女の書いた『紫式部日記』にも『紫式部集』にも、母親については言及するところがまったくないのです。それは、母が早くに亡くなっていたことを反映しているのだろう、そう考えられています。私も自然な

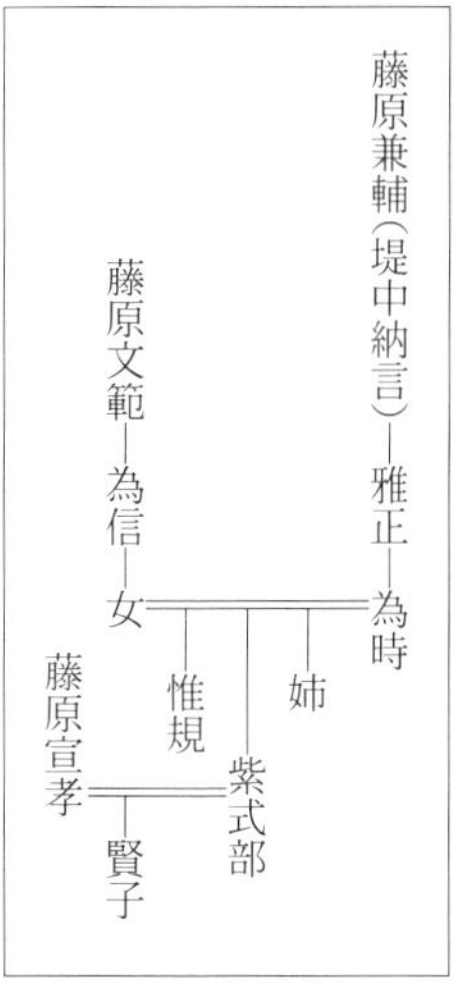

＊
九七三年（天延元）
　紫式部誕生か（岡一男説）
九九六年（長徳二）
　父藤原為時、越前守　（二四歳）
九九九年（長保元）
　前年の秋かこの年、紫式部、藤原宣孝と結婚
　賢子（後の大弐三位）誕生　（二七歳）
一〇〇一年（長保三）四月二五日、宣孝と死別　（二九歳）
一〇〇五年（寛弘二）一二月二九日　紫式部　一条天皇の中宮彰子のもとに出仕　（三三歳）
一〇〇八年（寛弘五）十一月一日　公任「わかむらさきやさぶらふ」と声をかける。彰子の命で物語の「御冊子」（『源氏物語』か）を作成。　（三五歳）
一〇一九年（寛仁三）正月五日、紫式部、実資の彰子訪問を取り次ぐか。このころまで生存か。　（四六歳）
（ただし、角田文衛説では、長元四年（一〇三一）五九歳没とする。）

推測であると思います。

おそらく母を早くに失ったことが、父為時の膝元《ひざもと》で生活することになる大きな契機になったと考えられます。

当時の婚姻形態については、前章でもふれたように、一般化して捉えるのがむずかしい時代ですが、彼女はかなり幼い時から、為時の邸に住んでいたように思われます。彼女の住んでいた邸跡は、角田文衛氏が南北朝時代に書かれた『河海抄《かかいしょう》』という注釈書の情報をもとに考証して以来、現在の京都御所の東側、寺町通りに面した廬山寺《ろざんじ》がそこであるということになっています。[*1] 廬山寺の東側には、豊臣秀吉が京の城壁として造らせたお土居《どい》という土塁が残っていて、その外側は河原《かわら》町通り。またさらに東には賀茂川が流れている。そういう地理的関係になります。

紫式部は、その日記のなかで、この自分の家を「ふるさと」つまり「古びてゆく家」「衰えてゆく家」といっています。[*2] 紫式部の父方の曾祖父は、堤中納言兼輔《かねすけ》(八七七〜九三三)とよばれた醍醐天皇の時代の有力な権臣であり、娘を醍醐天皇の後宮に入内させ、紀貫之たちの文化的なパトロン役をも果たした文人政治家といった存在でした。紫式部の家柄には、そういう栄光の時代があったわけです。そういう意識の反映が彼女に自分の家を「ふるさと」と感じさせたのではないでしょうか。

＊1角田文衛『紫式部とその時代』(角川書店　昭四一)↓『角田文衛著作集』第七巻(法蔵館　一九八四)

＊2紫式部の家意識については、伊藤博『源氏物語の基底と創造』(武蔵野書院　一九九四)参照。

兼輔が「堤中納言」とよばれたのは、彼の邸が賀茂川に隣接して、その水を邸内に引き入れていたところから、そう呼ばれたらしいのですが、紫式部の住んでいたのは、その邸、すなわち父方の邸にほかならないと判断されるわけです。しかしながら、彼女の母親、為信の女《むすめ》もまた為時とこの邸でともに生活していたかどうかは、即断できないところがあります。

平安中期の歌人能因《のういん》（九八八〜？）の撰になる『玄々《げんげん》集』（一条天皇から後朱雀天皇の時代までの秀れた歌を集めた私撰集）に次のような歌がみえます。「藤原為時二首越中守」とあるうちの一首です。

かたらひける人の元に、くしの箱を置きたりけるを、其人なくなるとて、
たしかにゆひなどして、おこせたるを見て
なき人のむすびおきたる玉匣《たまくしげ》あかぬかたみと見るぞ悲しき

為時が通っていた妻のもとに、日頃使っていた櫛の箱、化粧道具をいれておく箱、それがあった。それを妻が亡くなった時に、紐《ひも》でしっかり結んであるその箱を送ってきた、というのです。

この「箱」は為時のもので、それを送り返してきたのだろうという解釈（岡一男説）もありますが、これは亡き人の化粧箱で、それを形見に送ってきたの

ではないでしょうか。彼は「亡くなった人がしっかりと結んでふたが開かないようにした箱は、いくらみても飽くことがない、つまり心満たされることのない形見。それをじっとみているほかないのは、悲しい気持になるばかりだ。」とこう詠んでいるわけです。「たまくしげ」はたんなる遺品ではありません。浦島太郎ではありませんが、霊的なものが入った形見です。だから、彼女じしんと思ってみるけれども、とても飽くつまり心がそれで満たされたりしない、と詠んでいるわけです。

この女性が為信の女、すなわち紫式部の母親だと判断するのは、厳密にはなお慎重を要するでしょうが、為時が女のもとに通っていて、その女の死に遭遇しての歌ですから、私は為信の女の蓋然《がいぜん》性がきわめて高いと考えています。

とすれば、為時は紫式部の母のもとに通っていて、同居してはいなかったということになります。当時の婚姻形態からすると、妻が亡くなった後、その子どもたちは、母方の邸で育つのが、ふつうです。となると、ここは、現代ふうの感覚から考えて、母親が亡くなったのだから、子どもたちが父親と住むのは当然と、そうかんたんに思ってはならないところなのです。

例をあげてみましょう。道綱の母という女性によって書かれた『蜻蛉《かげろう》日記』という日記があります。夫は、当代切っての政治家になる藤原兼家という男ですが、彼は、彼女のもとに通ってくるだけで、その子道綱は、母とともに住んでいます。兼家には、時姫とよばれる本妻にあたる女性がいて、道隆（清少納言が仕えた定子の父親にあたる）や道長（紫式部が仕えた彰子の父親にあたる）を生んでいますが、彼らもまた母親とともに父と一緒に暮らしていたわけではありません。兼家じしんは、東三条殿《でん》（東三条第《だい》）とよばれるりっぱな邸宅をもっていましたが、そこには、妻たちを誰も迎え取らなかったのです。*

次の世代の道隆や道長などは妻や子供とともに住んでいますけれども、道長の土御門《つちみかど》邸というのは、じつは道長の妻倫子の邸であり、それを道長が伝領するわけで、もとはといえば、妻方の所有にかかる邸に住んでいることになります。

ということになると、父と生活をともにしていたことを、いきなり今日の感覚から考えてあたりまえのこととして考えるのではなく、母の不在という不幸が、父親との生活を可能にしたのだというふうに捉えることがだいじになってきます。

さらに、父親と生活空間をともにしたという程度のことではありません。彼女は父親に育てられ、父親に教育されたらしい。彼女の青春は、父親の影響のもとにあって、自己を育てていったことになります。となると、その青春のありようこそが、後に『源氏物語』の作者たるにふさわしい教養を培うことになった、と推測されてくるわけです。不幸が作家紫式部を生んだその一です。

＊もっとも東三条殿は、たんなる私邸ではなく、さまざまな行事や饗宴などが行なわれる公邸としての性格が強かった側面も考えあわせる必要がある。

父親の不遇をともに送った時間

その二はというと、父親の人生の不幸をともにしたということになりましょうか。

再び、父為時が越前守に任じられた時点にもどってみましょう。

為時が越前守に任ぜられるにあたっては、いまさら紹介するまでもないほどよく知られたエピソードがあります。

記録を見ますと、長徳二年（九九六）の正月二十五日に除目《じもく》つまり人事異動を決める会議が行われています。この人事会議では、まず大間書《おおまがき》というものが用意されます。官職がずらりと書き並べられ、新たに埋めなければならない人事のところだけが空欄になっている。そこは大きく間があけてある。これを大《おお》間《ま》といったことに由来する名称です。

この大間書のもっとも古い写本として残っているのが、じつは、この時、長徳二年（九九六）のものなのです。* その「長徳二年大間書」には、

淡路国

守従五位下藤原朝臣為時

と出てくるわけです。

＊『国史大辞典』（吉川弘文館）の土田直鎮の解説による。「長徳二年大間書」は、『大日本史料』第二編之二（東京大学出版会）による。

ところが、『日本紀略』という歴史書によると、次のような記事が出てきます。

(正月) 廿八日己巳。右大臣参内。俄停㆓越前守国盛㆒。以㆓淡路守為時㆒任㆑之。

除目の行われた三日後の二十八日に、右大臣藤原道長が宮中に参内して、突然、源国盛の任越前守を停め、淡路守為時をこれに任じたというのです。同じ地方官でも、諸国には、面積・人口などに応じて、大《たい》国・上《じょう》国・中《ちゅう》国・下《げ》国とランクがあって、淡路は下国というういちばん下のランクです。それが三日後に、大国である越前守に赴任先が変更されているわけです。越前というと、現在の東京を中心とする感覚からは、得心がいかない向きもあるかもしれませんが、当時は、外国の使節や商人などが海を渡ってやってきたりして、地方官としてはなかなかはなやかな任国です。もとよりこういう変更はよくあるものではありません。異例の変更です。

そこで、どうしてこういうことになったか、という事情をかたる説話がいくつか伝わっているわけです。少しずつ話に違いがありますが、ある説話によれば、がっかりした為時は、この時、申文《もうしぶみ》という上申書を書いて、女房を介して天皇に奉ったといいます。

ところが、この中文の中に、

苦学寒夜紅涙霑レ襟　除目後朝蒼天在レ眼＊

（苦学の寒夜紅涙襟《こうるいえり》を霑《うるお》す、除目《じもく》の後朝蒼天眼《こうちょうそうてんまなこ》にあり）

「寒い冬の夜に血の涙が裾をぬらすような苦学を重ねたというのに、人事の発表された除目の翌朝、私の目にはしみるような青い空が映じているばかりだ。」という傷心の気持ちを記した一節があったのです。その殺し文句が、これを見た、時の一条天皇の心を動かしたらしい。その気配を察知した道長が配慮して、配置換えが実現した、と伝えるのです。

道長は、この一年前に、甥の伊周《これちか》との権力争いに勝利をおさめ、氏の長者という藤原氏一族の頂点に立つと同時に右大臣になり、権力を手にしたばかりの時でした。日の出の勢いにあるばかりでなく、源国盛という人物が彼の乳母子《めのとご》という関係もあって、こうした人事異動が可能になったのでしょう。

この話は、為時の文才とそれを評価する一条朝の文治主義的な雰囲気を伝える美談のように思われますが、ある説話（『続本朝往生伝』）では、国盛は、このことがきっかけで病となり、秋の人事異動で播磨守になったものの、結局この病がもとで死んでしまった、というから気の毒な話です。

＊『今昔物語集』巻第二十四「藤原為時、作詩任越前守語第三十」による。この話は、他に『古事談』『今鏡』『十訓抄』ほかにもみえ、「霑襟」の箇所は「霑袖」「盈巾」、「後朝」の箇所は「春朝」などの異文がある。

為時も罪なことをしたものといえますが、為時の側からみると、これはこれで必死の猟官《りょうかん》運動のすえの任官でもあったのです。

じつはこの時、為時は、十年にも及ぶ長い失意の時代をへて、ようやくに得た官職だったからです。

学才に優れていた為時と束の間の喜び

為時は、凡庸な人物などではありませんでした。学才にすぐれ、時の碩学として知られる大江匡衡《まさひら》（九五二〜一〇一二）は、三蹟《せき》のひとりとして書で有名なあの藤原行成《ゆきなり》（九七二〜一〇二七）に送った文のなかで、きわめて優れていながら貧しさに甘《こうぜい》んじている人物として、為時の名前をあげています（『江談抄《ごうだんしょう》』五）。匡衡は為時より若いのですが、さらに年若い行成に、畏敬の念をこめて語ってきかせた話ではないでしょうか。

『江談抄』は、匡衡の曾孫で、学儒であった大江匡房《まさふさ》（一〇四一〜一一一一）の談話を録したものですが、彼じしんもまた、一条朝がいかに多くのすぐれた人材を輩出した時代であったかを、各界の「天下之一物」すなわち一流の人物を列挙して示しています（『続本朝往生伝』）が、一条朝を代表する文人の項では為時の名をあげています。

為時というのは、そういう存在であったわけです。

しかし、彼は、初めから不遇であったわけではありません。決して早いとは言えないものの、永観二年（九八四）、花山天皇が即位すると、式部丞《しきぶのじょう》・蔵人になり、すぐさま式部大丞《たいじょう》に昇進しています。

式部丞というのは、八省のひとつである式部省の長官・次官に次ぐ三等官ですが、長官は式部卿宮。つまり親王の名誉職で、次官の大輔《たいふ》が実質上の長官で、文官の人事や大学寮を管轄するところから、学者出身者が任ぜられることが多く、公卿がこれを兼ねる場合もありました。八省のなかでは、格の高い役所です。政府の武官をのぞく文官の人事を担当するとともに、あわせて文部科学省のような仕事を担当する部署だったわけです。

為時の任ぜられた式部丞は、叙位や除目には、必ず立ち会うことになっていまして、六位ではありますが、これまた八省の三等官のなかではもっとも格が高かったといいます。* そればかりではありません。蔵人、つまり天皇の秘書官役というか、内閣官房の一員を兼務することになったわけですから、その将来が期待される役職に就いたことになります。

そういう出世の糸口は、彼が、花山《かざん》天皇（在位九八四〜九八八。九六八〜一〇〇八）の東宮つまり皇太子時代の読書始《とくしょはじめ》の儀に副侍読《ふくじとう》、くだけていえばチュー

藤原氏略系図

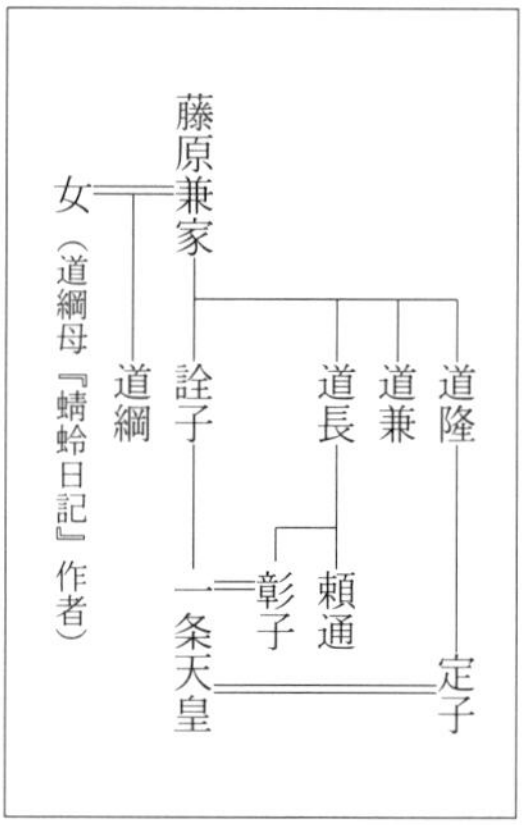

＊土田直鎮「官職制度の概観」（『岩波古語辞典』）参照。簡潔にして要を得た解説として出色である。

ター役を勤めたところから始まったとみられます。
時に為時三六歳でした。翌年の春、為時は上官である藤原道兼（九六一〜九九五）の邸で開かれた名残の桜を惜しむ宴席で、次のような歌を残しています。ここには「粟田右大臣」とありますが、道兼が「蔵人左少弁」（「永観二年正十蔵人（十月）卅日左少弁」と『公卿補任』に出てくる。）の時のことであった、と考えられます。

粟田右大臣の家に、人々のこりの花を惜しみ侍りけるによめる
藤原為時
遅れても咲くべき花はさきにけり身をかぎりとも思ひけるかな
（『後拾遺集』巻第二春下・一四七）

「遅れはしても、咲くはずの桜は、こんなふうに花を開かせるものだったのですね。私の人生もこれで終わりか、と諦めておりましたが。」と、盛りを過ぎてなお咲く目の前の桜をめでつつ、今、その桜に出世の糸口を掴んだおのれの人生を重ねています。しみじみとした人生の喜びの感情が率直に伝わってくる歌です。

花山朝の終焉と不遇の歳月

しかし、その喜びも束の間のことでしかなかった。花山天皇の時代は、あっけなく幕切れを迎えてしまうからです。それは、九八六年（寛和二年）のこと。花山天皇を退位に追い込む策謀をめぐらしたのは、さきの『蜻蛉日記』の著者の夫、藤原兼家《かねいえ》です。彼は、円融《えんゆう》天皇（在位九六九～九八四。九五九～九九一）の后で、娘である詮子《せんし》の生んだ一条天皇を擁立することによって、外戚として、いちはやく政治権力を握ろうと画策したのです。娘を入内させ、その皇子を帝位につけて権力を握る、というやり方こそ摂関時代の実質的な権力掌握の方法なのでして、『源氏物語』の世界における光源氏の権力構造もまた、外戚としての地位を獲得することを実質的な支えとしています。

為時は、この陰謀が実現して以来、下端《したっぱ》ではあったけれども、花山天皇派の人物として見做《な》されて、長く任官できなかったということになります。今の時代にだって、いくらもありそうな話です。三十代半ばでの束の間の喜びと希望がたちまちに潰《つい》えて、それから長い不遇浪々の、十年にも及ぶ時間が流れるのです。そして今、ようやく越前守任官にたどりついた、ということなのです。

繰り返していえば、時に、為時は四六歳、紫式部二四歳です。花山天皇退位の九八六年に遡ると、彼女は、十四歳。今でいえば中学生の年齢です。彼女の多感な思春期と青春の日々は、まさに父の不遇の歳月とともにあったことになります。

今に残る為時の詩句に次のような一節があります。

家旧門閑只長レ蓬　時无二謁客一事条空*（『本朝麗藻』巻下）

「家は旧く、門前もひっそりとして蓬ばかりが長く生い茂っている。時として訪れる客もなく、ために葉の落ちた小枝も自然と寂しく見える」という。彼の不遇な時代の面影をうかがわせるもの、とみてよいでしょう。

「家は旧く」は、後に彰子のもとに宮仕えに出た紫式部が、華やかな道長の土御門邸のありさまと比べて、自分の家を「ふるさと」（「古びてゆく家」）と言っていたことを思い出させます。

曾祖父堤中納言兼輔以来の華やかな日々をもった古くからの邸に暮らして、自分の邸を「ふるさと」すなわち衰えてゆく家と感じていた心の底には、多感な少女時代、娘時代を不遇な父の背中越しに冷酷な政治社会の動向を見つづけながら生い育った記憶が色濃く反映している、といってよいでしょう。

父の不遇が育てた漢学教養

しかし、このように父とともに味わった不幸こそが、彼女のもうひとつの豊

*門閑《もんしつ》かにして謁客《えつかく》無《な》し。　藤為時《とうゐじ》
家《いへ》は舊《ふる》く門閑《もんしつ》かにして　只《た》だ蓬《よもぎ》のみ長《た》けたり
時《とき》に謁客无《えつかくな》く　事《おのづ》から條空《こえだむな》し
翟公《てきこう》尉《ゐ》を去《さ》りて塵《ちり》に長息《ちやうそく》し
袁氏《ゑんし》貧《ひん》に安《やす》んじて雪《ゆき》にも通《かよ》はず
草《くさ》は閾《しきみ》を含《ふふ》み　秋露《しうろ》に生《は》えて白《しろ》し
苔《こけ》は扉《とびら》を封《ふう》じ　夕陽《せきやう》を帯《お》びて紅《あか》し
久《ひさ》しく倒履送迎《たうりそうげい》の礼《れい》を忘《わす》る
別《べつ》に洛中泰適《らくちゆうたいてき》の翁《おう》と作《な》りぬ
『本朝麗藻』巻下
『本朝麗藻簡注』（勉誠社　一九九三）による。

かな青春を育む絶好の時間となったのです。『紫式部日記』には、次のような有名な逸話が出てきます。

この式部の丞といふ人(弟の惟規のこと)の、童《わらは》にて書《ふみ》読みはべりしとき、聞きならひつつ、かの人はおそう読みとり、忘るるところをも、あやしきまでぞさとくはべりしかば、書に心を入れたる親は、「口惜しう、男子《をのこご》にてもたらぬこそ 幸《さいはひ》なかりけれ」とぞ、つねになげかれはべりし。

父為時が、幼い弟の惟規に漢籍を教えていた。そばにいる彼女は、それをたちまちに読めるようになってしまう。それで父親が「この娘が男の子でないのが残念だ」と言って嘆いた、というのです。

ここの「書《ふみ》」にあたる箇所を「史記といふふみ」と具体的に書く伝本*もあって、それならば、漢籍の中身がより具体的になってきます。

弟との年齢差は、三歳ぐらいでしょうか。おそらく官職を失って、時間のゆとりを得た為時は、幼い惟規に漢籍を教えはじめたらしい。彼じしんがそうであったように、大学寮の紀伝道《きでんどう》というところで学ばせ、将来、官人つまり官吏の道を進ませようと考えたのでしょう。

今の政治の世界では、地盤を引き継いだ二世議員がたくさんいて羽振りをき

＊池田亀鑑『紫式部日記』(至文堂　昭四二)の「校異紫式部日記」による。

かせています。彼らは、世襲化された門閥《もんばつ》というところでしょう。平安時代も中期を過ぎると、能力などとは関係なく、藤原氏、それも特定の家柄の出身であることがものをいう時代になっていました。

日本では、中国の科挙《かきょ》とよばれる人材登用のための試験制度が導入されて、科挙出身者が官僚層を形成して貴族層と相対するというふうにはなりませんでしたけれども、平安時代の初期、八〇〇年代ぐらいまでは、優秀な人材は、必ずしも家柄が優れていなくても、官人養成機関である大学寮で学ぶことによって出世への道が開かれていました。

しかし、十世紀には、大学寮出身であることによって栄達を遂げることのできる、夢のような時代は過ぎ去ります。それでも、大学寮の学生として合格することによって、少なくとも中流官人のレベルになることは約束されたのです。

大学寮では、いくつかの学科がありましたが、紀伝道という学科がもっとも人気がありまして、紀伝道の先生を文章《もんじょう》博士、そこの学生を文章生といいました。そこで、この学科を文章道ともいいますが、紀伝道というのが本来の名称です。教科内容は、歴史と文学、具体的にいうと、三史とよばれた『史記』『漢書』『後漢書』、それに『文選《もんぜん》』など。それに後には『三国志』『晋書』という歴史書が加わったりしています。

ですから、為時は、惟規に文章生となるための家庭教育を施していた、ということになるでしょう。*1

その傍らにいた紫式部は、こうした中国の歴史や文学の書物を、社会で順調に生きていたならばとても時間の余裕のある筈のなかった父親から、学ぶことができる幸運に恵まれたわけです。いわば古典中国語のリテラシーを身につけることによって、几帳や屏風のうちがわにいながら、海のかなたの広い世界にアクセスする力を身につけたということになります。それも、男たちの勉強が、とかく合格するための、あるいは学をひけらかすためのペダンチックな勉強に終始することが多かったのに比べ、具体的で実際的な目標をもたなかった女性の紫式部の方が、漢籍の中身を深く内面化された教養とすることができた、という逆説が成立したということではないでしょうか。

後に、宮仕えに出た紫式部は、ひそかにご主人の彰子に白楽天（白居易　七七二〜八四六）の『白氏《はくし》文集《ぶんしゅう》《もんじゅう》』の「新楽府《しんがふ》」を講義していることが、『紫式部日記』のなかに出てきます。その場面は、『紫式部日記絵巻』に描かれています*2

*1『源氏物語』では、光源氏は、自分の息子の夕霧に、権力者の特権を行使して任官させるのではなく、きちんとした教育を施そうと大学寮に進ませる。大学寮では寮試という試験をパスすると、擬文章生。さらに省試をパスすると、晴れて文章生になる。

寮試では、『史記』『漢書』『後漢書』のうちのひとつから五箇所を読ませて、そのうち三箇所が読めると合格ということで、夕霧も父の前で『史記』の難しいところを読ませられている。夕霧は優秀で、『史記』は三四カ月に読みおえたと語られる。そして、式部省が行う、詩賦を作成する、試験を受けてみごと合格する。

この試験は、カンニングができないよう池の中島に放たれて受けるところから「放島の試み」という。

*2『紫式部日記絵巻』蜂須賀家旧蔵本『太陽』一七五（平凡社　一九七七・一一）による。

宮（彰子）の、御前《おまへ》にて、文《もん》集《じふ》のところどころ読ませたまひなどして、さるさまのこと知ろしめが、絵の左手にいるのが彰子、右手にいるのが紫式部で、二人の間には、『白氏文集』の巻子本が広げられています。

じつは、この「新楽府」というのは、強烈な社会批判、政治批判をテーマにした詩です。それがどんなものかは、たとえば「新豊折臂翁」などを原文で一読していただくのがいちばんですが、*3 個人的には、武部利男氏の訳になる『白楽天詩集』が気に入っているので、お勧めして、ここでは、少し長いですが「新豊折臂翁」の訳詩を読んで実感していただきましょう。*4

うで　へしおった　おじいさん

シンポウ　うまれの　おじいさん
としは　かぞえて　はち・じゅう・はち
あたまも　まゆも　あごひげも
みな　まっしろく　ゆきのよう
まごの　まごに　ささえられ
ちゃみせの　ほうに　やってくる
ひだりの　うでは　しっかりと
まごの　かたに　よりかかり

シンポウ（新豊）長安の近くにある小さな町

新豐折臂翁

新豐老翁八十八
頭鬢眉鬚皆似雪
玄孫扶向店前行
左臂憑肩右臂折
問翁臂折來幾年

さまほしげに（もっと漢詩文のことをお知りになりたい）おぼいたりしかば、いとしのびて、人のさぶらはぬもののひまひまに、をとしの夏ごろより、楽府《がふ》といふ書《ふみ》二巻《にくわん》をぞ、しどけながら（いいかげんではあるが）教へたてきこえさせてはべる、隠しはべり。（『紫式部日記』）

*3白楽天の「新楽府」五十篇と「秦中吟」十首に焦点をあて講じた古典的名著に鈴木虎雄の『白楽天詩解』（弘文堂　大一五）がある。

*4武部利男『白楽天詩集』（六興出版　一九八〇→平凡社ライブラリー　一九九八。平凡社ライブラリーによる。）

みぎの　うでは　とちゅうから
ああ　むざんにも　おれている

おじいさん
あなたの　うでが　おれてから
きょうまで　どれほど　たちますか
それから　どうした　わけが　あり
うでを　おおりに　なったのか

おじいさんは　かたりだす
わしの　こせきは　シンポウけん
わしらの　うまれた　あのころは
てんかは　しごく　たいへいで
せんそうなどは　しらなんだ
へいわな　うたや　おんがくを
いつでも　みみに　きいており
はた　やり　ゆみやは　しらなんだ
けれども　それも　しばらくで

兼問致折何因縁
翁云貫蜀新豐縣
生逢聖代無征戰
慣聽梨園歌管聲
不識旗槍與弓箭
無何天寶大徴兵
戸有三丁點一丁
點得驅將何處去
五月萬里雲南行
聞道雲南有瀘水
椒花落時瘴煙起
大軍徒渉水如湯
未過十人二三死
村南村北哭聲哀
兒別爺孃夫別妻
皆云前後征蠻者
千萬人行無一迴
是時翁年二十四
兵部牒中有名字

テンポウ　じだいと　なってから
おおぜい　いくさに　めしだされ
ひとつの　いえに　わかものが
さんにん　おれば　ひとり　ゆき
かりたてられて　どこへ　ゆく
あつい　まなつの　まっさいちゅう
とおい　みなみの　ウンナンへ

うわさに　きけば　ウンナンに
ロスイと　よばれる　かわが　あり
さんしょうの　はなの　おちる　ころ
わるい　ガスが　わきおこる
へいたいたちは　その　かわを
すあしのままで　わたるのだ
みずは　ゆとなり　にえたぎり
わたりおわらぬ　そのうちに
じゅうにん　おれば　さんにんは
ばたばた　たおれて　しぬと　いう

テンポウ（天宝）玄宗の年号。七四二〜七五六。

ウンナン（雲南）天宝十載（七五一）および十三載（七五四）に雲南戦争が起った。

ロスイ（瀘水）長江の上流、金沙江のこと。

夜深不敢使人知
偸將大石鎚折臂
張弓簸旗倶不堪
従茲始免征雲南
骨砕筋傷非不苦
且圖揀退歸鄉土
臂折來來六十年
一肢雖廢一身全
至今風雨陰寒夜
直到天明痛不眠
痛不眠　終不悔
且喜老身今獨在
不然當時瀘水頭
身死魂飛骨不收
應作雲南望鄉鬼
萬人塚上哭呦呦
老人言
君聽取
君不聞開元宰相宋開府

むらでは　きたでも　みなみでも
かなしい　こえで　なきさけび
こどもは　おやに　なきわかれ
おっとは　つまに　なきわかれ
みんなが　みんな　いうことに
つぎつぎ　いくさに　ゆくけれど
せんにん　まんにん　ゆくけれど
だれ　ひとりとして　かえらない

このとき　わしは　に・じゅう・よん
ちょうぼに　なまえが　のっていた
まよなか　ひとの　しらぬまに
おおきな　いしを　ぶっつけて
ひそかに　うでを　へしおった
ゆみを　ひくこと　はた　ふること
どちらも　できなく　なったので
とにかく　これで　ウンナンに
ゆくことだけは　まぬがれた
ほねが　くだけ　すじが　いたみ

不賞邊功防黷武
又不聞天寶宰相楊國忠
欲求恩幸立邊功
邊功未立生人怨
請問新豐折臂翁

くるしくないこと　ないけれど
それでも　くにに　かえるため
めんじょに　なること　くわだてた

うで　おってから　ろく・じゅう　ねん
いっぽん　だめに　したけれど
おかげで　からだは　たすかった
かぜ　ふきすさび　あめの　ふる
いんきに　さむい　よるなどは
よどおし　いたんで　ねむられぬ

よどおし　いたんで　ねむれぬが
それでも　しかし　くいは　ない
やはり　まずまず　よろこぼう
おいた　からだが　いまも　なお
ひとり　のこって　いることを

そうしなければ　あのときに
ロスイの　ほとりに　ゆかされて

からだは　しんで　くちはてて
たましいだけが　のこされて
ほねは　だれにも　ひろわれず
ウンナンの　ちの　おにと　なり
とおい　ふるさと　あこがれて
いちまんにんの　はかの　うえ
ようようと　なく　こえ　あわれ

おじいさんの　いうことを
きみ　こころして　ききたまえ
きみ　しらないか　カイゲンの
ソウ・ケイという　さいしょうは
いくさの　てがらを　ほめたてず
むえきな　せんそう　やめたのを
また　しらないか　テンポウの
ヨウ・コクチュウと　いうやつは
てんしの　ごきげん　とるために
いくさの　てがらを　たてたがり
てがらは　たたず　じんみんの

カイゲン（開元）
玄宗の年号。七一三～七四一。
ソウ・ケイ（宋璟）
玄宗の宰相。
ヨウ・コクチュウ
（楊国忠）玄宗の宰相。

うらみばかりを　えたことを
きみ　ききたまえ　シンポウの
うで　へしおった　おじいさんに

どうでしょうか。今でも生々しくかつ強烈なインパクトをもった一種の反戦詩ですが、こういうものを講義している、というのがおもしろいです。* 彼女自身がこういう作品を通して、広く世界を批判的に俯瞰する眼差しを学んでいたことがわかると同時に、こういう内容の作品を中宮彰子が読んでいるという構図もまた、平安女性の知的世界を豊かに捉えなおすための情報としても、きわめて興味深いものがあるというべきでしょう。

紫式部の想像力と『源氏物語』第一部の特質

ところで、『無名草子』の語り手は、さきほどの文章に続けて、次のように語っています。

『源氏物語』が出現したあとの物語は、考えてもみれば、楽なものです。『源氏』を知のモデルにして、物語をつくれば、『源氏』よりすぐれた物語

＊『源氏物語』における「新楽府」引用として有名なものには「ジョウヨウの　ひと」（上陽白髪人）「リ・フジン」（李夫人）「がんじがらめのあらえびす」（縛戎人）ほかがある。中西進『源氏物語と白楽天』（岩波書店　一九九七）新間一美『源氏物語と白居易の文学』（和泉書院　平一五）参照。

を作り出す人も出てきましょう。しかしながら、紫式部が『うつほ』とか『竹取』とか『住吉』ていどの物語をみていただけで、あれほどの作をこしらえたのは、とても人間業《わざ》とは思えません。[*1]

こう語っているわけですが、「凡夫《ぼんぶ》のわざ」とは思えない紫式部の知的坩堝《るつぼ》が、中国という当時の国際世界とのアクセスのなかで鍛えられたことはまちがいありません。

では、こういう紫式部の知的坩堝から誕生した『源氏物語』の想像力の根幹は、どういうふうに捉えることができるでしょうか。それを考えてみると、とくに『源氏物語』第一部とよばれる世界のありかたが特質として浮上してくると考えます。

『源氏物語』は、進（深）化する物語、主題の深められる物語であるといってよいでしょう。そういう意味で、『源氏物語』を三部にわけてこれを眺めようという見方は、今や定説の域に達していると評してよいものではありますが、私も基本的にそう考えます。[*2]第一部から第二部へ、そして第三部へと物語世界が進化し、深められてゆく様相を動的に捉えることがだいじでありますけれども、ここでは、その第一部の世界の根幹は、いったいどのような想像力によって支えられているか、ということに絞って問題にしてみたいと思います。

＊1それより後の物語は、思へばいとやすかりぬべきものなり。かれを才覚にて作らむに、『源氏』にまさりたらむことを作り出だす人もありなむ。わづかに『うつほ』『竹取』『住吉』などばかりを物語とて見けむ心地に、さばかり作り出でけむは、凡夫のわざともおぼえぬことなり。（『無名草子』）

＊2『源氏物語』三部構成説
第一部
「桐壺」巻〜「藤裏葉」巻
第二部
「若菜上」巻〜「幻」巻
第三部
「匂兵部卿」巻〜「夢浮橋」巻

『源氏物語』は万華鏡《カレードスコープ》のようなものです。円筒をくるりとまわすと、さまざまな物語世界の様相が立ち現われてきます。

ですから、物語世界は、関心の寄せ方、光のあてかた、力点のおきかたによって、さまざまな姿をみせてくれる。そういうことを承知のうえで、端的にいいますと、『源氏物語』は、王朝の交替を念頭におきながら書かれた壮大なスケールの物語であるということができる、と思っています。

帝の子として生まれながら、王統からはずされ、源《みなもと》という姓を賜《たまわ》って臣下となった男[*3]が、時の帝の后と契りを交わすことで、みずからの子を天皇にしてしまう。そのことによって、彼自身も、実際に帝になることはなかったけれども、准太上天皇《じゅんだいじょうてんのう》つまり上皇と同様の「院」とよばれる存在になってゆくわけです。藤壺との秘密の恋をみずからの闇の王朝の実現へと仕立て上げてゆく。臣下にくだされたものが、流離ののちに、王権に再接近してゆくリベンジの物語、少なくとも『源氏物語』の第一部とよばれる世界では、そういうドラマが大きな骨格として埋め込まれています。

こういう捉え方は、王権論とよばれる視点からの『源氏物語』把握で、今から二十年ぐらい前には、さかんに論議された見方です。今や『源氏物語』研究では、ジェンダー論とか身体論といった議論がさかんですが、こういう秘密の恋によって王権を奪うというような想像力を、作者はいったいどこから得たの

＊3賜姓源氏制度は、嵯峨天皇が、弘仁五年（八一四）、皇子・皇女八人に源の姓を与え、臣下に下したことに始まる。以後、淳和・仁明・文徳・清和・光孝・醍醐・村上天皇がこの制度を踏襲する。『源氏物語』は、この賜姓制度を踏まえることによって、光源氏を誕生させていることになる。天皇家は、現在もそうであるように、姓を持たない存在である。姓を与えることがすなわち皇族を離脱し、臣下となることを意味する。賜姓源氏については、林陸朗『上代政治社会の研究』（吉川弘文館　昭四四）が基礎的参考文献である。

だろうか。そういう関心を私は捨てられないでおります。

こうした物語の由来を、貴種流離譚という、尊い身分の人物がさすらいの人生をたどる話型で『源氏物語』を説明しようとする立場がありました。折口信夫（一八八七〜一九五三）などの立場がそれです。また、帝の后を犯す類の物語は、それまでにもないわけではありませんでした。

しかしながら、そうした知的領域からだけでは、いくら豊かな想像力があったにせよ、狭い閉ざされた空間のなかで生きていた女性作者が、秘密の恋によって王権を簒奪《さんだつ》するに類するような物語を思いついただろうか。そういう疑問が湧いてきて、得心できないでいたわけです。

『源氏物語』と「日本紀」の性格

『源氏物語』を読んだ一条天皇は、「この人は日本紀《にほんぎ》をこそ読みたるべけれ（この人は日本紀を読んでいるにちがいない）、まことに才《ざえ》あるべし」（『紫式部日記』）と言ったといいます。彰子が宮中に戻るときに、『源氏物語』の特別制作の豪華本がつくられたことは、前にお話ししましたが、一条天皇はそれを見ていたのでしょう。この発言をどう解釈するかいろいろ説があるのですが、さまざまな意見の相違をこえて、一条天皇が『源氏物語』に歴代の王朝を単位とするところの、歴史の匂いを嗅ぎつけていたことだけはまちがいありません。

紫式部は、『源氏物語』のあちらこちらに実際の歴史をちりばめて、物語にリアリティを与えています。これは、中世の『源氏物語』学者たちが准拠《じゅんきょ》とよんで発掘した問題でした。

さらに『源氏物語』の「螢」巻の有名な物語論の一節でも、光源氏は「日本紀などはかたそばぞかし」（日本紀などはいちめんでしかない）といって、物語にこそ人を感動させる力があると述べていたのでした。ですから、『源氏物語』は歴史あるいは歴史叙述と深い関わりをもっていた点に大きな特色があると言ってよいわけですが、私の関心は、「日本紀」なるもののありかたにあります。

「日本紀」すなわち日本の歴史書にはどんな性格のものだったでしょうか。「日本紀」とくに『続日本紀』以下の五国史[*1]は、激しい王朝交代のドラマを生き生きと描いたものとはいいがたいように思います。『続日本紀』以下の歴史書は、時間を軸にできごとの記事を列挙してゆく編年体の実録なのでありまして、王朝がドラマチックに交替する歴史のダイナミズムを描くようなところに目的をおいたものではありません。

そのことは、古代日本の史書が、どのような機構において、どのように生み出されてきたか、修史機構のありかたを、律令の「令」の規定に遡って検討すると明らかになってきます。[*2]

かんたんに述べれば、歴史編纂の管轄は、中務省《なかつかさしょう》という役所にありました。

＊1『日本書紀』に続く『続日本紀』『日本後紀』『続日本後紀』『文徳天皇実録』『日本三代実録』をさす。

＊2神野藤昭夫「六国史と歴史の手法」（岩波講座日本文学史第2巻『9・10世紀の文学』岩波書店　一九九六）

中務省の管轄下にある図書寮《ずしょりょう》というところが「国史」なるものを修撰することになっていました。

記録の根本になるのは、「暦」ですが、この「暦」を作成する役目を帯びていたのが同じ中務省の管轄下にあった陰陽寮《おんようりょう》というところです。陰陽寮は、毎年十一月十五日に、翌年の暦を天皇に献上することになっていました。「暦」というものは、天皇とか皇帝とか、世界を支配するものの象徴であったわけです。

この「暦」をベースに、方々の役所から送られてきた記録を図書寮で時系列に一元的に整理し、ドキュメントとして作成されるのが、図書寮の「国史」なるものであった、とみてよいでしょう。

なかでもこの中心になるのは、天皇の動静を記した記録であって、おそらくそれは内記《ないき》が記した日記であろうと考えられます。内記というのは、天皇の詔勅《しょうちょく》、宣命《せんみょう》を起草したり、位記《いき》を書いたり、天皇を中心とした宮中のできごとを記録するのがその役割でした。内記の日記を中軸として、さまざまな情報が中務省に集中されるようになっていて、その基本史料が「暦」を基礎に図書寮で整理されて、それがやがて後の『続日本紀』以下の史書編纂の基本史料として利用されるようなシステムとなるよう構想されていた、と考えられるわけです。

日本古代の修史システム

中務省―陰陽寮（暦の作成）
⇩
図書寮（暦を基礎に「国史」を修撰→国史編纂の基本史料）
⇧
諸官庁からの記録の提出

そうやってできあがってくるのが日本の〈紀《き》〉にほかなりません。『続日本紀』『日本後紀』『続日本後紀』の〈紀〉というのは、天子の事績を記したもの、という意味なのでした。

これを中国における歴史編纂のシステムと比べてみますと、中国の場合では、「実録」という段階のものに相当します。『文徳天皇実録』とか『日本三代実録』とかの「実録」というのは、日本の歴史編纂のありかたをよく伝える名称なのです。つまり、日本の〈紀〉とか〈実録〉とよばれるものは、天皇の事績を中心にさまざまな記事を、編年的に並べた編録である。そういうふうに、日本の歴史叙述の特質を大掴みすることができる、というわけです。

ですから、逆にみますと、それぞれの記録を部類にわけて整理することも可能なわけでして、その代表が六国史の記事をバラバラにして、項目ごとに編み直した、菅原道真の編になる『類聚国史』というものです。『官曹事類《かんそうじるい》』*なども同じ性格の文献ということができます。

こういう日本の〈紀〉のありかたは、王朝交代の謎やその歴史的必然をドラマチックにえがきだす、あるいは正統化するためのものなどではない。そういう点を押さえておくことがだいじです。

*菅原道真『類聚国史』（八九二年）
菅野真道ら『官曹事類』（八〇三年）『続日本紀』の「本案」のうち中央の執務に役立つ事類を部類別に編集したもの。一部を残し散逸した。

中国の〈紀〉が育てた『源氏物語』の想像力

これに対して、歴史のドラマ性とか、王朝交代の正当性の主張は、中国の歴史叙述にこそある、ということができます。

中国において修史機構が官僚システムのなかできちんと位置づけられてくるのは、唐王朝あたり以降のことではありますけれども、日本の〈紀〉とか〈実録〉に相当するものを基として、そのうえで次の王朝がみずから登場する必然を歴史のダイナミズムとして捉えなおすところに、中国の正史とよばれるものが成立してくるわけです。中国における歴史の精神は、そういうところにあると評してよいでしょう。*

中国の歴史が官僚機構のなかで、組織的に編纂されるようになる以前の歴史書、『史記』や『漢書』あるいは『後漢書』などは、司馬遷《しばせん》（前一四五頃〜前八六頃）、班固《はんこ》（三二〜九二）、范曄《はんよう》（三九八〜四四五）などの固有名詞と結びついて、個人の術作としての色彩が濃いわけですが、大きく歴史の精神なるものについてはこれらに由来するとみてよいでしょう。

今、『史記』『漢書』『後漢書』の構成を、あげてみますと、次のようになっています。

『史記』　本紀《ほんぎ》　表《ひょう》　書《しょ》　世家《せいか》　列伝《れつでん》
『漢書』　帝紀《ていき》　表　志《し》　伝

＊このような中国の歴史に対する考え方は、脈々と受け継がれ、今日のいわゆる歴史問題の底にも流れているとみることができる。

『後漢書』　帝紀　皇后紀　列伝　志

『史記』の場合でいえば、帝王の事績を記した「本紀」だけではない。臣下のことを記した「列伝」、諸侯のことを記した「世家」、制度のことを記した「書」（のちに『漢書』以下では「志」となる）、年ごとの事件などを記した「表」などに分けられます。

これに対して、古代日本の歴史書は、帝王の事績が中心で、他は独立させられることなく、必要に応じて一部が取り込まれるかたちでなりたっていることがわかります。

『史記』では、本紀だけでなく、世家にしろ、列伝にしろ、語りの視点を異にすることによって、世界が異なってみえる仕掛けになっているわけです。それに対して、古代日本の史書における主体は、あえていえば天皇であるといえます。そのような視点をもったスタティックな日本の史書とはちがって、歴史の秘密に属することがドラマチックに白日のもとに晒《さら》されるように語られているところに中国の史書の大きな特色があるといえます。

『源氏物語』が中国の史書や文学の影響をどう受けているか、その出典・典拠・影響関係の類を明らかにする作業は、これまで数多く積みあげられてきました。

たとえば、新編日本古典文学全集の『源氏物語』には、今井源衛氏の手になる「漢籍・史書・仏典引用一覧」が各巻にあり、私たちは『源氏物語』の研究史が積みあげてきた業績の跡をたちどころに知ることができますし*、今なお、次々に和漢比較の観点から、史書と『源氏物語』の関係が取りあげられてきています。『源氏物語』が史書のどこからどんなことを学んだかということを、具体的に明らかにすることは、きわめてだいじなことです。

しかし、ここで、私があえて抽象的な議論であることを承知しつつ強調したいのは、几帳の陰で時を送っていた女性が、『源氏物語』にみるような歴史の裏側で演じられた恋によって王朝を奪い取るような、極端にいえば革命的な物語を思いつく構想力や想像力をどこから獲得したか、という観点です。その時、彼女が父を通じて、学びえた教養の深さを思わないわけにはゆきません。

中国の史書、本紀あるいは帝紀、つまり〈紀〉に象徴されるような中国における王朝交代のありかたを史書をとおして深く感得していたことが、『源氏物語』のような、あえていえば破天荒な物語の大骨格を考えつくことに繋がった、ということなのではないでしょうか。

彼女の日常的な生活圏は、まことに狭く閉ざされた空間であったにちがいありません。しかし、彼女は、当時の女たちが学び得なかったのはもとより、男たちにとっても、とかく知的ペダントリー、知識のひけらかしに終始することの多かった漢籍という書物をとおして、広くそして深い〈外〉の世界にアクセ

*今井源衛「漢籍・史書・仏典引用一覧」(新編日本古典文学全集『源氏物語』一〜六 小学館)

することによって、自らの想像力を羽ばたかせるパン種を獲得したのだと思います。

もとより、『源氏物語』が持つ深い内面性、豊かですぐれた表現力、そういう側面がこのような観点だけで説明できるわけではありません。『源氏物語』が深化する物語であり、万華鏡的な世界をもった物語である、といったゆえんです。

しかし、『源氏物語』の大骨格を支える想像力は、平安時代における〈知〉の国際性のなかで養われたものである、と考えることは、『源氏物語』という物語山脈における山巓の形成をうかがううえで、きわめてたいせつな視点であることは疑いのないことでしょう。

第五章　物語文化山脈の輝き

——天喜三年斎院歌合「題物語」の復原

日本文学像をどう捉えるか

国文学研究資料館主催の国際日本文学研究集会は、これまで三十年を越える歴史を積み重ねてきました。私も、運営に関わる貴重な経験をさせていただきましたが、この間、とくに関心をもって学ぼうとしたことは、海の向こうの人たちには、日本文学がどんなふうに見えているのだろうか、ということでした。日本文学はどんな顔つきのものとして映じているのか。日本文学の特色とか魅力とか、いったいどういうところに興味をもって日本文学を研究しているのか、ということでした。

それは、ただちに、私たちじしんが、日本文学をどんなふうに捉えているかということに繋がってきます。

私じしん、海外でなんどか日本文学を教える経験を持ちましたが、一九九三年、はじめて中国に日本文学を教えに行ったときのショックを忘れることができません。

それは日本語を教える中国人の若手の先生たちに、日本文学を教えたときの経験です。

彼らは、必ずしも、日本語を望んで学習したとは限らないこと、日本語の習得を武器に経済的繁栄をとげた日本に関心があるのであって、日本文化にかくべつの興味をもっているわけではないということを知ったときの衝撃です。バブルは既に崩壊していたけれども、当時の中国からすると、まだ日本の高度経済成長による繁栄の幻想が生きていたころの話です。

そうなると、彼らは本音のところでは、しょせん日本文化は、中華文明の亜流であって、真の意味で独自なものがあるなどと考えていないからではないか、と思ったりしました。とくにそのころまでの中国側の研究の多くは、世界の中心すなわち中華の文明が、辺境すなわち日本のどこまで及んでいるか、そういうことの確認にあって、受容者側の主体の問題、つまり受けとめた側がそれをどんなふうに選別したり、咀嚼《そしゃく》したりして自分じしんを確立しているか、そういう対象そのものを柔軟に認識しようとする姿勢に欠けているのではないか、と思ったりしたわけです。

そういう人たちに、日本文学なるものをどう教えるかがだいじである、ということに気づいて、愕然《がくぜん》としました。というのは、私のなかには、すでに日本文学というものが自明なものとしてあって、その精髄、エッセンスをどう伝えたらよいか、そういうことだけを考えて、勢いこむような気持ちで出かけたからでした。

そこで私は、正直のところ、立ちすくんでしまったわけです。不用意といえば不用意ですが、日本文学とはなにか、日本文学像をどのようなものとして捉えるかという課題は、考えれば考えるほどむずかしい問題です。

近代の国文学という学問が、捉えてきた日本文学像は、近代の国民国家形成にふさわしい学として整えられた、ナショナリズムの色濃いものです。[*1]そういうナショナリズムの色彩を帯びた日本文学像は、そのまま、世界の眼と重なるわけではないらしい。新たな日本文学像を捉えるためには、日本の学問そのものも刷新されてゆかなければならないのであって、答えは、存外、深くて重いものがあるわけです。

日本文学における女性作家の活躍

ここでは、私たちは、ふだん自覚しないけれども、日本文学の特色的な事例を一点をあげてから、本章の話題に近づくことにしましょう。

北京に足かけ五か月ほどいる間、本屋に足繁く通いました。この際、和漢比

*1神野藤昭夫「近代国文学の成立」『森鷗外論集　歴史に聞く』（新典社　二〇〇〇）「近代の国文学から国際化時代の日本文学研究へ—日本文学像はどう捉えられてきたか—」（『跡見学園女子大学人文学フォーラム』第四号　二〇〇六・三）
笹沼俊暁『「国文学」の思想—その繁栄と終焉』（学術出版会　二〇〇六）

較文学の研究に役立つ基本図書を揃えておこうと専門外のろくに読めもしない本を、ダンボールに三十数箱ほど買って帰国したのでした。ある時、本屋の棚をみながら、中国には、近代をのぞくとほとんど女性作家というものの本がない、ということに気づきました。気づいたとたん、私は、じつに重大な発見をしたように思ったわけです。翻《ひるがえ》って、中国文学との対比において、ここに日本文学の特色があることを実感したからです。

帰国した翌年、一九九四年から、ドナルド・キーン氏の『日本文学の歴史』[*2]全十六巻が出版され始めましたが、キーン氏は、その第一巻で、日本文学の特徴として、「女流作家の役割の大きいこと」をまっさきに指を折って、

　日本文学を中国や東アジアの文学と比較するとき、和歌と散文における女性の重要性が目につく。

といっています。そう指摘されれば、私たちは、すぐ紫式部や清少納言たちの活躍を思い浮かべて、女性作家たちが、ある時代どころか、一国を代表する文学を生み出している事実に、たちどころに納得することができます。

しかし、それればかりではありません。考えてもみると、万葉以来、女性歌人の存在を除外して、日本の詩歌史というものは考えられないわけです[*3]。日本に

＊2ドナルド・キーン『日本文学の歴史』全十六巻（中央公論社　一九九四〜九六）

＊3大岡信は、コレージュ・ド・フランスにおける連続講義の後、次のような記事を『読売新聞』（一九九四・九・六・夕刊）に寄せている。

「奈良・平安時代の女性大歌人たち」では、仮に女性たちの詩を除外して考えるならば、日本の詩歌史は、心臓を抜き取った人体になってしまうだろうということを強調しておいた。これは、日本人自身あまり自覚していない、日本の詩の、全世界的視野での、最大特色のひとつである。

おける女性たちの文学活動は、時代による起伏はあるにしても、連綿として続いて今日に及んでいる。そんなふうに考えてみると、東アジアどころか、世界的視野のなかでみても、これは日本文学の大きな特色であることを、私たちは自覚して大いに強調してよい、ということになるのではないでしょうか。女性がちからを持っているのは、家庭ばかりではなかったということです。

じっさいのところ、中国のひとに、中国を代表する女性作家は誰だろうかと尋ねると、いちように困惑した顔をされます。朝鮮半島においても事情は同じでしょう。

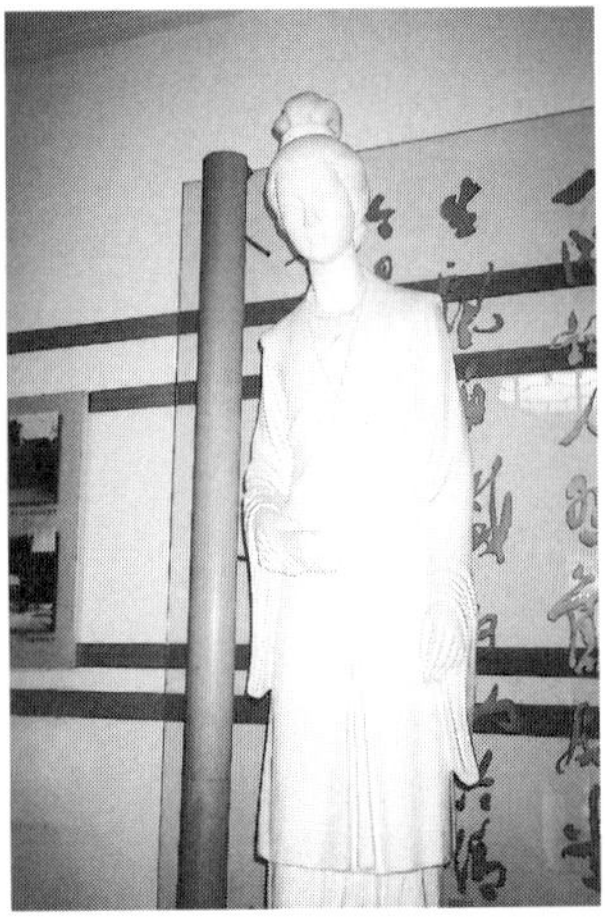

ちなみに、本屋の棚を眺めた経験からすると、中国では、宋の時代の李清照*という女流詩人が、もっとも知られた存在らしいというのが、私の判断です。〈詞〉、音《おん》では唐代の〈詩〉と同じになるので、これを「詞余《しよ》」とか、中国音で「ツー」といって区別しますけれども、彼女は、その分野の代表的な詩人でした。唐代までの詩が、形式や脚韻のうえで、かなり厳密な約束ごとがあるのに

＊李清照（一〇八四〜一一五一？）　南宋の女性詞人。山東省済南の人。詞集『漱玉集』二巻がある。泉で知られる済南の漱玉泉に隣接して、宋代の建築様式を模した李清照紀念堂がある。写真は同紀念堂の李清照像。

比べて、宋代に成熟した詞は、民間歌謡の歌詞として生まれ、皇帝から庶人にいたるまで、酒席などで親しまれた、もっと自由な歌詞の一種といってもよいもの。そのジャンルの代表的な詩人のひとりであったわけです。

平安女流文学を生んだもうひとつの文化圏

さて、これまでのところ、日本文学の特色をなすところの女流作家たちの活躍のピークが平安時代にあり、さらにその文学を育てる温床が後宮文化圏にあったこともまたよく知られているとおりです。

『枕草子』が定子後宮の記録であるように、『紫式部日記』は彰子後宮の記録であった、といえますし、『源氏物語』も彰子のもとで献上本が作られているわけですから、彰子後宮文化圏を場として流布していったといえます。

天皇の外戚となることで権力を確保しようとする摂関政治のありかたが、優れた女房たちを集め後宮を華やかなものとし、文学隆盛の温床となったとみるのは文学史の常識に属しますが、それは、平安女流文学は、後宮の政治的性格を支柱としていた、ということになります。

ところが、平安の女流文学には、もうひとつ隠されたというか、一般にはあまり重要視されていませんが、見逃しがたい文化圏がありました。それが斎院という世界です。

斎院は、生々しい愛憎渦《うず》巻く、権力確保のための場からは距離をおいた、本来は宗教的な場であったのですが、時の権力者の庇護もあって、歌壇や物語文壇を形成して、独自の文化的発信基地となったらしいのです。

本章は、この斎院文化圏に光をあて、とくに天喜《てんき》三年（一〇五五）に開催された物語を題とするところの歌合がどのように行われたか、その再現をつうじて、華やかだった物語文化の時代に光をあててみることにしたいと思います。

斎院とは何か

さて、はじめに斎院とはどのようなものか、お話ししておきましょう。

斎院の制度が始まったのは、平安時代に入ってまもない嵯峨天皇（在位八〇九～八二三。七八六～八四二）の時代のことです。嵯峨天皇は、即位まもなく薬子の変（弘仁元年（八一〇）九月）と呼ばれるクーデターに直面します。いったん位を退いて平城京に移り住んでいた兄平城上皇（在位八〇六～八〇九。七七四～八二四）側との権力争奪劇といってよいでしょう。

その際、嵯峨天皇は賀茂の神に冥助《めいじょ》を祈願して、クーデター平定後に、斎王として有智子内親王を遣わした。そこから斎院の制度が始まった、という説が有力です。

伊勢神宮の祭祀に仕えたのが斎宮《さいぐう》であり、その斎宮が日常生活を送っていた空間をも斎宮とよぶことは、ご存知の方も多いでしょう。伊勢に天皇家から、斎宮という存在が派遣されたのは、伊勢神宮は「天子の宗廟《そうびょう》」「国家の社稷《しゃしょく》」すなわち天皇の祖先神であり、五穀豊饒を守る神であったからです。それは今にも及んでいて、天皇家がことあるごとに伊勢に参拝するのは、あたかも私たちが菩提寺に出かけるのとアナロジカルな側面があるからといってよいでしょう。

これに対して、斎院の場合、なぜ賀茂の神だったのでしょうか。

賀茂神社は、上賀茂神社とよばれる賀茂別雷神社《かもわけいかずちじんじゃ》と下鴨神社とよばれる賀茂《かも》御祖神社《みおやじんじゃ》をあわせた呼び方です。賀茂神社は、本来この地方の豪族であった賀茂県主《あがたぬし》一族の祖先を祀《まつ》ったものでした。上賀茂神社の祭神の別雷《わけいかずち》というのは雷神のことですから、水の神、農耕神として祀られていた面影をうかがうことができることになります。

賀茂別雷の祖は、カムヤマトイワレヒコすなわち神武天皇とも伝えられていますが、もともとは、地方の権力者が祀る土地神にすぎなかったといえます。それが朝廷が祀る神へと変貌していったのは、平安京がその地に造営されたからにほかなりません。

現在でも、日本人は、土地の神を無視するわけにゆかないと思っています。個人の家でも、近代建築のビルでも、あいかわらず地鎮祭《じちんさい》をやっています。四本の竹を立ててしめ縄を張り、榊《さかき》をかざり、供物《くもつ》を供えて、祝詞《のりと》を奏するのは、土地の神を敬い、その加護を願う信仰に由来するにほかなりません。

山城《やましろ》の地、平安京に都を移すにあたっては、桓武《かんむ》天皇は、事前に賀茂神社に使いを派遣したばかりか、遷都《せんと》すると、さっそく参詣にでかけています。*1 そして、賀茂神社には、伊勢神宮に次ぐ正一位《しょういちい》の社格が与えられています。これは、土地を支配する神を篤《あつ》く祭りあげることで、その加護を得ようとしたわけでしょう。一地方の神が、平安京の造営を境に、新都を護る国家的な神へと昇格していった象徴的なできごとといえるでしょう。

賀茂の祭りでは、阿礼乎止売《あれおとめ》とよばれる巫女《みこ》が神迎えをします。「あれ」とは「出現する」という意味で、阿礼乎止売は祭神である賀茂別雷を御阿礼木《みあれぎ》に移す、重要な役割を帯びていました。この阿礼乎止売は、当然のことながら、もともとは賀茂県主一族の女子の任だったわけです。ところが、その任を天皇家から遣わされた斎院がつとめることになるわけです。

『源氏物語』では、朱雀帝の即位にともない、あらたに桐壺帝の女三の宮が卜定《ぼくじょう》つまりうらないで斎院に選ばれるわけですが、その斎院が、賀茂祭に先立って、賀茂川の河原に、御禊《ごけい》つまり禊《みそ》ぎに出かける時、光源氏も供奉《ぐぶ》したわけでした。一条大路は、そのありさまを見ようとする人たちで溢《あふ》れかえる。そこで、見物の場所をめぐって、葵の上方の車と六条御息所方の車が、ぶつかる

＊1桓武天皇の遷都奉告　延暦十二年（七九三）二月辛亥（『日本紀略』）
行幸　延暦十三年（七九四）十二月庚申（『日本紀略』）
正一位の社格　大同二年（八〇七）三月、（『本朝月令』）、五月（『日本紀略』）

ことになる。それが有名な「葵」巻の車争いの場面なのでした。

斎院は、その後、紫野の斎院に入ります。

私たちは、斎院というのはきっと賀茂神社のすぐ近くにあるのだろうと思いたくなりますが、じつはちょっと離れた、一条大路の北、紫野《むらさきの》にありました。

この斎院が、現在のどこにあたるか、厳密にはよくわかりませんが、今の京都市北区社横《やしろよこ》町の七野社《ななのやしろ》＊2のあたりをその跡とする説（角田文衛＊3）があります。七野というのは、紫野、北野、蓮台野《れんだいの》とかあの辺一帯の七つの野に由来する名称です。位置としては、平安京のメインストリートである朱雀大路を北につきぬけて延長線を延ばし、突き当たるのが船岡山。その船岡山《ふなおかやま》の南側あたり、道真を祀った北野天満宮の少し東あたりになります。大徳寺の南あたりといってもよいでしょう。

もう十年余り前の夏、はじめてそこへ出かけたことがあります。近くまで行ってもよくわからないので、路地で見かけたおじさんに在り処を聞くと、「七野神社？　知りまへんな。ちょっと待っておくれやす」と中に入り奥さんに尋ねてようやくわかる、といったぐあいでした。近くの人からも忘れさられたような神社なのです。境内には老木が数本、社の屋根をおおうように聳《そび》えていたものの、社じたいは荒れておりました。お賽銭《さいせん》でもと思いましたが、賽銭箱がありません。壁に貼り紙がある。そこには「カミサマオラレズ　ゴキフオコトワ

＊2「ななのやしろ」のルビは『都名所図絵』巻之六の訓みによる。

＊3角田文衛「紫野斎院の所在地」（『古代文化』二四―八　昭四七・八）→同『王朝文化の諸相』角田文衛著作集第四巻（法蔵館　昭五九）、同『平安京散策』（京都新聞社　一九九一）

リ　オサイセンフウイン　氏子一同」と書いてあるのです。柱には「テイトウニナッタカラジンジャマッショウ」「サギ」などと落書きがあり、ガラス戸には「麻原すねる」なんていう見出しのくたびれたスポーツ新聞がはためいていたことを記憶しています。とすると、オウムのサリン事件があった一九九五年だったことになります。*1

これに対し、伊勢の斎宮の旧跡からは、多くの遺物や遺構が発見されて、今も発掘が続けられています。その面積たるや、東西約二km、南北約七〇〇mの広さに及んでいます。

平安京じたいが、東西約四・二km、南北約四・九km強にすぎませんから、地方とはいえ、斎宮はなかなか広大な地を占めていたことになります。

斎院の場合はというと、郊外とはいえ都に近いわけですから、土地面積は遠く及ばないでしょうが、賀茂両社の祭神をまつる神殿をはじめ、斎院の住

＊1斎院　京都市北区社横町にある七野神社。賽銭箱がとり払われ古新聞がはためいていた。

む寝殿、役所であるところの斎院司などを擁していたはずですし、斎院司つまり斎院の職員機構がどのようなものであったか、そのおおよそは知ることができます。[*2]

こうしてみると、斎院は、王城鎮護《ちんご》の神と王権を荷なう天皇家とを繋ぐ神聖な権威であり、独自の空間であったらしいことがわかってきます。

大斎院選子文化圏の存在感

初代の斎院となったのは、嵯峨天皇の皇女で、平安初期の、詩文に優れその作を今に残す有智子《うちこ》内親王（八〇七〜八四七）です。その陵墓は、京都嵯峨野、去来の落柿舎《らくししゃ》に隣接した、たいていの観光客は目もくれずに素通りしてしまうところにあります。

その有智子内親王から鎌倉初期の後鳥羽天皇の皇女礼子内親王に至るまで、斎院は三十五代に及んでいます。この中には、この有智子内親王をはじめ、選子（九六四〜一〇三五）・禖子（一〇三九〜九六）・令子（一〇七八〜一一四四）・式子（一一五三頃〜一二〇一）の各内親王などのように、特に歌人あるいは文化的活動によって知られる存在が輩出しています。そのなかでも、選子・禖子《ばいし》内親《みわこ》王の斎院時代は、斎院という集団がひとつの文学圏として、和歌詠作や物語生産に深く関わっていたことで知られます。

＊2 『延喜式』巻第六斎院司に詳しい。

選子内親王は、五代の天皇（円融・花山・一条・三条・後一条）の斎院として、五十七年もの間、その任にあったところから、大斎院《だいさいいん》とよばれる格別の存在でした。

『無名草子』には、『源氏物語』が書かれたきっかけについてこんな話がみえています。[*1]

大斎院から「上東門院《じょうとうもんいん》」（彰子）のもとに「退屈を慰められるような物語がそちらにございますか」とのお尋ねがあった。彰子が紫式部に「何をさしあげたらよいかしら」と相談すると、紫式部は「珍しいものは何もございません。新しく作ってさしあげなさいませ。」とお答えした。すると「ではお前が作りなさい。」とのご下命があり、『源氏物語』が書かれることになった、というのです。

この話は、南北朝時代の著名な『源氏物語』の注釈書『河海抄《かかいしょう》』になると、下命を受けた紫式部が石山寺に参籠して、湖上に浮かぶ月を眺めて「須磨」巻を書き出した、という伝説へと発展してゆきます。その結果が、石山寺の「紫

＊1　繰り言のやうにはべれど、尽きもせずうらやましくめでたくはべるは、大斎院より上東門院、『つれづれ慰みぬべき物語やさぶらふ』と尋ね参らせさせたまへりけるに、紫式部を召して、『何をか参らすべき』とおほせられければ、『めづらしきものは何かはべるべき。新しく作りて参らせたまへかし』と申しければ、『作れ』とおほせられけるを、うけたまはりて、『源氏』を作りたりけるとこそ、いみじくめでたくはべれ」と言ふ人はべれば、また、「いまだ宮仕へもせで里にはべりける折、かかるもの作り出でたりけるによりて、召し出でられて、それゆゑ紫式部といふ名はつけたり、とも申すは、いづれかまことにてはべらむ。（『無名草子』）

選子善詠倭歌。嘗遣人于上東門院、請見新奇之草子。於是上東門院命紫式部、新撰源氏物語以遣之（『賀茂斎院記』）

式部源氏の間」として実体化されてゆくことになるわけです。[*2]

この『源氏物語』成立秘話は、もとより事実を伝えるものとは認めがたいものですが、私は、ある種のリアリティの感じられる、なかなか示唆的な話であると思っています。どう示唆的であるか、二点について話題にしてみましょう。

というのは、第一に、この話が、斎院方の要請に応えるべく、いわば彰子後宮の威信をかけて『源氏物語』が書かれた、と読めるからです。大斎院の存在がいかに大きかったか、ということをわからせてくれる点において、貴重な情報です。

彰子後宮に女房として仕える紫式部が、その斎院方に強い対抗意識をもっていたことは『紫式部日記』からも知られます。[*3]

たまたま紫式部が目にした、斎院の女房である中将の君の手紙には「和歌などの趣のあるものがわかるのは、斎院さまがいちばんですわ。情趣豊かなひとが出てくれば、斎院さまならかならずおわかりになります。」と書かれていたといいます。中将の君の「わが院よりほかに、誰か見知りたまふ人のあらむ」という言葉からは、斎院に全幅の信頼をおいた、主人自慢の口ぶりがよく伝わってくる、といえましょう。

これに対して、紫式部は、斎院がたの歌がすぐれてよいとは思えないし、仕えている女房たちだって、個人個人を比較すれば、斎院がたの女房が中宮がた

＊2石山寺の紫式部源氏の間（写真）

＊3斎院サロンを支えた選子の個性

斎院に、中将の君といふ人はべるなりと聞きはべる、たよりありて、人のもとに書きかはしたる文を、みそかに人のとりて見せはべりし。いとこそ艶に、われのみ世にはものゆゑ知り、心深き、たぐひはあらじ、すべて世の人は、心も肝もなきやうに思ひてはべるべかめる。見はべりしに、すずろにやましう、おほやけばらとか、よからぬ人のいふやうに、にくくこそ思うたまへられしか。文書きにもあれ、「歌などのをかしからむは、わが院よりほかに、誰か見知りたまふ人のあらむ。世にをかしき人の生ひいでば、わが院こそ御覧じ知るべけれ」などぞはべる。　（『紫式部日記』）

の女房より優れているとは思えない。それより斎院という神聖な場じたいが情趣に富んでいて、そこで風流な生活を送っているものだから、斎院はみやびな空間という幻想が生まれてくるにすぎないのではないか、と反駁《はんばく》しています。さらに、日記は、そこから一転して、中宮がたでは、中宮が清涼殿《せいりょうでん》にあがるとか、殿（道長）が参上するとか、常に世俗的なあわただしさに満ちている。だから女房たちもいつも緊張を強いられていて、心を寛《くつろ》がせて優雅な振る舞いをするというわけにはいかない。そのうえ、中宮が色めかしいことを浮薄なことと考える堅実な気風であることをよいことに、身分高い女房たちがひっこみじあんでいるのが、こちらをいっそう華に乏しいものにしているのではないか、と記しています。読みようによっては、彰子中宮サロンの女房たちへの批判ともみえる見解を書いているわけです。

この記事を、寛弘六年（一〇〇九）頃のものと見当づけてみると、彰子は当時二二歳、選子は四六歳です。当時、斎院文化圏が、自他ともに許す存在であったことがわかるばかりでなく、斎院と後宮文化圏のちがいを具体的に論じた証言として、これまた貴重であるといえます。

いったい後宮の女房たちは、まさに後宮をもりあげるための華たるべく、政治的権力によって結集された存在といってよいでしょう。ところが、彰子後宮では、そうやって集められた女房集団が、一体となって雅びな世界を形成するというより、個々の女房たちが人間関係のなかで神経をすり減らすことを恐れ、ひっこみじあんであるほかない一面が浮かび上がってくるわけです。じつは紫式部だって、そういうひとりだったわけで、自己弁護のようにも受け取れますけれども。

こういう彰子後宮の権威的で重々しい印象に比べて、『枕草子』からうかがわれる、才知に満ち溢れた定子後宮の闊達《かったつ》な明るさはあきらかに異なっています。その点では女主人の個性のちがいがその後宮の印象を特色づけているということができます。そのような後宮の個性といったところで、それが政治的性格を帯びている点では、基本的に共通していることを忘れてはならないところではありますが。

大斎院選子サロンと物語

次いで第二として、『源氏物語』が斎院の要請にもとづいて書かれたという話には、斎院がこのような要請をしたところでおかしくない事実があったことに注目したいと思います。

大斎院選子サロンがどのようなものであったかは、『大斎院前《だいさいいんさき》の御集《ぎょしゅう》』『大斎院御集』からうかがうことができます。* 両集とも、斎院サロンの記録とでもいうべき集団歌集であるところに特色がありますが、特に『大斎院前の御集』

*『大斎院前の御集』
永観二年（九八四）〜寛和二年（九八六）　選子二一〜二三歳の間の歌集
『大斎院御集』
長和三年（一〇一四）〜寛仁二年（一〇一八）　選子五一〜五五歳の間の歌集

の中には、物語に関するきわめて重要な情報がみえるのです。
大斎院サロンでは、歌司《うたのつかさ》や物語司《ものがたりのつかさ》とよばれる役職が設けられていて、そこではさかんに歌集や物語の蒐《しゅう》集が行われていたらしい。そういう風景の一端がここからわかるのです。[*1]

いったい『大斎院前の御集』『大斎院御集』のような集団的な歌の記録が残されていることじたいが、歌司の存在と関わっているでしょうし、物語司では借り集めた物語をさかんに書写しています。物語を書き写すのはたいへんなものだから、物語司に属する女房が、歌司である同僚女房にあなたも手伝って書いてくださらない、とグチていたりするようすがわかります。

こうして集められた物語は、コレクションとして、たいせつにしまい込まれるようなものではなかったらしい。むしろ斎院内の図書センター的機能をはたしていたらしく、古くなった物語が里に下がったままでいる女房に下げ渡されたりしています。[*2]

それは後に、『更級日記』のなかで、東国から上京したばかりの孝標女が、一条天皇の第一皇女である脩子《しゅうし》内親王（九九六〜一〇四九）に仕えていた親戚の女房から、下げ渡された物語を手にいれる話と符合するところがあります。こんなふうにして物語が民間へと流布してゆくルートがあったことがわかって、興味深いわけです。

＊1大斎院サロンと物語司
廿日のほどに、うたのかみにすけなさせ給ふに、すけになりて
92みはなれどさきたたざりし花なればこだかきえにぞおよばざりける
ときこえさせたれば、おほん
93しづえだといたくなわびそすゑのよはこだかきみこそなりまさるべき
かくつかさづかさ（ママ）になりてのち、ものがたりののかみうたのすけは　うたづかさこそかくへけれとて、ものがたりのかみうたのすけに
94うちはへてわれぞくるしきしらいとのかかるつかさはたえもしななむ
かへし
95しらいとのおなじつかさにあらずとておもひわくこそくるしかりけれ

＊2物語の民間への流出
物がたりのきよがきせさせ給ひてふるきはつかさの人にくばらせたまへば、ものがたり

『住吉物語』の絵がなくなった、と女房たちが嘆いている話も出てきます。*3
こういうできごとは、じつは絵入りの物語類が、さかんに貸し出されたりしているうちに、紛失してしまったことを反映しているのではないでしょうか。図書センター的機能をもっていたというゆえんですが、となると、物語のたんなる蒐集書写ばかりでなく、斎院がプロモートして新たな物語が作られたりしたかもしれない、と考えてみたくもなります。そんな想像も荒唐無稽ではあるまいと思うのです。

『源氏物語』大斎院要請説は、まさにこうした事例にあたることになるでしょう。さらには斎院女房たちによって物語が書かれたかもしれない。そういうこともまた、想像の視野のうちに収めておいていいことになりはしないでしょうか。

六条斎院禖子内親王家の物語制作と『類聚歌合』巻の発見

ところが、このような想像を裏づけてくれるような資料が存在するのです。それが、六条斎院禖子内親王家で行われた物語合の記録です。私たちは、このイベント情報を解読することによって、斎院における物語術作とその特色がどのようなものか、知ることができるのです。

平安時代に行われた歌合については、藤原道長の息子の頼通《よりみち》、十円玉の表側

のかみ、みぶのもとにやると
て
96よものうみにうちよせられてね（ママ）よればかきすてらるるもくづなりけり
　みぶ、ひさしうまゐらぬころなりければ
97かきすつるもくづをみてもなげくかなとしへしうらをあれぬと思へば

*3失われた『住吉物語』絵
同じ月廿よ日、住吉の御ゐうせたりとききて、馬
238すみよしのみむろの山のうせたらばうき世中のなぐさめもあらじ
　返し、宰相
239すみよしのなもかひなくてうきことをみむろの山に思ひこそいれ
『大斎院前の御集』（『新編国歌大観』による）

に描かれている宇治の平等院を造営した人物ですが、彼は、政治の中枢に位置したばかりでなく、文化的なパトロンとしての役割にも大きなものがありまして、その頃までに開催された歌合の記録を集める、平安時代版歌合集成とでもいうべきものを企画したりしたわけです。院政期に入って、白河院の頃に、二度目の集成が企てられ、それが二十巻本『類聚歌合』として残っております。じつは、両方の企画とも完成にはいたらなかったらしいのですが、その大半が十巻本は加賀前田家の尊経閣《そんけいかく》文庫に、二十巻本は主に京都近衛家の陽明文庫に伝わっています。

この陽明文庫に残る二十巻本『類聚歌合』のなかに、「六条斎院歌合天喜三年五月三日庚申　九番　題物語」という、物語の歴史を掘り起こすうえでは、たいへん貴重な資料が残っているわけです。

この資料は、昭和十四年、一九三九年に世に知られるようになったもので、この発見をめぐっては、生々しいドラマが知られています[*1]。

これは、天喜三年、一〇五五年五月三日庚申の日に、六条斎院とよばれた斎院のところで、物語を歌の題として開催された歌合の記録です。

こういうイベントがあったことだけは、この資料が発見される前から、『後拾遺集』や『栄花物語』の情報によって知られていたのでした。ここでは、前から知られていた情報と歌合情報の解読をつうじて、このイベントの実態がど

＊1この間の事情については、萩谷朴「歌合巻発見と池田亀鑑先生・その一・その二」（古筆学研究所『水茎』一六・一七号　一九九四・三・十）に詳しい。最近のものに、浅田徹「萩谷朴」『戦後和歌研究者列伝』（笠間書院　二〇〇六）がある。

う捉えられるかを考え、そこからみえてくる物語文化の輝きを眺めてみることに核心をおきたいと思います。

六条斎院歌合「題物語」と復原資料の概括

ここで贅沢ですが、『類聚歌合』に収められている「六条斎院歌合天喜三年五月三日庚申　九番　題物語」の全容を、陽明文庫のご配慮を得て、いっきょ掲載することにしましょう。[*2] 下段には、翻字を示しました。ここでは、濁点をつけたり、「ゝ」やかなづかいをあらためたりせずに、本文を通行の字体にするにとどめました。ただし、数字は歌番号を付加したものです。

必要なところは、あとでじっくり眺めることにして、最初に全体をざっと展望しておきましょう。

＊2 陽明文庫蔵の十巻本『歌合』ならびに二十巻本『類聚歌合』は、『平安歌合集　上下』陽明叢書国書篇（思文閣　昭五〇）により全容をみることができる。

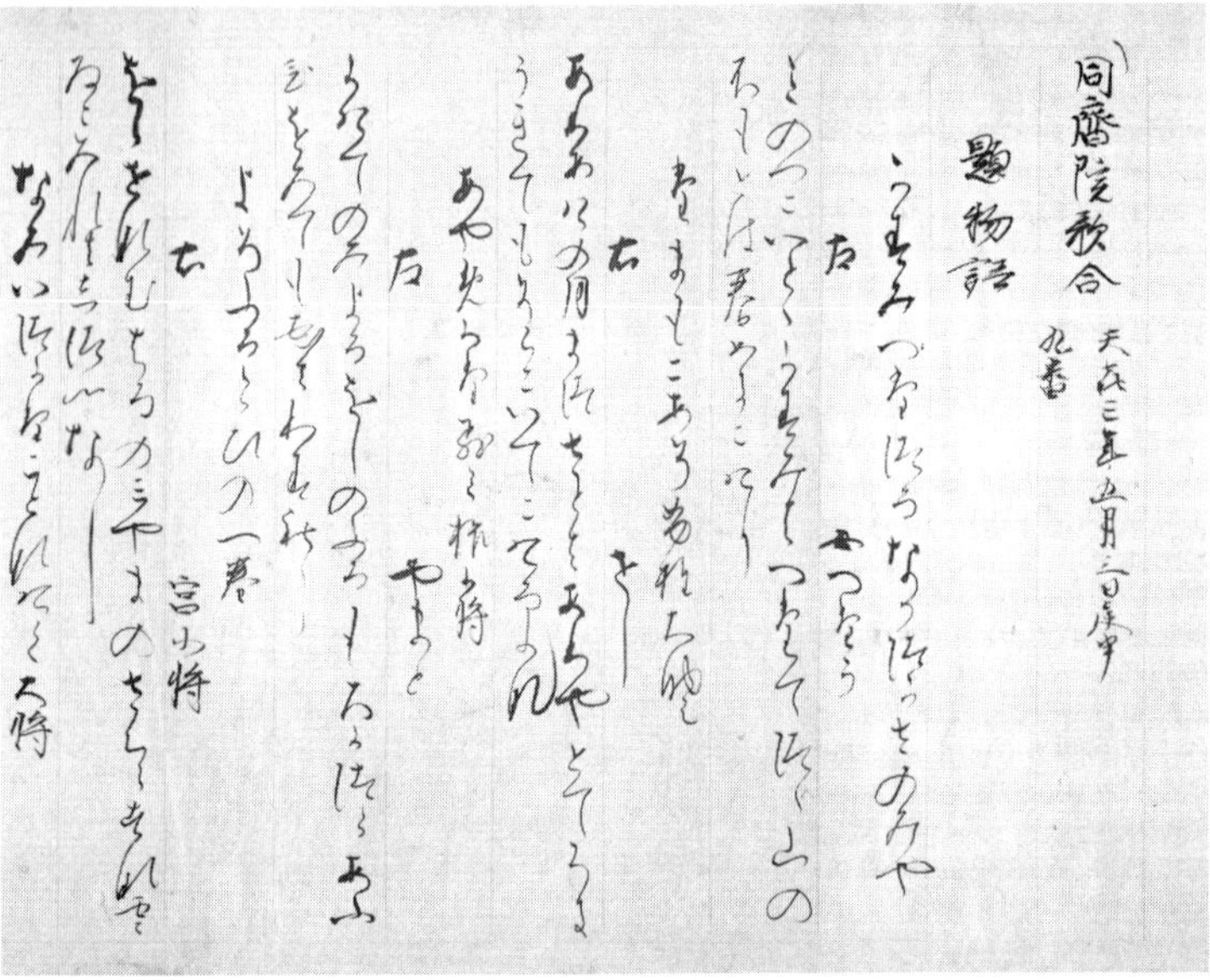

同斎院歌合　天喜三年五月三日庚申

九番

題物語

かすみへたつるなかつかさのみや

左　女へたう

1 ここのへにいと〻かすみはへたてつ〻山の
ふもとは春めきにけり

たまもにあそふ権大納言

右　せし

2 ありあけの月まつさとはありやとてうき
うきてもそらにいてにけるかな

あやめかたひく権少将

左　やまと

3 かけてのみよるをしのふるもろかつらあふ
ひをみても花はわすれし

よそふるこひの一巻

右　宮少将

4 をらせなむはるのみやまのさくらはな雲
ゐにみれはしつ心なし

なみいつかたにとなけく大将

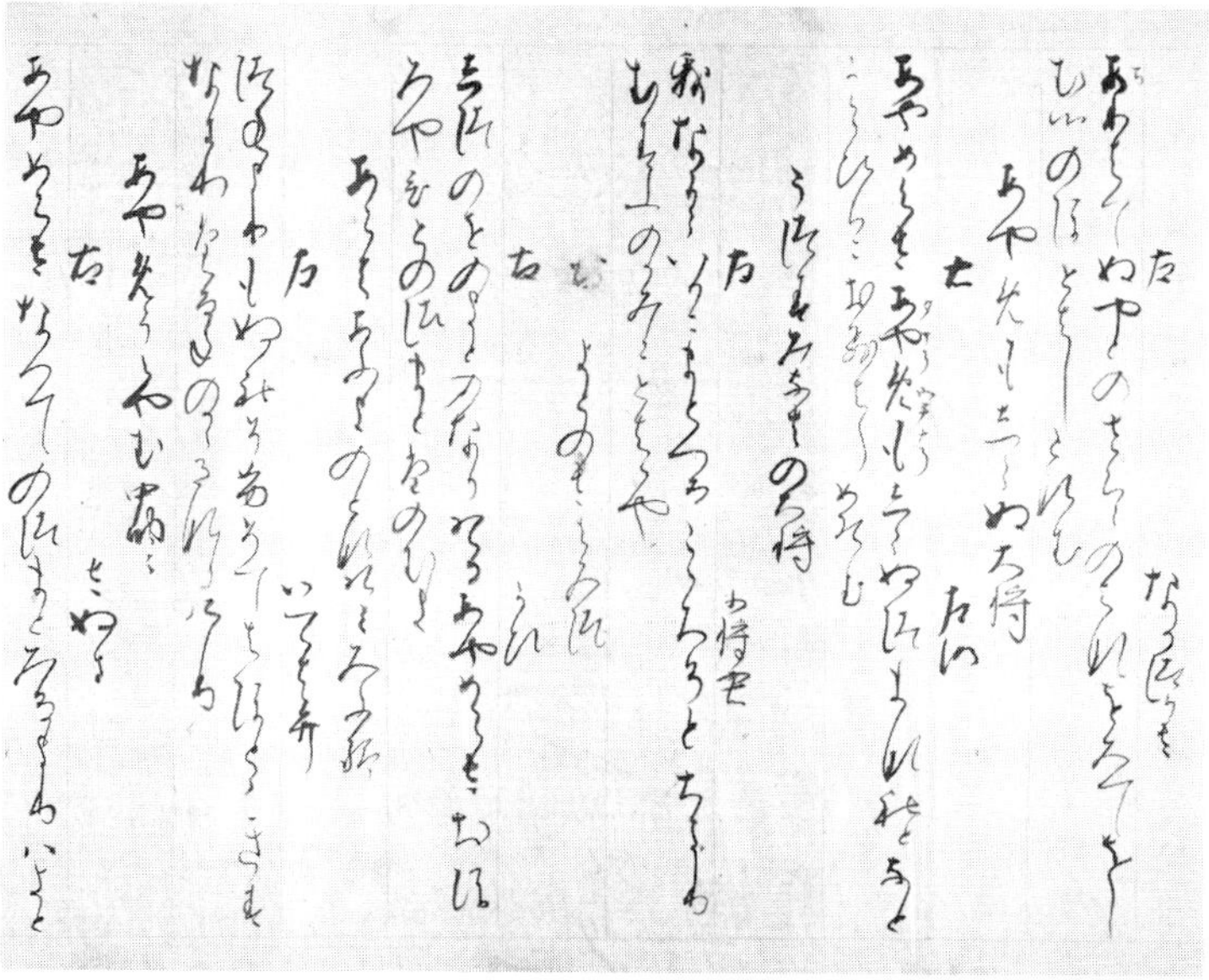

左　なかつかさ
5あ《ち》りはてぬやとのさくらのはなをみてをし
む心のほとはしらなむ
あやめもしらぬ大将
右　左門
6あやめくさあやめ《タマノウテナノ》もしらぬつまなれとなと
かこひちにおひはしめけむ
うつすみなはの大将
左　少将君
7我なからいかにまへへるこころそとちきり
むすふのかみにとはゝや
よとのさはみつ
右　かひ
8しつのをのよとのなりけるあやめくさおほ
みやひとのつまとたのむよ
あらはあふよのとなげくみぶ卿
左　いでは弁
9つねよりもぬれそふそてはほとゝきす
なきわたるねのかゝるなりけり
あやめうらやむ中納言
右　さぬき
10あやめくさなへてのつまとみるよりはよと

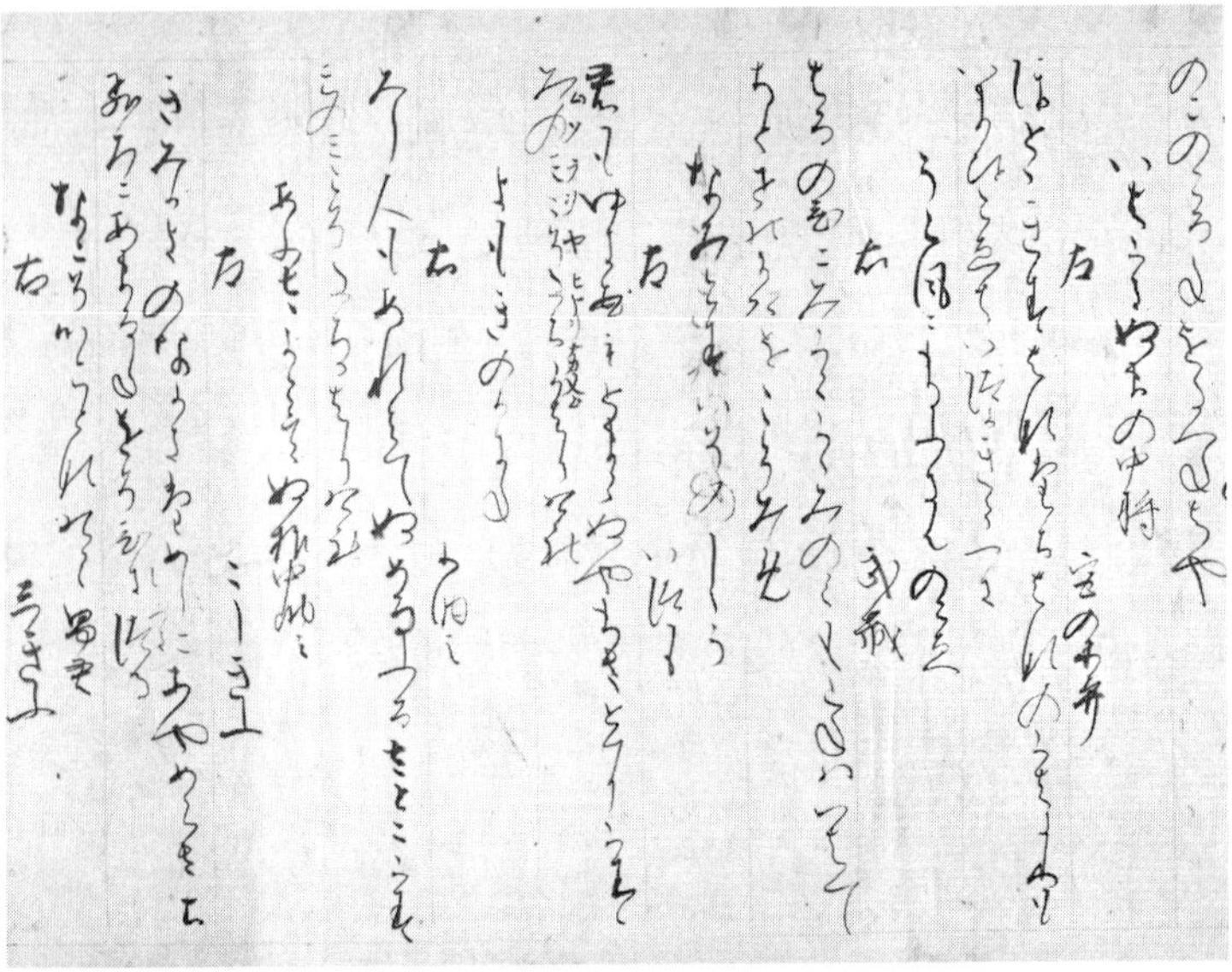

のにのこるねをたへねはや
いはかきぬまの中将
左　宮の小弁
11ほとゝきすはなたちはなのかはかりも
いまひとこゑはいつかきくへき
うら風にまかふきんのこゑ
右　武蔵
12はるのひにみかくかゝみのくもらねはいはて
ちとせのかけをこそみめ
なみこすいそのしゝう
左　いつも
13君もゆき花もとまらぬやまさとにかす
みのみこそたちかはりけれ《カスムソラヤヒトリナカメム》
よもぎのかきね
右　少納言
14みし人もあれはてぬめるふるさとにかす
みのみこそたちかはりけれ
あふさかこえぬ権中納言
左　こしきふ
15きみかよのなかきためしにあやめくさち
ひろにあまるねをそひき《くへき》つる
なにそ心にとなけく男君
右　しきふ

陽明文庫蔵

16むかしにもあらすさひしき山さとに
もろともにすむ秋のよの月
　　をかの山たつぬるみふ卿
　　左　　　小左門
17なかむるにものおもふことはなくさまて
心ほそさのまさる月かな
　　いはぬにひとの
　　右　　　こま
18あやめくさ人しれぬにはしけれともいつ
かみすへきあさからぬねを
　　いはかきぬまのかり　中宮のいては弁
19さつきやみおほつかなきにまきれぬ
花立はなのかほりなりけり
　　かへし
20たちはなのかほりすくさすほとゝきす
おとなふこゑをきくそうれしき
　　又
21ひきすくしいはかきぬまのあやめくさ
おもひしらすもけふにあふかな
　　かへし
22君をこそひかりとおふにあやめくさ
ひきのこすねをかけすもあらなむ

どういう記録体裁になっているか、かんたんに説明しておきましょう。

まず「題物語」とあり、行が変わって、「かすみへだつるなかつかさのみや」（以下濁点を加え、読みやすい表記にします）と出てきます。ですから、歌の題は「かすみへだつるなかつかさのみや」という物語であるということがわかります。左とあるのは、これが左方の歌であることを示し、次の右方の歌とつがわされていることになります。次に「女べとう」とあるのは、詠み手を表しています。「別当」というのは、斎院の政所、いわば斎院事務所の長官でありまして、斎院の女性長官の作品が最初に登場するのは、それなりの処遇をうけているということになりましょう。この人の歌が「ここのへにいとどかすみはへだてつつ」ということになります。

以下、このくりかえしですので、ここからスキップして、全体を見わたしてゆきますと、歌番号でいうと、15番に「あふさかこえぬ権中納言」というのが出てきます。じつは、これは、『堤中納言物語』という短編物語集のなかに入って、今に残る唯一の作品なのです。この資料の発見によって、『堤中納言物語』所載の『逢坂越えぬ権中納言』が、いつどこで誰によって作られたかがいっきょにわかることになった、ハイライトになる情報です。

さらにさきをみてゆきますと、歌合の歌は18番で終わっています。

ですから、これは、九番十八首の歌合記録であるということになります。

ところが、さいごに19番から22番まで歌が四首続けて記録されています。この四首の歌、いったいこれはなんなのでしょうか。ここからどんな情報が読み取れるでしょうか。じつは、本章は、ここの解読を中心に据えることによって、このイベントの全容、さらには物語山脈の輝きを捉えてみようともくろんでいるわけです。

『栄花物語』の物語合情報

しかし、その前に、このイベントについて、かねてから知られているほかの情報についても、あらかじめ押さえておきましょう。

> 先帝をば後朱雀院とぞ申すめる。その院の高倉殿の女四の宮をこそは斎院とは申すめれ。幼くおはしませど、歌をばめでたく詠ませたまふ。さぶらふ人々も、題を出し歌合をし、朝夕に心をやりて過ぐさせたまふ。物語合とて、今新しく作りて、左右方わきて、二十人合などせさせたまひて、いとをかしかりけり。明暮御心地を悩ませたまひて、果は御心もたがはせたまひて、いと恐ろしきことを思し嘆かせたまふ。（『栄花物語』巻第三十七「けぶりの後」巻）*

＊新編日本古典文学全集『栄花物語』による。

最初は『栄花物語』。ここで、後朱雀院（在位一〇三六〜一〇四五。一〇〇九〜一〇四五）の女四の宮で高倉殿とよばれたと語られているのが、六条斎院禖子《ばいし》《みわこ》内親王です。幼くして歌に優れていて、お仕えする人たちも歌合をさかんにおこなったと記されたうえで、「物語合とて、今新しく作りて、左右方わきて、二十人合などせさせたまひて、いとをかしかりけり。」と、このイベントに関する重要な情報が語られているわけです。

「今新しく作りて」とありますから、この日のために物語がわざわざ新作されたらしく、ここでは「物語合」と語り伝えています。『類聚歌合』は、歌合としての記録であるわけですが、『栄花物語』の「物語合」という伝承からは、歌だけでなくて、その物語内容がどのようなものか、さらにどんな料紙をつかって、どんな装丁の冊子や巻子《かんす》にしたてあげられているか、筆跡の美しさはどうか、といったことまで論評の対象になったにちがいない、と想像をふくらませることができます。

「二十人合など」とある記述は、実際の記録では、左右九人ずつ十八人であった、ということになります。

ところが、この禖子内親王は長く病気に悩まされ、ついには心をやんで苦しんだらしく、気の毒な晩年を送った、と語られています。

物語合の『後拾遺集』情報

次に、この物語合の一場面をなまなましく伝えてくれるもうひとつの情報に、『後拾遺集』があります。

五月五日六条前斎院にものがたりあはせしはべりけるに、小弁おそくいだすとてかたの人人こめてつぎのものがたりをいだしはべりければ、うぢの前太政大臣かの弁がものがたりはみどころなどやあらむとてこともののがたりをとどめてまちはべりければ、いはかきぬまといふものがたりをいだすとてよみ侍ける

ひきすつるいはかきぬまのあやめぐさ思ひしらずもけふにあふかな

（『後拾遺集』巻十五・雑一・八七五）*

ここにみえる歌は、『類聚歌合』の方のおしまいに載せられている二組の贈答歌の21番にも出てきたものなので、詳しくは、あとでじっくり考えることにして、ここでは、資料の掲出にとどめます。

私たちの手元にある情報は、以上です。

歌合「題物語」の復原とさまざまな角度からの分析の可能性

あらためて、天喜三年（一〇五五）の五月三日の夜に行われたこのイベントについて、もう少し鮮明になるように検討してみることにしましょう。

文献資料《テキスト》というものは、どんな角度から光をあてるかによって、さまざまな情報が得られます。

＊『新編国歌大観』による。

私じしんは、若い頃に、これを分析することによって、十一世紀半ばにおける物語史の動向を把握してみよう、と試みたことがあります。*

それは、ここにみえる十八編の物語に共通する傾向をとりだしてみよう、つまり集合としての特性を、マスとして捉える観点からの情報解析を試みて、さらにそこから浮かび上がってくる特色ある物語群がどうして出現するのか、そこから物語史の動向をどんなふうに読み取ることができるか、そんなことを考えようとしたわけです。

そういう十把《じっぱ》ひとからげみたいことではなく、ひとつひとつの物語の個性を捉え、その違いを明らかにすることがだいじである。そういう観点もあります。最近は、そういう観点から、個々の物語について、詳しく情報分析を加えた論文が次々に出てきました。

なにしろ、闇のなかにあるものを懐中電灯で照らすようなものですから、光のあてかたによって、見え方がちがってきます。日の光のなかで、しかも神のような視点からこれを見ることはできないわけですから、さまざまな視点の研究があってよく、そういう異なる情報を共有し、立体化して、対象に接近してゆく。学問研究には、そういう共同性がだいじである、ということでしょう。

ここでは、私は、この資料じたいにたち戻って、そこから、この歌合じたいを見なおしてみよう、そこから王朝物語文化の実態に光をあててみよう、そう

＊神野藤昭夫「六条斎院家物語合考―物語史の動向を考へる―」『国文学研究』五四　一九七四・十。この稿は大幅に改稿して『散逸した物語世界と物語史』に収録した。

いう立場でアプローチしようと思っているわけです。

物語題号の自立性

さてそこで、もう一度、歌合の記録の検討にもどりましょう。「題物語」とありますから、歌題である「かすみへだつるなかつかさのみや」が、ここでの物語の正式呼称ということになります。

このへんの裏づけは、八番左に出てくる「あふさかこえぬ権中納言」（15番歌）の場合からも傍証することができます。

『堤中納言物語』の一編として現存する『逢坂越えぬ権中納言』をよく読んでみると、テキストでは、男主人公は、「中納言」とは呼ばれても、「権中納言」とは一度も呼ばれていないことがわかります。ですから、彼が正確には「権中納言」であることは、物語の題号によってはじめてわかる仕掛けになっているわけです。「権」というのは、「仮の」という意味です。仏さまが化身して日本の神さまとして現われるが「権現《ごんげん》」さま。その「権」と同じ用法です。定員がいっぱいのときに定員外に仮においた中納言ということです。

しかし、テキストでは「中納言」としかないのに、どうして題名は「権中納言」なのでしょうか。ほんとうのところは、わからないというほかありませんが、私は、「権中納言」という呼称には、若きエリートのイメージが託されているからではないか、と思います。恋愛小説の主人公としては、大学の助教授（最近は准《じゅん》教授といいます）の方が色気があってよろしい。教授となると、私のような年齢のものまでいるのだから、これはどうもふさわしくない。「権中納言」の存在のすべてをこれで説明できるわけではありませんが、定員がいっぱいなので、「権中納言」を足場にして、いずれは大納言そして大臣へと出世の道をかけあがってゆこうとする若い貴族の面影がここからたちのぼってくる、といってよいのではないでしょうか。

ちなみに、『後拾遺集』の情報によれば、このイベントの背後には、斎院の後見人ともいうべき藤原頼通がいて、この席上にも彼がいたことがわかりますが、彼は十七歳で権中納言になっています。いとこであった藤原伊周《これちか》（清少納言の仕えた定子の弟）と並んで、若くして権中納言に任じられたレコードホールダーなのではないでしょうか。

だからといって、この年六四歳になる彼がモデルというわけはありませんが、この物語の主人公が「権中納言」であることは、そこからある一定のイメージを読み取ることができることに繋がると思うのです。ですから、テキスト内に「権中納言」と明記されていないことがかえって、物語の題号がきわめて自覚的に選びとられた、自立的な正式名称である、ということを証していることになるのではないでしょうか。と同時に、歌題は物語名を記していることがあらためてわかることになります。

歌題としての物語名と詠み手との関係

では次に、1番の歌は、「かすみへだつるなかつかさのみや」に出てくる「なかつかさのみや」が詠んだものなのでしょうか。それとも、この物語を題にして「女へたう（女別当）」が詠んだものなのでしょうか。

この判断を下すには、この歌合に出てくる歌が、物語歌集『風葉集』のなかに出てくる事例を併記してみると、わかってきます。この重複する事例は、次の三例です。[*1]

(a)　あらばあふよのとなげくみぶ卿

つねよりもぬれそふそではほととぎすなきわたるねのかかるなりけり

（「斎院歌合」）

五月ほととぎすをききて　　あらばあふよの姫宮の中宮[*2]

つねよりもぬれそふ袖は時鳥空になくねのかかるなりけり

（『風葉集』巻三・夏・一七三）

＊1以下の本文表記は、『新編国歌大観』による。

＊2「中宮」は京大本ほかの「中納言」により訂し、女房名とみるのがよい。

(b)　いはかきぬまの中将

ほととぎすはなたちばなのかばかりもいまひとこゑはいつかきくべき

(斎院歌合)

とほき所へ思ひたちける女にもの申していでけるあかつき、まぢかきたちばなに

ほととぎすのなくを聞きて　いはかきぬまの頭中将

ほととぎす花たちばなのかばかりも今ひとこゑはいつか聞くべき

(『風葉集』巻三・夏・一五七)

(c)　あふさかこえぬ権中納言

きみがよのながきためしにあやめぐさちひろにあまるねをぞひきつる《くべき》

(斎院歌合)

中宮のねあはせに　よみ人しらずあふさかこえぬ

君が世の長きためしにあやめ草千ひろにあまるねをぞ引きつる

(『風葉集』巻十・賀・七三〇)

右の例から、斎院歌合に出てくる歌は、物語歌集『風葉集』に出てくることから判断して、物語のなかに出てくる歌とみてよい、ということがわかってきます。

さらに次に、(a)の「あらばあふよのとなげくみぶ卿」の歌は、『風葉集』によると、「姫宮の中宮」の詠んだ歌であり、(c)の「あふさかこえぬ権中納言」の場合は、『風葉集』では「よみ人知らず」とされて、権中納言の歌ではない、という扱いになっていることがわかります。

こうした事例から、斎院歌合にみえる歌は、物語に登場してくる人物の歌ではあるけれども、必ずしも題名に出てくる人物が詠んだものとは限らない、ということがわかるわけです。

では、「女別当」とは、どういう関係になりましょうか。

この歌合は、「題物語」のもとに、物語中の歌を左右につがわされたものであることがわかりました。なおかつその歌の作者名として女房名が記されるという記録形式になっている、ということになります。

とすると、この記録形式からは、歌合歌を詠んだのは女房であるわけだが、その歌はじつは物語のなかに出てくるものです。ですから、この歌だけではなく、物語じたいもまた彼女たちの書いたものである、という形式になっていることがわかります。

物語合の内実をもっていた歌合「題物語」

ここで、もういちど、『栄花物語』の情報を思い出してみましょう。そこでは、これらの物語はこの日のために新作されたものだ、と語られていました。となると、ここの記録形式からみても、ここに出てくる十八人の女房たちが、この日のために新しく物語を作ったものである。そしてその新作の物語を歌の題にし、物語のなかの歌を歌合歌としてもちだしているのだ、ということになっていることがわかってきます。

斎院に集《つど》った女房たちが、それぞれに物語を書いて、その中の歌を歌合の歌にして競っているというのですから、その集団の文化力はなかなかの壮観、ということになります。

もとより皆が独力で物語を書いたかどうかはあやしいものだ、ゴーストライターがいたのではないかとか、この企画より前に書いてあった物語を再利用したのではないかとか、実際にはいろいろなケースが想定できるかもしれません。しかしながら、残された「斎院歌合」資料は、これらの物語が、この日このような記録として書きとどめられるにふさわしく、新たに準備されたものであり、実現までの経緯にどのような事情があるにしても、こういう企画を実現させてしまう文化レベルの高さには、大いに感心させられます。

しかし、せっかくそんなふうに物語を新作して準備がなされたものであるのに、斎院歌合資料に忠実に、作中人物の歌一首でもって歌合をやっただけを知ることができるにすぎないと、学問的に厳正かつ禁欲的に情報を読み取るにとどめたら、イベント内容としては、ずいぶんもったいない話になってしまいます。

これだけだとしたら、斬新《ざんしん》な企画が生かされた開催内容だったとはいえないでしょうし、『栄花物語』も『後拾遺集』も、このイベントを「物語合」とよんでいますから、記録の形式としては歌合ですが、きっと、それにふさわしい贅沢《ぜいたく》な実態を合わせもつものであった、と考えるのが自然なのではないでしょうか。

となると、それはいつどんなふうに行われたのでしょうか。

だんだん話がオタク化してゆきますけれども、ここは目を瞑《つぶ》っておつきあい願うことにして、そのへんの秘密を明らかにするには、歌合記録のあとに出てくる贈答歌をどう読むかが鍵だ、と私は睨《にら》んでいます。

庚申の夜と「題物語」の開催日

再度、資料にもどって、細かい吟味を続けましょう。

開催期日は「五月三日庚申」と記されていました。この「庚申」というのもまたポイントになります。

平安時代からはやった習俗に「庚申待《こうしんまち》」＊というものがあります。庚申の夜には、人間の身体の中に棲んでいる三尸《さんし》とよばれる三匹の虫が、眠っている間に

＊庚申信仰の本格的な研究の基本図書としては、窪徳忠『庚申信仰の研究　日中宗教文化交渉史』（日本学術振興会　一九六一）、『庚申信仰の研究　年譜篇』（帝国書院　一九六三）があり、両者をあわせた新装版（原書房　一九八〇）がある。

抜け出て、その人間が隠している罪を天にいる上帝《じょうてい》に告げ、そのために命が縮まると考えられていた、といいます。中国の道教の影響から出てきた信仰ですが、そこで庚申の夜は眠らないよう徹夜する習俗があったらしい。そこで、庚申の夜に眠らないための遊びが工夫されるようになってきます。それが、この場合、歌合という文化的イベントの開催に繫がってきているわけです。

じつは、萩谷朴氏の『平安朝歌合大成』という労作によりますと、六条斎院禖子内親王が主催した歌合は、二五回にも及ぶ、と数え上げられております。*1

この二五回の歌合のうち、開催日まで特定できるものは一二回ありますが、そのうち九回までが庚申の日にあたっています。日にちは特定できないけれども、「庚申」の日に行われたことがわかるのが一回あります。

ですから、天喜三年五月三日という庚申の日は、意識して選ばれたもの、それも夜までたっぷり及んで開催されただろうとみてよいでしょう。となると、ますますこれは、たんなる歌合にとどまるものではなく、物語合としての内実を含んだイベントが行われた公算が増してくる、と考えてよいのではないでしょうか。

贈答歌前半部の解読

そのへんの判断の妥当性について、歌合記録の二組贈答と『後拾遺集』情報からさぐってみることにして、わかりやすいようにもう一度資料を掲出します。

*1萩谷朴『平安朝歌合大成（増補新訂）』（同朋舎　一九九五）による。

いはがきぬまのがり　　中宮のいでは弁

19さつきやみおぼつかなきにまぎれぬは花立ばな[*2]のかをりなりけり

かへし

20たちばなのかをりすぐさずほととぎすおとなふこゑをきくぞうれしき

又

21ひきすぐしいはかきぬまのあやめぐさおもひしらずもけふにあふかな

かへし

22君をこそひかりとおふにあやめぐさひきのこすねをかけずもあらなむ

（「斎院歌合」）

五月五日六条前斎院にものがたりあはせしはべりけるに、小弁おそくいだすとてかたの人人こめてつぎのものがたりをいだしはべりければ、うぢの前太政大臣かの弁がものがたりはみどころなどやあらむとてこともものがたりをとどめてまちはべりければ、いはかきぬまといふものがたりをいだすとてよみ侍ける

ひきすつるいはかきぬまのあやめぐさ思ひしらずもけふにあふかな

（『後拾遺集』巻十五・雑一・八七五）

＊2　19・20番歌にでてくる「かをり」は、底本では「かほり」とあるのを訂した。

両方を見比べてみますと、斎院歌合記録の21番歌は、『後拾遺集』では、五月五日に開催された「ものがたりあはせ」における席上、小弁が詠んだ歌とされていることになっています。この間には、情報の細部に食い違いがあります。それをどう解釈したらよいのでしょうか。

とくにかたや開催日が「三日」とあるのに、かたや「五日」になっています。この点については、これまでのところ、その解決案として、次の三つの考えが示されてきました。*

(a)『後拾遺集』の「五日」は「三日」の誤り。両方とも「三日」に開催されたとする説（堀部正二・松尾聰）

(b)「題物語」の歌合は「三日」、物語合は「五日」開催されたとする説（小木喬・中野幸一）

(c)当初「五日」の開催予定が、「三日」の庚申の夜に変更されたとする説（樋口芳麻呂）

これらの説には、それぞれの理由説明があるわけですが、その論拠は参考文献に譲ることにしまして、『類聚歌合』を基本情報とみる立場から、二組の贈答歌をきちんと解釈することで、私じしんの見解を示してみようと思います。

*堀部正二『中古日本文学の研究―資料と実証―』（教育図書　昭一八）
松尾聰『平安時代物語の研究』（東寶書房　昭三〇→武蔵野書院　増補改訂版　昭三八）
小木喬『散逸物語の研究　平安・鎌倉時代編』（笠間書院　昭四八）
中野幸一「六条斎院禖子内親王家の「物語合」について―その発見時の成果の再吟味―」（『桜文論叢』五一　平一二・八）
樋口芳麻呂『平安・鎌倉時代散逸物語の研究』（ひたく書房　昭五七）

まず19番の歌を読んでみます。

　　いはがきぬまのがり　　　　　　　　　　中宮のいでは弁

19さつきやみおぼつかなきにまぎれぬは花立ばなのかをりなりけり

これは、中宮の出羽弁が宮の小弁に贈った歌です。「真《ま》っ暗《くら》な闇のなかでも橘の花の香りは紛れようもなく馥郁《ふくいく》と匂うもの。それと同じ。あなたのはすばらしかったですわ。」という称賛を内容としているものです。

歌合の席上、小弁が提出した歌は、次の11番の歌でした。

　　いはかきぬまの中将

　左　　　　　　　　　　　　　　　　　　　　宮の小弁

11ほととぎすはなたちばなのかばかりもいまひとところはいつかきくべき

ですから、19番の出羽弁の歌の「花立ばなのかをり」は、11番の小弁の歌にみえる「はなたちばなのか」の表現を明らかに踏まえておりまして、贈歌にふさわしい心遣いをみせていることがわかります。

これに対して、20番の答歌

かへし

20たちばなのかをりすぐさずほととぎすおとなふこゑをきくぞうれしき

は、「橘の花の香りをのがさずに飛んでまいりますほととぎすのように、さっそくにお声をかけてくださって、ありがとうございます。」というお褒《ほ》めに対するお礼の歌になっています。しかも、「花立ばな」との縁もさることながら、こちらも、出羽弁の歌合歌

左　　　　　　　　　　　　　いでは弁

9つねよりもぬれそふそではほととぎすなきわたるねのかかるなりけり

あらばあふよのとなげくみぶ卿

が「ほととぎす」を詠み込んでいることを、ちゃんと意識した答歌になっています。

さらに、19番の出羽弁の歌に戻って、「さつきやみおぼつかなきに」は、時節にあわせた類型的表現ではありますけれども、「はなたちばな」が優れていることを「かをり」によって示していることは、このできごとが夜であったことを示唆しているわけで、この贈答が、五月三日庚申の日の夜に行われたとき

のものであることにまちがいないだろう、と判断できます。

　こう考えたうえで、小弁のものが出色であったことへの称賛と考えてみますと、これは、たんに歌がよかったということだけの話とは考えられません。なんらかのかたちで物語もまた披露されたうえでの称賛、と考えるのが自然というものでしょう。

　さらに少々迎えて考えれば、中宮の出羽弁というのは、時の後冷泉天皇（在位一〇四五～一〇六八。一〇二五～一〇六八）の中宮であった章子内親王に仕える女房なのでした。本来、斎院の女房ではありませんが、斎院の歌合ではもっとも出席回数の多い、おなじみの存在です。

　宮の小弁も、斎院の女房ではありません。斎院禖子には姉にあたる、祐子《ゆうし》内親王の女房であって、確認できるところでは、この日の歌合までに、一回顔をみせたことがあるだけの存在です。

　ですから、どうやらおなじみのベテランが、わざわざ「いはがきぬまのがり」、『岩垣沼』という物語作者のもとに歌を贈るには、それだけの理由があったにちがいない、ということなのではないでしょうか。

　19・20番歌の贈答が物語歌合の席上のことであったか、後の宴席でのことであったかはわかりませんが、ふたりだけの間でこっそり私的に交わされた贈答歌などでないことは、こうした記録に書きとどめられていることじたいがこれを証明している、ということになるでしょう。

贈答歌後半部の解読

ついで「又」とあって、21・22番の贈答歌が出てきます。21番歌と『後拾遺集』歌を、ここでもういちど並べてみます。

ひきすぐしいはかきぬまのあやめぐさおもひしらずもけふにあふかな（21番歌）
ひきすつるいはかきぬまのあやめぐさ思ひしらずもけふにあふかな（後拾遺歌）

比べてみると、初句の「ひきすぐし」と「ひきすつる」が相違しているわけです。いったいどちらの表現が信用できるのでしょうか。

結論を先にいえば、『類聚歌合』の「ひきすぐし」であることが本来のかたちであり、『後拾遺集』はそれをあらためたもの、と考えることができます。「ひきすぐし」と歌いだされるのが本来のかたちだろうという理由は、小弁が、20番歌で「たちばなのかをりすぐさず」と、出羽弁に対する礼を述べるとともに、その「すぐさず」に対して、21番歌で自分の方は「ひきすぐし」と応じていると考えられるからです。たくみな言葉の呼応の機微《きび》を見のがしてはならないところです。

「ひきすぐし」の「引き」は「菖蒲《あやめ》」の縁語的表現、「すぐし」は「過ぐす」で「引き抜いたままになって」の意。つまり上句は「引き抜いたままになって、口に出すこともできない岩垣沼のあやめぐさでしたが」の意で、「いはかきぬまのあやめぐさ」が日の目をみずに終わってしまうところであったことが示唆されていることになります。

下句は、それにもかかわらず「おもひしらずもけふにあふかな」とあって、この晴の場に「いはかきぬまの中将」の歌もしくは物語を提出できた幸いを述べている、とみられることになります。

さらにいえば、それをうけて出羽弁が、22番歌で「ひきのこすねを」と呼応的な表現をとっていることになります。*

このように、彼女たちの巧みな表現の応酬《おうしゅう》の呼吸を読み取ってゆくならば、これは「いはかきぬまのあやめぐさ」が「題物語」の歌だけを提出しえた幸運を述べただけ、とはとうてい考えにくいことになります。22番歌をもういちど掲出してみましょう。

＊贈答歌前半部の表現の呼応関係を図示すると次のようになる。

いはがきぬまのがり　中宮のいでは弁
19さつきやみおぼつかなきにまぎれぬは花立ばなのかをりなりけり
かへし
20たちばなのかをりすぐさずほととぎすおとなふこゑをきくぞうれしき
＊19番の参照歌
いはかきぬまの中将
左　宮の小弁
11ほととぎすはなたちばなのかばかりもいまひとこゑはいつかきくべき
＊20番の参照歌
あらばあふよのとなげくみぶ卿
左　いでは弁
9つねよりもぬれそふそではほととぎすなきわたるねのかかるなりけり

かへし

22君をこそひかりとおふにあやめぐさひきのこすねをかけずもあらなむ

つまり、再び、出羽弁が「君をこそをひかりとおふに」すなわち「私たちはあなたを光として頼みにしていたのですもの。残った菖蒲草、ほかのものなどあてにしないでほしいものです。」と返したことになるわけで、ここでも「ひきのこすね」が歌だけを意味している、とは考えにくいでしょう。むしろ、宮の小弁に対するかくべつなる期待、すなわち物語作者としての力量に対する期待が前提にあっての発言とみるのがふさわしい、ということになると考えることができます。

このように、歌合に付載された贈答歌の復原的な解釈を試みると、二組の贈答歌は一連の流れのなかでやりとりされたものであることがはっきりしてきます。

その意味で『類聚歌合』記録としては、21番歌のように、「ひきすぐし」であってよいことになります。

では『後拾遺集』の「ひきすつる」は誤伝かといいますと、これはこれでよいのだと考えます。一首だけ掲出するのに、前半の歌とかかわりなしに単独で「ひきすぐし」と読み出されるのはおかしい。そこで「ひきすつる」と意識的に表現を改めたものではないでしょうか。『後拾遺集』が『類聚歌合』の一連の贈答歌のうちの一首に光をあて、勅撰集の美学にふさわしいように編集という情報操作が行われていることを想定してかかる必要があるということです。そのことによって、この歌一首で詞書の事情とあわせて、意味が完結することになるので、『後拾遺集』としては、これでよいのだ、と判断することができます。

そうなりますと、『後拾遺集』は、『類聚歌合』の記録からはわからない事情について、補完的な情報を与えてくれているわけで、これはこれでたいへん貴重な情報である、ということになってきます。

相互補完的な『後拾遺集』情報

そこで、『後拾遺集』情報をあらためて見てみましょう。

五月五日、六条前斎院のもとで、物語合をしたときに、小弁の物語提出が遅れたことを咎めて、方人たち（ここでは相手の組、すなわち右方の人）が次の物語を提出させようとしたらしい。ところが、そこに陪席《ばいせき》していた宇治の前太政《さきのだじょう》大臣《だいじん》（頼通）が、あの弁の物語ならきっと見どころがあるにちがいないといって、次の物語の提出をおしとどめて待たせたらしい。

そういう配慮に対して、小弁の歌は「岩垣沼から引き抜いてまいりましたせっかくの菖蒲草（『岩垣沼の中将』という物語をさす）ですが、あきらめて捨てるところを、頼通さまのおかげで、思いがけずこの晴の場に出すことができました。ありがとうございます。」という挨拶とお礼の歌になっている。そう理解できます。『後拾遺集』では、小弁の歌は、明らかに頼通あるいは物語合の場にむかって発せられたものである、という体裁になっているわけです。

ところが、『類聚歌合』では、出羽弁との贈答になっているわけですから、そこに情報のちがいがあることになります。

ここは、二つの情報のどちらがいったい正しいのか。私は、どちらが正しいかと考えるのではなく、情報を相互補完的に捉えることがたいせつだと思っています。

『後拾遺集』が伝えるような、物語合の席上、小弁の物語提出が遅れるというトラブルといいますか、手抜かりはあったちがいない。しかしながら、頼通の配慮で、彼女の物語あるい物語歌は披露され、それはみごとなできばえであったらしい。その場における称賛のやりとりが、経緯の詳細は書かれていないものの、『類聚歌合』に出羽弁との贈答歌として記録にとどめられることになったのではないでしょうか。

ここを『後拾遺集』情報をそのままに信用して受け取ってしまうと、丹念に解釈した『類聚歌合』における前半の贈答歌との連続性が見失われることになってしまいます。

では、『後拾遺集』の重要情報として開催日が「五日」とある方はどうしてか。こちらは、『後拾遺集』が、歌の配列、グルーピングから「五日」の歌としてこれを捉え、編者が編纂の美学を発揮して、情報発信したものでしょう。

こう考えることによって、ひととおり資料を解読できるとともに、それらの資料間の空隙《くうげき》をなめらかに繋ぐことによって、このイベントの実態が、おぼろげながら明らかになってくるように思われるわけです。

ここまでの結論は、『類聚歌合』の付載贈答歌の復原的解釈をベースにすることによって、天喜三年五月三日庚申の夜に「物語」を題とする歌合が行われ、それは同時に物語合と称せられるにふさわしい内実を伴った行事が催されたということができる、ということです。

物語合にふさわしい内実

ここまで、推理を進めて、ひとつの結論を得たとして、そうなると、次にどうしても沸き上がってくる問いを二点話題にしておきたいと思います。

その第一は、では物語合というにふさわしい内実とは、どのようなものであったかということです。残念ながらこちらはこれ以上、実証的に迫る資料は今のところありません。状況証拠となる周辺の資料を援用して想像する域を出ません。

それは、物合という観点から、永承五年（一〇五〇）四月二十六日の「前麗景殿女御延子歌絵合」*の場合などを参考に推測してみることでしょう。

これが開催されたのは、斎院歌合「題物語」の行われる五年前にあたります。幸い、この歌合には、開催の一部始終を記した仮名日記が残っていて、あらましを知ることができるのです。

主催者は、後朱雀天皇（在位一〇三六〜一〇四五　一〇〇九〜一〇四五）の女御であった藤原延子（一〇一六〜九五）です。この時には、すでに後朱雀天皇は亡く、前麗景殿女御とよばれるゆえんです。

この歌絵合の実現の背後には、父で時の内大臣藤原頼宗（九九三〜一〇六五　道長の息。頼通とは異母兄弟にあたる）の支援があったことが知られます。仮名日記によりますと、花合や草合の趣向ではなく、『古今集』と『後撰集』の歌をとりあげ、左右にわけて歌絵合を行なうことにした事情が語られています。

ただし、これまでの歌の心をえがく歌絵ではありふれているから、歌題と詠み人名も記すことにしよう。でも、歌が詠まれた事情を記した詞書を重視するとなると、歌の心がおろそかになるし、歌の心にポイントを絞ってこれを描けば詞書の事情があらわれてこないというむずかしさがある。だ

＊日本古典文学大系『歌合集』（萩谷朴校注）による。〔参考7〕参照。

から、古歌だけではなく、あらたな歌題のもとに歌を三首加えることにしよう。

というわけで、女房二十人を左右十人ずつにわけ、絵を描く人をそれぞれつてをたどって用意したといいます。

やがて四月二十六日。頼宗邸には、卿相が訪れ、五月五日の競馬の協議をおえた殿上人も合流する。そこでまことに美麗な体裁の歌絵が提出されるのですが、その美麗ぶりはどんなものか。左方のものに注目してみましょう。

まず銀の透かしのある飾り箱が用意される。それには、卯の花重ね、白と萌黄《もえぎ》の配色の色紙が敷いてある。それが銀を用いた結び袋に入れてある。さまざまな色の玉を濃く薄く村濃《むらご》になるように貫いたものを括り紐にしてある。その中に古今の絵七帖に新しい歌絵の銀箔の冊子が一帖入れてある。表紙は、さまざま色でデザインされている。冊子を載せる敷物は、なでしこを浮織りにした綾織物。それに時節にふさわしい卯の花が縫いつけてある。勝ち負けを数える員刺《かずさし》のためには、銀の洲浜《すはま》をかたどった飾り台が造られ、指出《さしで》の磯が再現されて、岩山には松が植えられ、浜に員刺が刺さるように仕立ててある。その敷物は、深緑が浮織りにしてある。

このような歌絵の冊子の体裁がことこまかに描写されているということは、歌絵合といっても、その絵や歌そのものに興味が集中しているのではなく、それがどのような体裁で作られ、どのような装飾的工夫が凝らされて提出されているかに、大きな関心があることがおわかりになるでしょう。

じっさいのところは、日暮れ方になって、冊子をとって歌を読み合わせはじめたものの、最初からその善し悪しに左右しんけんな気分になってなかなか決着がつかない。折しも、宮中から遅れてこの場にやってきた殿上人が「今日は五月五日の競馬の話をしてきたばかりなのに、左右の勝ち負けを決めたりするのはいかが。」と助け船を出したところ、「げにこの絵どもも、おぼろげにては見定めがたきことのさまなれば」（ほんとうにこの絵のよしあしは、なみひととおりでは勝ち負けをきめられないですからね）というわけで、みんなで歌絵を楽しみ、風雅なふんいきのなかで、いろいろな意見や感想が自由に飛び交い、新しい歌三番六首だけが披露され、こちらも勝負をつけることなく終わって、その後は座を移しての宴席、酒杯がなんどもめぐったとあります。

どうでしょうか。当時の歌合やとくに趣向をこらした物合では、たんなる歌の勝ち負けではなく、趣向それじたいをいろいろに楽しんだことが伝わってくるのではないでしょうか。

ですから、これを、斎院歌合の場合にあて嵌《は》めれば、物合としての対象としての物語が、その内容が紹介されたり、一節が読み上げられたり、冊子《さっし》や巻子《かんす》仕立ての料紙・装丁・筆跡などが論評され、楽しまれたあと、物語中の歌をもって、歌合がなされたということと対応するのではないでしょうか。

歌合では、歌が、洲浜《すはま》の景物の一部に書き添えられて提出されるような趣向が楽しまれたりもしました。いわば、物語という物に盛られた歌として、歌合歌が提出されていたということになるともいえます。

歌合という形式と物語制作の限界

それにもうひとつの話題は、このイベントが、斎院歌合「題物語」という開催形式をとっていることです。

これまで、物語を歌題とする歌合ではあるが、それはたんなる歌合にとどまるものではありえないだろう。そういう方向で考えてきたわけです。

しかし、物語合の内実を含んでいるけれども、あくまでこのイベントは歌合であるという方向から、ここの物語について考えてみる必要もまたあるでしょう。

つまり、物語中の歌をもって歌合とするありかたが、物語にこのような場にふさわしい内容となるような制約を加えることになったのではないか、ということを考える必要があるだろう、ということです。きっと歌合にふさわしい発想のもとに物語が作られたにちがいないわけで、そのへんの関係を考えることが課題になってきます。* これは、かつて私がここに出てくる物語群の共通傾向を析出して得た結論を、べつの角度から、ある面では深め、ある面では修正を加える必要があることに繋がってくるのですが、この点については、残された課題として、指摘しておくにとどめたいと思います。

物語文化山脈の輝きとしての物語合

「王朝物語山脈の眺望」と題して、五回にわたっておつきあいいただきました。いちばん最初の「知られざる物語山塊の発見――新たなる物語の時代像」のところで、王朝物語の山脈が少なくとも時間的にはこれからはるかのちにまで及んでいるとみるべきだ、ということを話しました。

『源氏物語』は、おそらくそれまでは社会的にはマイナーであった物語文化をメジャーなものにしたといえます。マンガやアニメは、長くサブカルチャーとして、社会的には表だって価値あるものと認知されてきませんでした。それを先端的な日本文化のようなものに変貌させたのが、手塚治虫や宮崎駿の登場でしょう。千年前の『源氏物語』は、それに似た役割を圧倒的なかたちで果たしたのだ、といえましょうか。

『源氏物語』以降、物語は、宮廷の雅びなる文化流行となり、その社会的黄

＊この観点については永井和子『六条斎院物語歌合』―物語と作者の関係」（『屏風歌と歌合』和歌文学論集5　風間書房　一九九五）が有益で学ぶ点が多い。

金期を迎えます。ここでとりあげて天喜三年斎院歌合「題物語」の開催などは、王朝物語文化山脈における輝きの最たるものといえましょう。

この日、二番目に出てくる「玉藻に遊ぶ」を書いた宣旨というひとは、現在の研究では、『狭衣物語』の作者であるとみる説がきわめて有力です。今はうしなわれた物語をふくめて、物語の輝ける時代として十一世紀は記憶されるとともに、このような量的拡大がはたして質的凌駕《りょうが》に繋がることになったのかどうか。本書の最初に話題にいたしました小説の時代のゆくすえとともに、ここからなお連なる物語山脈がどう眺望できるか、今回取りあげることのできなかったその後も含め、私じしんもまたその試みをつづけたいと思っております。

#【参考】

〔参考1〕

散逸物語の時代別区分（平安時代）と資料別分類（鎌倉時代）

散逸した平安時代に属する物語一〇五編を時代区分の目安をたてて試みると、次のようになる。

(1)『竹取物語』の前後（一〇世紀前半までの物語）⇩ 二編
(2)『うつほ物語』の前後（一〇世紀中頃から後半の物語）⇩一一編
(3)『源氏物語』の前後（一〇世紀後半から一一世紀初頭の物語）
(4)『狭衣物語』の前後（一一世紀末までの物語）⇩二六編
(a)天喜三年（一〇五五）成立の物語 ⇩一七編
(b)一一世紀中頃までに成立した物語（『更級日記』と奥書所引の物語）⇩ 五編
(c)一一世紀後半までに成立した物語（平安後期物語所引の物語）⇩一四編
(d)一一世紀までに成立した物語（『無名草子』による）⇩ 四編
(5)『無名草子』以前の物語（一二世紀の物語）
(a)一二世紀前半から中期にかけての物語（主に『無名草子』による）⇩ 九編
(b)一二世紀後半の物語（『無名草子』による）⇩ 四編
(c)『無名草子』によらない一二世紀の物語
（一二世紀以前成立の可能性をも含む物語）⇩ 五編
(d)平安時代の物語と推定されるもの及び疑義を残す物語 ⇩ 八編

神野藤昭夫「散逸物語基本台帳」（『散逸した物語世界と物語史』若草書房 一九九八）による。

散逸した鎌倉時代に属する物語二二五編を依拠資料別に分類整理をすると、次のようになる。

(1)『風葉和歌集』による物語
(a)二〇首以上の物語 ⇩ 三編
(b)一九首から一〇首の物語 ⇩一〇編
(c)九首から五首の物語 ⇩二四編
(d)四首から三首の物語 ⇩二四編
(e)二首から一首の物語 ⇩八四編
(f)逸名物語 ⇩ 八編
(2)『和歌色葉集』（寛文版・巻三・物語名）による物語 ⇩三六編
(3)『蔵玉和歌集』による物語 ⇩ 七編
(4)その他の資料による物語 ⇩ 九編
(5)物語断簡による逸名（未詳）物語 ⇩二〇編

〔参考2〕
こんなにたくさんあった王朝物語目録

＊本目録は、『散逸した物語世界と物語史』（若草書房　一九九八）所収の「散逸物語基本台帳」に、本書が掲出した物語（一〇頁）ならびに『鎌倉時代物語集成』『中世王朝物語全集』が採録した物語名を加え、目録としたものである。

現存する物語は、ゴチックで示した。鎌倉時代物語については、『鎌倉時代物語集成』の表記を優先した。散逸物語には、◎を付したが、認定に問題を残すものについて○を付した。物語の別名（たとえば『夜の寝覚』が『寝覚物語』『夜半の寝覚』、『浜松中納言物語』が『御津の浜松』と称せられるなど）や、略称（「左も右も袖ぬらす」が「袖ぬらす」など）の類の記述は、これを省いた。

『初雪』が重出しているのは、別作品とみる判断による。

「逸名物語（＊）」とは、『風葉集』所載の題名不明の和歌七首をさす。また「物語断簡（＊）」は、公刊された『手鑑』など古筆切にみられるものをさす。「散逸物語基本台帳」の第二刷（二〇〇〇）では、物語断簡情報を追加し、十三種を掲出したが、その後の研究の進展による台帳の更新をはかっていないので、これを一括して「物語断簡」としてのみ記し、その個別性を明示していないことをお断りする。

◎相住みくるしき
○秋風ながし
あきぎり
◎秋の夜長しとわぶる
◎秋の夜ながむる
○あさ
◎あさうづ
◎朝倉
◎朝倉山
あさぢが露
◎あさぢが原の尚侍
◎あさつゆ
◎あしすだれ
◎あしたづ
◎あしの八重ぶき
◎あし火たく屋
◎網代
◎あだなみ
◎あたり去らぬ
◎あづま
○あはれの若君
◎逢ふにかふる
○逢ふにしかへば
○逢の中将
あまのかるも
◎天の羽衣
◎あまの藻塩火
◎あま人
◎雨やどり
○あめのした
◎あやめうらやむ中納言
◎あやめかたひく権少将
◎あやめも知らぬ大将
◎あらばあふよのと嘆く民部卿
在明の別
◎有馬の王子
◎あれまく
◎伊賀のたをめ
◎石山
伊勢物語
◎伊勢を
◎伊勢を
◎いちひ拾ひ
◎逸名物語（＊）
◎逸名物語残欠
◎逸名物語集
　あしたの雲（仮称）
　天のはしだて
　高明公（仮称）
　薄がもと
　露の小車
　夢の名たて
◎一品の宮
◎井手の下帯の物語
◎いなぶち
いはでしのぶ
◎いはぬに人の
◎いはねの松
◎いはや
◎いまめきの中将
○今様の物語
◎梅めづる
○いりや

◎岩うつ波
◎岩垣沼の中将
石清水物語
◎うきなみ
◎宇治の川波
◎うたたね
◎うたたねの宮
○内の女御
◎打つ墨縄の大将
◎うつせみ知らぬ
うつほ物語
◎梅壺の大将
◎埋れ木
◎浦風にまがふ琴の声
◎恨み知らぬ
◎老人の形見
◎扇流し
◎逢坂
○王昭君
◎大津の皇子
○大津のわれ
◎緒絶えの沼
落窪物語
◎おとぎき
◎落とし文
◎おほゐの物語

◎面影恋ふる
◎おのれけぶたき
◎おやこのなか
○尾張法師
◎女すすみ
◎女の宿世知らず
◎貝のものがたり
◎かいばみ
◎かいばみ
◎かくれみの
◎重ぬる夢
◎霞へだつる中務宮
風につれなき物語
風に紅葉
◎かたの
◎交野の少将
◎かつら
◎かつらの中納言
○かつらの宮
◎かばねたづぬる宮
◎かはぼりの宮
◎かやが下折れ
◎からくに
◎からもり
◎川霧
◎顔よき舞姫

○くささの岑
◎孔雀の御子
○国ゆづり
◎くまの物語
◎雲居の月
雲隠六帖
◎煙にむせぶ
◎煙のしるべ
源氏物語
恋路ゆかしき大将
◎恋に身かふる
◎紅梅
苔の衣
◎心高き東宮宣旨
○心のしるべ
◎心やり
◎小雑色
◎小袖物語
◎異浦の煙
木幡の時雨
◎こまの物語
◎駒迎へ
◎小弓
◎（古）あまのかるも
◎（古）住吉
◎（古）とりかへばや

◎さかき葉
◎嵯峨野
狭衣物語
◎笹分けし朝
○さだめなき世
◎五月
◎里のしるべ
○さまかるはなふち
小夜衣
◎更衣
○しうしう
◎式部卿宮
◎四季ものがたり
◎しぐれ
◎しぐれ
雫に濁る
○したうつかた
下燃物語
○しちのまろね
◎しづのをだまき
◎人たがへ
◎しのびね
しのびね物語
◎しのぶ
◎忍ぶ草
◎しのぶもぢずり

◎清水にぬるる

住吉物語

◎朱の盤
◎正三位
◎白川双紙

白露

◎しらら
○すいえむ
○すききみ
◎雀のものがたり
○硯玄
◎硯破り
◎相撲
◎芹生
◎せり川（の大将）
◎芹つみし
◎たい
◎高野雲

篁物語

竹取物語

○たてじとみ
◎たなばた
◎たなばたの伝へ
○たふのみねのかす
◎玉がしは
◎玉の緒
◎玉藻に遊ぶ権大納言
◎たゆみなき
◎ちくまの川
○ちごまつ
◎長恨歌
◎散らぬ桜
○ついなし
○月になぐさむ
◎月待つ女
○つくも
◎ちぢにくだくる

堤中納言物語

花桜折る少将・このついで・虫めづる姫君・ほどほどの懸想・逢坂越えぬ権中納言・貝合・思はぬ方にとまりする少将・はなだの女御・はいずみ・よしなしごと

◎葛籠
◎つま恋ひかぬる
◎露の宿り
◎露分けわぶる
◎鶴のしるべ
◎道心すすむる
○頭の中将

多武峰少将物語

◎床中
◎土佐のおとど
◎としあらそひ
◎とねりのねや
○とばりあげ
○殿うつり
◎とほ君
○ともすみつけ

豊明絵草子

とりかへばや物語

◎鳥の音恨むる
◎ながゐの侍従
○なかじま
◎長月の別れ
◎流れてはやき飛鳥川
○なきなの姫君
◎なでしこ
◎花のしるべ
◎なにぞ心にと嘆く男君
◎嘆き絶えせぬ
◎波いづかたにと嘆く大将
◎波越す磯の侍従
◎波路の姫君
◎波のしめゆふ

なよ竹物語

◎なると
◎なれて悔しき
○新妻
◎塗籠
○ぬるへの中将
○ぬれぎぬ
◎野島
◎後悔ゆる
○野べの昔
○野辺の物語

掃墨物語

◎はがため
◎萩に宿借る
◎はこやのとじ
◎箸鷹
◎橋姫

葉月物語

◎初音
◎初雪
◎初雪
◎はな宰相
◎花ざかり
◎はなざくら
○浜松が枝

浜松中納言物語

◎はまゆふ

○飛騨の匠
◎左も右も袖ぬらす
◎ひちぬ石間
◎人にかはれる
◎人め
◎ひとりごと
◎ひひごかしづく
兵部卿物語
◎吹きこす風
◎ふくら雀
◎ふくろかけ
◎藤の裏葉
藤の衣物語絵
◎伏見の翁
◎ふせご
◎ふせや
◎双子の宮
◎ふたばの松
◎ふたよの友
◎ふもと
○ふりや
○故郷
◎古里たづぬる
平中物語
別本八重葎
◎みかはに咲ける
◎松が枝
松陰中納言物語
◎末葉の露
松浦宮物語
◎みかきが原
◎みこかへ
◎みことかしこき
◎みしま江
◎水あさみ
◎水の白波
◎御手洗川
◎みづからくゆる
◎水無瀬川
◎みふね
◎み山隠れ
◎みよしのの姫君
◎見れども飽かぬ
むぐらの宿
無名草子
◎目もあはぬ
○望月
◎本の雫
◎藻に住む虫
◎ものいみの姫君
◎ものうらやみの中将
◎物語断簡（＊）
◎ものねたみ
八重葎
○やくなきのばんさう
◎やせがは
◎八千たびの悔
○山帰りの大将
◎山陰の中納言
山路の露
大和物語
◎山吹
◎闇のうつつ
◎夕霧
◎雪のうち
◎ゆくへ知らぬ
◎夢がたり
◎夢路にまどふ
夢の通ひ路物語
◎夢の通ひ路
◎夢のしるべ
○夢の名たて
◎夢ゆゑ物思ふ
◎ゆるぎ
◎許さぬ仲
◎吉野
◎吉野山
◎よその思ひ
◎よそふる恋の一巻
◎よつあし
◎淀の沢水
◎蓬が原
◎蓬の垣根
○よもの物語
夜の寝覚
夜寝覚物語
◎世をうぢ川
◎わかくさ
我身にたどる姫君物語
○忘衣の物語
◎渡らぬ中
◎われから
◎われ恥づかしき
◎をかの山たづぬる民部卿
◎をぐるま
◎をのへ

〔参考3〕

物語の出で来はじめのおや

中宮も参らせたまへるころにて、かたがた御覧じ棄《す》てがたく思ほすことなれば、御行ひも怠りつつ御覧ず。この人々のとりどりに論《ろん》ずるを聞こしめして、左右《ひだりみぎ》と方《かた》分かたせたまふ。梅壺《むめつぼ》の御方には、平典侍《へいないしのすけ》、侍従内侍《じじゆうのないし》、少将命婦《せうしやうのみやうぶ》、右には大弐典侍《だいにのないしのすけ》、中《ちゆう》将命婦《じやうのみやうぶ》、兵衛命婦《ひやうゑのみやうぶ》を、ただ今は心にくき有職《いうそく》どもにて、心々に争ふ口つきどもををかしと聞こしめして、まづ、物語の出で来はじめのおやなる竹取《たけとり》の翁《おきな》に宇津保《うつほ》の俊蔭《としかげ》を合はせて争ふ。「なよ竹の世々に古《ふ》りにけること、をかしきふしもなけれど、かぐや姫のこの世の濁りにも穢《けが》れず、はるかに思ひのぼれる契《ちぎ》りたかく、神世《かみよ》のことなめれば、あさはかなる女、目及ばぬならむかし」と言ふ。右は、かぐや姫ののぼりけむ雲居《くもゐ》はげに及ばぬことなれば、誰《たれ》も知りがたし。この世の契りは竹の中に結びければ、下《くだ》れる人のこととこそは見ゆめれ。ひとつ家《いへ》の内《うち》は照らしけめど、ももしきのかしこき御光には並ばずなりにけり。阿倍《あべ》のおほしが千々《ちぢ》の金《こがね》を棄てて、火鼠《ひねずみ》の思ひ片時に消えたるもいとあへなし。車持《くらもち》の親王《みこ》の、まことの蓬莱《ほうらい》の深き心も知りながら、いつはりて玉の枝に瑕《きず》をつけたるをあやまちとなす。絵は巨勢相覧《こせのあふみ》、手は紀貫之《きのつらゆき》書けり。紙屋紙《かみやがみ》に唐《から》の綺《き》を陪《はい》して、赤紫の表紙、紫檀《したん》の軸《ぢく》、世の常のよそひなり。

『源氏物語』「絵合」巻

本文は、「新編日本古典文学全集」による。

〔参考4〕平安文人たちが親しんだ志怪小説

右金吾源亞將《ハ》（源当時）、與《ト》レ余（菅原道真）有《リ》二師友《ノ》之義一。夜過《ギテ》二直廬《チヨクロヲ》一、相談言《アヒカタラヒイヒテ》曰《ク》、「嚴父大納言（源能有）、去年《イニシトシ》五十、心往《キテ》事留《マル》。過《グルモ》レ年《ヲ》無《シ》レ賀《ヨロコビ》。此《ノ》春已《スデニ》修《シ》二功徳《ヲ》一、明日聊《イササカニ》設《ク》二小宴《ヲ》一。座《ニ》施《マウケテ》二屏風《ヲ》一、寫《ス》二諸靈《ノ》壽《ヲ》一。本文者《ハ》紀侍郎《ガ》（紀長谷雄）之所《スル》二抄出一。新樣者《ハ》巨大夫《ガ》（巨勢金岡）之所《スル》二畫圖一。書《ハ》先《ヅ》屬《アツラヘリ》二藤右軍《ニ》（藤原敏行）一。詩則《ハ》汝之《ノ》任《ナリトイヘリ》也」。談畢《リテ》歸《リ》去《ル》。欲《ホリスルモ》レ罷《メムコトヲ》不レ能《ハ》。予《ワレ》向《ヒ》レ燈《トボシビニ》握《リ》レ筆《ヲ》、且《ツハ》排《ツラネ》且《ツハ》草《ス》。五更欲《シテ》レ盡《キムト》、五首纔《ワヅカニ》成《レリ》。右軍即《ハチ》書《シテ》之、以備《フ》二遊宴事《ノ》《ニ》一。若不《シザレバ》二詳録《セ》一、難《カタカラム》レ可《ベキコト》レ得《ココロヲ》意。題脚《ニ》且《マタ》注《シルセリ》二本文《ヲ》一。他時《アタシトキニ》斷《タタムトス》二其《ノ》疑惑《ヲ》一。故《カルガユエニ》敍《ノブ》之。

本文は、川口久雄校注『菅家文草　菅家後集』（日本古典文学大系　岩波書店　昭四一）により、『菅家文草』巻第五にみえる序と詩題および題脚を示した（ただし三八六に題脚はない）。なお、詩題に続いて出てくる詩（三八六〜三九〇）は、三八八以外は、省略した。また（　）内に人物考証を付記した。

386　廬山異花詩。

387　題二吳山白水一詩。

列仙傳曰、負局先生、上二吳山絶岸一、世々懸レ藥、與二下人一。欲レ去時、語二下人一曰、吾欲レ還二蓬莱山一、爲二汝曹一下二神水岸一。一旦有下水白色、從二石間一來下上。服レ之、多レ所レ愈。

388　劉阮遇二溪邊二女一詩。

幽明録曰、漢永和五年、剡縣劉晨阮肇、共入二天台山一、迷不レ得レ反。經二十三日一、粮盡云々。遙望二山上一有二一桃樹一、大有二子實一云々。攀二緣藤葛一、乃得レ至、各噉二數枚一而飢止云々。一大溪邊、有二二女子一云々。令下各就二一帳一宿上、女往就之。言聲清婉、令二人忘レ憂。遂停半年、氣候草木、是春時、百鳥鳴啼。更懷二悲思一求二歸去一云々。女子三四十人集會、奏聲共送二劉阮一、指二示還路一。既出、親舊零落、邑屋改異、無二復相識一。問得二七世孫一云々。

天台山道々何煩　天台山《てんだいせん》の道《みち》　道何《みちなん》ぞ煩《わづらは》しき

藤葛因縁得自存　藤葛《ふぢかづら》に因《つ》き縁《たぐ》りて　自《おのづか》らに存《そん》すること得《え》たり
青水溪邊唯素意　青水《せいすい》の溪《たに》の邊《ほとり》　ただ素意《そい》
綺羅帳裏幾黄昏　綺羅《きら》の帳《とばり》の裏《うら》　幾《いく》ばくの黄昏《くわうこん》
半年長聽三春鳥　半年《はんねん》　長《つね》に聽《き》く　三春《さむしゅん》の鳥《とり》
歸路獨逢七世孫　歸路《くゐろ》　獨《ひと》り逢《あ》ふ　七世《しちせい》の孫《むまご》
不放神仙離骨録　神仙《しんせん》に放《なら》はず　骨録《こつろく》に離《はな》る
前途脱屣舊家門　前途《せんど》　屣《くつ》を脱《ぬ》ぐ　舊《もと》の家《いへ》の門《かど》

389　徐公醉臥詩。

異苑曰、東陽徐公、居二長山下一。嘗見三二人坐二於山岸水側一。自稱二赤松・安期先生一。有二壺酒一、因酌以飮二徐公一。醉而臥二其邊一。比レ醒不二復見一レ人而宿奔攅二蔓其上一。家以爲レ死、治レ服二年、竟、徐公方歸。云、酒勢雖レ除、猶自不レ飢。至レ今名二其處一爲二徐公湖一也。

390　呉生過二老公一詩。

述異記曰、廬山上有二三石梁一。長數十丈、廣盈レ尺。俯眄杳然無レ底。成康中、江州刺史庾亮、迎二呉猛一。將二弟子一、登レ山遊觀。因過二此梁一、見二一老公一。坐二桂樹下一、以二玉杯一承二甘露一、與レ猛。猛遍與二弟子一。又進至二一處一、見二崇臺廣廈玉宇金房一、琳瑯焜耀、暉彩眩レ目。多二珍寶玉器一。不レ可レ識レ名。見二數人與一レ猛共言語一、若二舊相識一。設二玉膏一終レ日。

〔参考5〕『古今和歌集』における「風吹けば」歌

題しらず　　読人しらず

風吹けば沖つ白波たつた山夜半《よは》にや君がひとり越《こ》ゆらむ

本文は、「日本古典文学全集」（小学館）による。

ある人、この歌は、「昔大和国《やまとのくに》なりける人の女《むすめ》に、ある人住みわたりけり。この女《をんな》、親もなくなりて家もわるくなりゆくあひだに、この男、河内国《かふちのくに》に人をあひ知りて通ひつつ、離《か》れやうにのみなりゆきけり。さりけれども、つらげなる気色《けしき》も見えで、河内へいくごとに男の心のごとくにしつついだしやりければ、あやしと思ひて、もしなき間《ま》に異心《ことごころ》やあると疑《うたが》ひて、月のおもしろかりける夜、河内へいくまねにて前栽《せんざい》の中に隠れて見ければ、夜ふくるまで琴《こと》をかき鳴らしつつうち歎きて、この歌をよみて寝《ね》にければ、これを聞きて、それよりまたほかへもまからずなりにけり」となむ言ひ伝へたる

『古今和歌集』巻第十八　雑歌下（九九四）

〔参考6〕

『大和物語』における「風吹けば」譚

むかし、大和《やまと》の国《くに》、葛城《かつらぎ》の郡《こほり》にすむ男女《をとこをんな》ありけり。この女、顔かたちいと清《きよ》らなり。年ごろ思ひかはしてすむに、この女、いとわろくなりにければ、思ひわづらひて、かぎりなく思ひながら妻《め》をまうけてけり。この今の妻《め》は、富みたる女になむありける。ことに思はねど、いけばいみじういたはり、身の装束《さうぞく》もいと清らにせさせけり。かくにぎははしき所にならひて、来《き》たれば、この女、いとわろげにてゐて、かくほかにありけど、さらにねたげにも見えずなどあれば、いとあはれと思ひけり。心地《ここち》にはかぎりなくねたく心憂《こころう》く思ふを、しのぶるになむありける。とどまりなむと思ふ夜《よ》も、なほ「いね」

本文は、「新編日本古典文学全集」（小学館）による。

といひければ、わがかく歩《あり》きするをねたまで、ことわざするにやあらむ。さるわざせずは、恨《うら》むることもありなむなど、心のうちに思ひけり。さて、いでていくと見えて、前栽《せんざい》の中にかくれて、男や来《く》ると、見れば、はしにいでてゐて、月のいといみじうおもしろきに、かしらかいけづりなどしてをり。夜《よ》ふくるまで寝《ね》ず、いといたううち嘆《なげ》きてながめければ、「人待つなめり」と見るに、使ふ人の前なりけるにいひける。

風吹けば沖つしらなみたつた山夜半《よは》にや君《きみ》がひとりこゆらむ

とよみければ、わがうへを思ふなりけりと思ふに、いと悲しうなりぬ。この今の妻《め》の家は、龍田山《たつたやま》こえていく道になむありける。かくてなほ見をりければ、この女、うち泣きてふして、かなまりに水を入れて、胸になむすゑたりける。あやし、いかにするにかあらむとて、なほ見る。さればこの水、熱湯《あつゆ》にたぎりぬれば、湯ふてつ。また水を入る。見るにいと悲しくて、走りいでて、「いかなる心地《ここち》したまへば、かくはしたまふぞ」といひて、かき抱《いだ》きてなむ寝《ね》にける。かくてほかへもさらにいかで、つとゐにけり。かくて月日おほく経《へ》て思ひやるやう、つれなき顔なれど、女の思ふこと、いといみじきことなりけるを、かくいかぬをいかに思ふらむと思ひいでて、ありし女のがりいきたりけり。久《ひさ》しくいかざりければ、つつましくて立てりける。さてかいまめば、われにはよくて見えしかど、いとあやしきさまなる衣《きぬ》を着《き》て、大櫛《おほぐし》を面櫛《つらぐし》にさしかけてをり、手《て》づから飯《いひ》もりをりける。いといみじと思ひて、来《き》にけるままに、いかずなりにけり。この男はおほきみなりけり。

『大和物語』一四九段

〔参考7〕記録された「歌絵合」（永承五年四月二十六日前麗景殿女御延子歌絵合）

麗景殿女御歌合　絵合 永承五年

三月《やよひ》の十日《とうか》あまりの夕暮《ゆふぐれ》に、月影《つきかげ》御簾《みす》にうつるをりしも、人《ひと》あまた侍《さぶら》ひて、物語《ものがた》りのついでに、誰《たれ》とはなくいひあはせし、「春の日のつれづれに暮《く》らすよりは、つねならぬ挑《いど》みごとを御前《おまへ》（藤原延子）に御覧《ごらむ》ぜさせばや。昔《むかし》より聞《き》こゆる花合《あはせ》などは、散《ち》りてふるき根《ね》にかかりぬれば、匂《にほ》ひ恋しく、草合《くさあはせ》とかは、尋《たづ》ねてもとのところに返《かへ》しやれば、名残《なご》りうるさし。さて、憶良《おくら》が歌林とかいふなるより、古万葉集までは心《こころ》も及《およ》ばず。古今・後撰こそ、青柳《あをやぎ》の糸繰《く》り返《かへ》しみれども飽《あ》かず、紅葉《もみぢ》の錦《にしき》染《そ》め出《い》だす心深《こころふか》き色《いろ》なれ」とて、左右に定《さだ》めつ。

「歌絵《うたゑ》に描《か》くは世《よ》の常《つね》のことなれば、題《だい》よみ人《びと》を書《か》くべきなり。詞《ことば》を採《と》れば歌《うた》は描《か》きにくく、歌《うた》を選《え》るには詞《ことば》あらはれず。神の心《こころ》には愛《め》でらるとも、人の誇《そし》りをば逃《のが》れがたし。いにしへの歌の深《ふか》きにそへて、新《あたら》しき言《こと》の浅《あさ》くともあらむはめづらしくや」とて、歌三《み》つをそへたり。鶴《つる》・卯《うの》花・月。郭公《ほととぎす》こそあるべきほどなれど、大殿《おほとの》の歌合《うたあはせ》（藤原頼通の後見による永承五年六月五日の祐子内親王歌合）の題《だい》なれば、鶴にかへたるなり。

女房廿人を十人づつ取《と》り分《わ》けて、描《か》く人《ひと》をつてづてに尋《たづ》ぬるほどに、四月《うづき》のなかばにもなりぬれば、葵《あふひ》の盛《さか》りにひきかかりて、諸人《もろびと》いとまなき頃《ころ》を過《す》ごして、廿六日に、空《そら》のけしき曇《くも》りなきに、寝殿の東《ひむがし》面《おもて》の身屋《もや》・廂《ひさし》を上達部《かむだちめ》の御座《おほむざ》にしたり。源大納言殿（師房）・小野宮の中納言（藤原兼頼）・左衛門督（源隆国）・新中納言（藤原俊家）・中宮権

本文は、萩谷朴校注『歌合集』（日本古典文学大系　岩波書店　昭四〇）により、本文を読みやすいように改めた。また（　）内に人物名等を付したが、これは校注者の考証に従った。

大夫（藤原経輔）・右大弁（源経長）・左大弁（源資通）・三位侍従（源基平）。殿上人は、競馬《くらべむま》の定《さだ》めしける日《ひ》なれば、その所《ところ》より右の頭《とう》の中将（源資綱）つぎつぎ八九人ばかりひき連《つ》れて参《まゐ》りたまへり。

御簾《みす》のうちには北南《きたみなみ》居《ゐ》分《わ》きて、左瞿麦襲《なでしこがさね》、右藤襲《ふぢがさね》。左、かねの透筥《すきばこ》に心葉《こゝろば》して、かねの卯《うの》花重《がさ》ねの紙敷きて、かねの結袋《むすびぶくろ》にいろいろの玉《たま》を村濃《むらご》につらぬきて括《くゝ》りにしたり。古今の絵《ゑ》七帖・新《あたら》しき歌絵《うたゑ》のかねの冊子《さうし》一帖入《い》れたり。表紙《へうし》、さまざまに飾りたり。打敷《うちしき》、瞿麦《なでしこ》の浮線綾《ふせむれう》に、卯《うの》花を繍《ぬ》ひたり、員刺《かずさし》、かねの洲浜《すはま》に指出《さしで》の磯《いそ》を造《つく》りて、岩山《いはやま》に松《まつ》おほく植《う》ゑたるを、員《かず》には浜辺《はまべ》に刺《さ》し移《うつ》すべきなり。打敷《うちしき》、深緑《ふかみどり》の浮線綾《ふせむれう》なり。右、鏡《かがみ》の海《うみ》にかねの網《あみ》を浮《う》かべて、玉《たま》の碇《いかり》にかねの綱《つな》をかけたり。かねの透筥《すきばこ》をうちに置《お》きて、絵《ゑ》の冊子《さうし》六帖・新《あたら》しき歌絵《うたゑ》の冊子《さうし》一帖入《い》れたり。表紙《へうし》さまざまに飾《かざ》りたり。打《うち》敷、二藍《ふたあゐ》の象眼《ざうがん》に、白き文を繍ひたり。員刺、かねの洲浜にかねの鶴《つる》あまた立てり。「千歳《ちとせ》つもれる」といふ心なり。員には鶴の浦伝《うらづた》ひすべきなり。打敷、深緑の象眼に繍ひものしたり。

日《ひ》もやうやう暮れぬれば、こなたかなたに居《ゐ》わきたまふ。大殿《おほきとの》（藤原頼宗）はつつませたまふ御姿《おほむすがた》なれど、上臈《らふ》ものしたまふとて、しのびあへさせたまはず。左、歌読《うたよ》む人、四位少将（藤原忠家）。右、兵衛佐（源信房）。方《かた》がたの冊子とりて読み合はするほどに、左の方《かた》より頭弁（藤原経家）、人びと七八人具《ぐ》して参りたまへり。方《かた》がたうるはしくなりて、一二番上達部の御中《おほむなか》に定めもやりたまはぬに、殿上人、「挑《いど》みごと定め初《そ》むる日なるを、勝負《かちまけ》は忌《い》みあることになむ」と侍りしかば、「げにこの絵《ゑ》どもも、おぼろげにては見定《みさだ》めがたきことのさまなれば」とて、ただこなたかなたに見たまふ。なかなか

273 【参考】

勝負《かちまけ》あらむよりは、乱《みだ》れをかしくぞ見果《みは》てたまうて、左、小野宮《おののみや》の中納言新しき歌読みたまふ。

鶴

1 よろづよのかげをならべてつるのすむ藤江《ふぢえ》の浦《うら》はまつぞこだかき

心ばへあり。姿《すがた》かたちをかしきはしるし。右、新中納言読みたまふ。

2 はがへせぬまつのねぐらにむれゐつつちとせをきみにみなゆづるかな

つづきなどもをかしと聞こゆるに、左《ひだり》の人《ひと》びと葉替《はがへ》とあるをなむ、いひ難《な(ん)》じたまふやうありける。

卯《うの》花　左

3 みわたせばなみのしがらみかけてけりうの花さける玉川《たまがは》の里《さと》

しだらかに聞《き》こゆれど、

右

4 うの花のさけるさかりはしらなみの立田《たつた》の川《かは》のゐぜきとぞみる

すゐいまめかしく、心《こゝろ》ありなど侍《はべ》るは、ゆかぬことにぞ。

月《つき》　左

5 やどごとにかはらぬものはやまのはのつきをながむるこころなりけり

絵のさまをかしく、思ひあるやうなりなど賞《ほ》めたまふに

右

6 やまのはのかからましかばいけみづにいれどもつきはかくれざりけり

なべてならずや、つつみもなう賞《ほ》めたまふ。頭弁《とうの》（経家）・美作守《みまさかのかみ》（長房）な

ど、あまりなるまで聞《き》こゆ。かくて渡殿《わたどの》に移《うつ》りたまふままに、はやくより旧《ふ》りにける遣水《やりみづ》なれど、今夜《こよひ》あたらしく立石《たていし》などを賞《ほ》めたまふ。土器《かわらけ》あまたたびになりて、御琴《おほむこと》などは憚《はばか》らせたまへば、大納言殿《どの》（師房）「淵瀬《ふちせ》となる声」と侍《はべ》りしに、あまたうち加へたまひしも、思ひ深《ふか》う聞《き》こえはべりしほどに、曳出物《ひきでもの》の馬《むま》にや、燈火《ともしび》の影《かげ》にみゆるはひさかたの月毛《つきげ》ならねど、眼《め》とまりはべりしか。

かかることはかたはらいたけれど、行末《ゆくすゑ》も常磐《ときは》の松《まつ》の言《こと》の葉《は》をかきとどめずは、千代《ちよ》経《へ》む鶴《つる》の古《ふる》き跡《あと》尋《たづ》ねまほしきこともやあるとてなむ。

〔本書のための参考年表〕

六八九	持統三	持統天皇吉野行幸（以後三一回）
七一〇	和銅三	元明天皇平城京遷都
七一二	和銅五	『古事記』成る
七一四	和銅七	『風土記』撰進の命下る
七二〇	養老四	『日本書紀』成る
七五一	天平勝宝三	『懐風藻』成る
七五五		中国・唐　安史の乱（〜七六三）
七五九		『万葉集』この年以降に成る
七九四		桓武天皇平安京遷都
八〇三	延暦二二	菅野真道ら『官曹事類』成る
八〇九	大同四	中国・唐（元和四）　白居易「新楽府」五〇篇このころ成る
八一〇	弘仁元	薬子の変
		嵯峨天皇の皇女有智子内親王　斎院となる
八四六	承和一三	中国・唐　白居易（楽天）没（七七二〜）
八四九	嘉祥二	興福寺の大法師ら仁明天皇四十賀を祝う（『続日本後紀』）
八八〇	元慶四	在原業平没（八二五〜）

八九二	寛平四	菅原道真『類聚国史』撰進
		昌住『新撰字鏡』(〜九〇〇)成る
八九四	寛平六	遣唐使の派遣停止
八九五	寛平七	菅原道真「大納言源能有五十賀屏風詩」
		中国六朝の志怪小説さかんに読まれる
八九七	寛平九	醍醐天皇即位(〜九三〇在位・没)
九〇〇	昌泰三	菅原道真『菅家文草』成る
九〇三	延喜三	菅原道真没(八四五〜)
九〇五	延喜五	紀貫之ら『古今和歌集』撰進
九〇七	延喜七	中国・唐(六一八〜)滅亡
九一〇	延喜一〇	これより以前に『竹取物語』成立か(九世紀末か)
九一四	延喜一四	紀長谷雄(八四五〜)没
九二三	延長元	平貞文没(?〜)　『平中物語』の原形この頃なるか
九二六	延長四	渤海(六九八〜)滅亡
九三〇	延長八	朱雀天皇即位(〜九四六在位)
九三三	承平三	紫式部の曾祖父堤中納言藤原兼輔没(八七七〜)
		源順『和名類聚抄』このころ成る
九三五	承平五	紀貫之『土左日記』このころ成る
九四六	天慶九	村上天皇即位(〜九六七在位・没)
九五一	天暦五	梨壺の五人による『後撰和歌集』撰進作業

		『大和物語』の原形このころ成るか
九五七	天徳元	現形態の『伊勢物語』これ以降に成るか
九六七	応和四	冷泉天皇即位（〜九六九退位）
九六九	安和二	円融天皇即位（〜九八四退位）
九七四	天延二	道綱の母『蜻蛉日記』この年以降に成る
九七五	天延三	選子内親王賀茂斎院となる（〜一〇三一退下）　円融・花山・一条・三条・後一条 天皇の五代五七年間奉仕。
九八四	永観二	花山天皇即位（〜九八六退位） 源為憲『三宝絵』を尊子内親王に撰進（これまでに『伊賀のたをめ』『土佐のおとど』 『いまめきの中将』『ながゐの侍従』『伏見の翁』成る） 『うつほ物語』一部成るか
九八六	寛和二	一条天皇即位（〜一〇一一在位・没） このころ『落窪物語』成るか
九七三	天延元	紫式部誕生か
九八四	永観二	このころ大斎院選子「物語司」設置　物語の蒐集、書写を行なう（『大斎院前の御集』 〜九八六の間） このころ『古住吉物語』さかんに読まれる
九九六	長徳元	藤原道長、氏長者となり、政治の実権掌握
九九六	長徳二	藤原為時任越前守
一〇〇〇	長保二	一条天皇皇后定子没（九七六〜）

一〇〇一	長保三	紫式部の夫藤原宣孝没
		清少納言『枕草子』ほぼ成るか
一〇〇五	寛弘二	紫式部一条天皇中宮彰子の女房として出仕
一〇〇八	寛弘五	紫式部、彰子に白楽天の『新楽府』進講
		藤原公任「わかむらさきやさぶらふ」と紫式部に声をかける（十一月一日）。『源氏物語』千年紀の起点
一〇一一	寛弘八	三条天皇即位（〜一〇一六退位）
一〇一六	長和五	後一条天皇即位（〜一〇三六在位・没）
一〇二〇	治安元	菅原孝標女、上京。脩子内親王の女房衛門命婦から物語を入手（『更級日記』）
一〇二一	治安元	菅原孝標女『源氏物語』五十余巻読む
一一二七	大治二	『類聚歌合』（二十巻本）ほぼ成る
一〇三五	長元八	大斎院選子内親王没（九六四〜）
一〇三六	長元九	後朱雀天皇即位（〜一〇四五在位・没）
一〇三九	長暦三	菅原孝標女、祐子内親王家に出仕
一〇四五	寛徳二	後冷泉天皇即位（〜一〇六八在位・没）
一〇四六	永承元	禖子内親王賀茂斎院となる（〜一一五八退下）
一〇五〇	永承五	前麗景殿女御（延子）歌絵合開催
一〇五二	永承七	藤原頼通宇治平等院鳳凰堂を建立
一〇八四	応徳元	中国　南宋の詞人李清照生まる（〜一一五一？）
一一五五	天喜三	六条斎院歌合（題物語）開催（五月三日）

一〇五九	康平二	『逢坂越えぬ権中納言』(『堤中納言物語』所収)ほか『霞へだつる中務の宮』『玉藻に遊ぶ権大納言』『岩垣沼』など一八編提出さる。
		後冷泉朝のなかごろ『浜松中納言物語』(菅原孝標女か)、『狭衣物語』(六条斎院宣旨)、『夜の寝覚』(菅原孝標女か)などあいついで成るか
		菅原孝標女『更級日記』このころ成るか
一〇六八	治暦四	後三条天皇即位(〜一〇七二退位)
一〇七四	承保元	上東門院彰子没(九八八〜)
一〇八六	応徳三	藤原通俊『後拾遺和歌集』奏覧
一〇九二	寛仁六	『栄花物語』これ以後まもなく成るか
一〇九六	嘉保三	禖子内親王没(一〇三九〜)
一一二〇	保安元	『大鏡』このころ成るか
		『今昔物語集』これ以後なるか
		『源氏物語絵巻』これ以後(〜一一四〇)成るか
一一九二		鎌倉幕府成立(〜一三三三)
一二〇〇	正治二	この年『無名草子』成る
		このころまでに現存『とりかへばや物語』、『松浦宮物語』(一一八九〜)など成るか
一二〇五	元久二	『新古今和歌集』撰進
一二七一	文永八	大宮院姞子下命の『風葉和歌集』撰進
		これ以前に、『あまのかるも』(現存本)『浅芽が露』『石清水物語』(一二四六〜)
		『苔の衣』『風につれなき物語』『雫に濁る』『むぐらの宿』『我身にたどる姫君』な

		ど成る またこれ以降『あきぎり』『風に紅葉』『恋路ゆかしき大将』『木幡の時雨』『小夜衣』『しのびね物語』（現存本）『白露』『掃墨物語（掃墨物語絵巻）』『八重律』『別本八重律』『山路の露』『夢の通ひ路物語』ほか成るか
一三三三	元弘三	鎌倉幕府滅亡。南北朝時代始まる（～一三九二）
一三六二	貞治元	『河海抄』（四辻善成）このころ成る
一三七一	建徳二	『松陰中納言物語』この年以前に成立か
一三八六	（至徳三）	京都引接寺紫式部供養塔建立
一三九二	明徳三	南北朝合一　室町時代始まる（～一五七三）
一四六七	応仁元	応仁の乱おこる（～一四七七）
一四七二	文明四	『花鳥余情』（一条兼良）成る
一四八一	文明十三	一条兼良没（一四〇二～）
一四九一	延徳三	三条西実隆『箱屋刀自物語』書写
一五三七	天文六	三条西実隆没（一四五五～）
一五七三	天正元	安土桃山時代（織豊時代）始まる（～一五九八あるいは一六〇〇）
一六〇〇	慶長五	徳川家康関ヶ原の戦で勝利、一六〇三年に幕府を開き、江戸時代始まる（～一八六七）
一六一〇	慶長一四	細川幽斎（一五三四～）没
一六五四	承応三	山本春正跋『絵入源氏物語』承応三年版刊
一六七五	延宝三	北村季吟『湖月抄』刊

一七一六	享保元	大坂の書肆渋川清左衛門「御伽草子」二十三編刊（享保年間〜一七三六）
一八〇一	享和元	本居宣長没（〜一七三〇）
一八六七	慶応三	大政奉還により江戸幕府崩壊　明治維新始まる
一八八二	明治十五	末松謙澄訳『源氏物語』刊（ロンドン）
一八八五	明治一八	坪内逍遙『小説神髄』（〜一八八五）刊
一八八七	明治二〇	二葉亭四迷『浮雲』（〜一八八九）刊
一八九五	明治二八	樋口一葉『たけくらべ』（〜一九九六）
一九二三	大正一二	魯迅『中国小説史略』（〜一九二四）刊
一九二五	大正一四	アーサー・ウェーリー訳『源氏物語』六巻（ロンドン）（〜一九三三）刊
一九三七	昭和一二	横山重・巨橋頼三編『物語艸子目録』刊
一九三九	昭和一四	『類聚歌合』の存在が知られ、『逢坂越えぬ権中納言』の成立・作者判明
一九四六	昭和二一	桑原武夫「第二芸術譿賭現代俳句について」
一九五五	昭和三〇	松尾聡『平安時代物語の研究』刊
一九五七	昭和三二	銭稲孫訳『源氏物語（選訳）』発表
一九六六	昭和四一	アーサー・ウェーリー没（一八八九〜）
一九七三	昭和四八	小木喬『散逸物語の研究　平安・鎌倉時代編』刊
一九七五	昭和五〇	豊子愷没（一八九八〜）
一九七九	昭和五四	大和和紀『あさきゆめみし』連載開始
一九八〇	昭和五五	豊子愷訳『源氏物語』三巻（中国北京）（〜一九八三）刊
一九八七	昭和六二	「中世王朝物語」の呼称誕生

一九八八｜昭和六三｜市古貞次・三角洋一編『鎌倉時代物語集成』（〜二〇〇一）刊
一九九四｜平成六｜ドナルド・キーン『日本文学の歴史』十六巻（〜一九九六）刊
一九九五｜平成七｜『中世王朝物語全集』（第一回配本妹尾好信『海人の刈藻』）刊行開始

あとがき

いかがでしたでしょうか。

書いている本人は、最初は、第一章などはドラマチックでもあるし、第二章は推理小説的詮索に満ちている、第三章は、『伊勢物語』の話が『はいずみ』から『掃墨物語絵巻』にまで展開するとは思ってないだろう、第四章は、紫式部と『源氏物語』の話で楽しそうだし、第五章は、なかなか本格的な話題、これは我ながら、なかなかいけるぞと思いました。しかし、校正が進むごとに、少し話がオタクになりすぎたかなあ、ここは単調かなあ、おもしろがっているのは本人だけかなあ、と気弱になってきました。

でも、本人としては、魂と情熱と、それに楽しさを吹き込んで語ったつもりなので、その評価は皆さまにゆだねるしかありません。

「まえがき」にも書きましたように、本書は、平成十八年度の国文学研究資料館における連続講演が母体になっています。

それは、次のとおりです。

王朝物語山脈の眺望《パースペクティブ》
第一回　九月二十五日　新たなる物語の時代像――知られざる物語山塊の発見
第二回　十月二日　古伝承から初期物語へ――最初の峰々と東アジア文化圏の波動

第三回　十月十六日　『伊勢物語』の物語史──歌物語とその尾根の行方
第四回　十月三十日　『源氏物語』の想像力と紫式部の知的坩堝──物語の山巓の形成
第五回　十一月十三日　天喜三年斎院歌合「題物語」の復原──物語文化山脈の輝き

毎回の演題とサブタイトルが、本書とは逆になっているのにお気づきでしょうか。講演にはこれがよく、刊行するときには入れ換えるのがよい、という資料館の田渕句美子先生（現在、早稲田大学教授）のアドバイスによっています。

さて、資料館側の事情もあって、二週間に一度のペース（最初などは一週の休みもおかず）で話をするのは、たいへんでしたが、勤務先の大学をはじめ、諸大学でのこれまでの講義を下地にすることで、なんとか乗りきれたので、まずは最初の聞き手である学部や院生の人たちに感謝しなければなりません。資料館では、毎回、募集定員をうわまわる数の方々がご出席くださり、熱心に聞いてくださったのは、たいへん励みになり、聞き手の方の意欲と熱意とに一体感を感じ、お喋りする楽しさをぞんぶんに堪能いたしました。ありがとうございました。

講演全体のお世話は、資料館の伊藤鉄也先生が担当してくださいました。先生のお蔭で、講演内容にあわせた資料館蔵の書籍展示を実現していただいたばかりか、最終回には、國學院大学の院生で、装束に詳しい畠山大二郎氏の解説と着付けによって、狩衣の着装実演を行なうというイベントつきでした。講演に先立つ実演の時間から、会場がいっぱいになり、はからずも私がモデルになったのは、言葉巧みな伊藤プロデューサーのいいなりになった格好です。企画はおもしろいけれどと、最初は尻込みした気持ちも消えて、よい経験をさせていただいたうえに、狩衣姿のままで講演を行ないました。プロフィールに収めたのは、この時の写真です。伊藤先生はじめ、資料館の方々、畠山大二郎氏には、この場を借りてあらためて感謝いたします。なお、私にコスプレ趣味があるわけでないことは念のため申し添えます。

本書は、この講演が骨格となっていますが、とくに第三章の『掃墨物語絵巻』ならびに第四章の「歌絵合」の条などに大幅な加筆を行なったほか、他の章も、平成二十年における最新の見解と情報となるよう加筆してあります。

本書は、既存の著書や論文の見解をふまえたほか、NHKラジオ第二放送（古典講読の時間『堤中納言物語』）やNHK教育テレビ（古典への招待）などの番組で話した内容の一部を取り込んだところもありますが、全体として、新たなオリジナルな一書となるよう、書き下ろしたものです。

本書が、多くの方々の教示のもとになったことは、本文や脚注にも記したところですが、跡見学園女子大学の同僚の諸先生方には、専門領域を異にするものの、研究室の座談のなかで、さまざまな示唆や教示を得たことを記して感謝いたします。また跡見学園女子大学の図書館には、同じ本を繰り返し利用させていただくなど、勤務先ならではのご配慮を賜りました。

また、中国の同済大学の李宇玲、山東大学の呉松梅先生には、資料や情報の提供を受けました。とくに李先生には、わからないことがあると、すぐさま国際電話を通じて、夫君の孫建国氏ともども、さまざまな教示を得ていることを記して、感謝いたします。

本書が、関係機関各位のご配慮で、多くの写真資料を掲載することができたことは、すでに「まえがき」に述べたところですが、あらためて御礼申し上げます。また、講演を録音するところから、著者のわがままをできる限り実現するようご配慮いただき、お世話になった笠間書院の大久保康雄氏はじめ、本書の刊行にかかわった方々に、多大な感謝を申し上げます。

本書が、多くの方々に読まれることを望んで、「あとがき」といたします。

平成二十年（二〇〇八）八月二十二日

紫草書屋にて

神野藤昭夫識

■写真・図版・作品提供（五十音順。敬称略）

跡見学園女子大学図書館
石山寺
金子正人
京都大学附属図書館
宮内庁書陵部
国文学研究資料館
古代学協会
武部ミサ子
鉄心斎文庫
徳川美術館
中野幸一
平凡社
陽明文庫
早稲田大学出版部

●著者略歴

神野藤　昭夫（かんのとう　あきお）

1943年東京都文京区生まれ。早稲田大学大学院博士課程修了。博士（文学）。跡見学園女子大学文学部教授。北京日本学研究センター客員教授、国文学研究資料館客員教授のほか、早稲田大学、聖心女子大学、駒澤大学、青山学院大学、お茶の水女子大学、日本大学、京都大学、山東大学（中国）などの兼任講師を歴任。またNHKラジオ第二放送「古典講読の時間」講師、NHK教育テレビ「古典への招待」講師をつとめた。

〔編著〕『散逸した物語世界と物語史』（若草書房　第21回角川源義賞受賞）、『中世王朝物語を学ぶ人のために』（共編著、世界思想社）、『新編伊勢物語』（共編著、おうふう）ほか

〔論文〕「源順伝断章」１～９（『王朝文学と官職と位階』所収ほか）、「源氏物語の和歌的発想と表現」（『源氏物語研究集成』４）、「An Outline History of Narative Tales and One Aspect of the Development Early Narrative Tales」（「ACTA ASIATICA」83）、「斎院文化圏と物語－平安女流文学のもうひとつの基盤」（北京日本学研究中心編『日本学研究』４）、「六国史と歴史の手法」（『岩波講座日本文学史』２）「素性法師「今こむと」歌解釈の振幅と変容」（「平安朝文学研究」復刊12）、「近代国文学の成立」（『森鷗外論集　歴史に聞く』）、「与謝野晶子の『新新訳源氏物語』の執筆・成立の経緯」（『講座源氏物語研究』12）ほか

また、講義を収録したCDに『伊勢物語』『竹取物語』『堤中納言物語』『今昔物語集』（いずれもNHKサービスセンター発行、ソニー・ミュージックハウス発売　ソニー・ファミリークラブ販売）がある。

知られざる王朝物語の発見　物語山脈を眺望する　古典ルネッサンス

2008年10月15日　初版第１刷発行

著者　神野藤昭夫

発行者　池田つや子

発行所　有限会社　笠間書院

東京都千代田区猿楽町2-2-3〔〒101-0064〕

電話　03-3295-1331　Fax　03-3294-0996

NDC分類：910.2　装幀　椿屋事務所

ISBN978-4-305-00275-4

印刷・製本　モリモト印刷（本文用紙・中性紙使用）

乱丁・落丁本はお取り替えいたします。

出版目録は上記住所または下記まで。

http://www.kasamashoin.jp

【古典ルネッサンス】

西鶴をよむ　長谷川強　2310円

百人一首――王朝和歌から中世和歌へ　井上宗雄　2310円

平家物語 転読――何を語り継ごうとしたのか　日下力　1995円

知られざる王朝物語の発見――物語山脈を眺望する　神野藤昭夫　2415円